Florence

Brichau-Prado

LES CHRONIQUES

D'EDENALIA

Leseditionskark.com
13 rue pierreuse
72170 Ségrie
0642402160

Dépôt Légal mai 2019

© Florence Brichau mai 2019

ISBN : 9782492248108
Illustration : Florence Brichau-Prado

Images : Pixabay / Istock

Je tiens à remercier, Karyn Adler, Loïs Smes et Bit-lit qui me font rire
et me poussent à continuer !

Bien entendu merci à ma famille sans qui je ne pourrais rien faire.

J'aime recevoir vos avis, positifs comme négatifs, pensez à partager
vos commentaires sur les sites marchands et autres plateformes du
livre, cela m'aide à me faire connaître !

Encore MERCI !

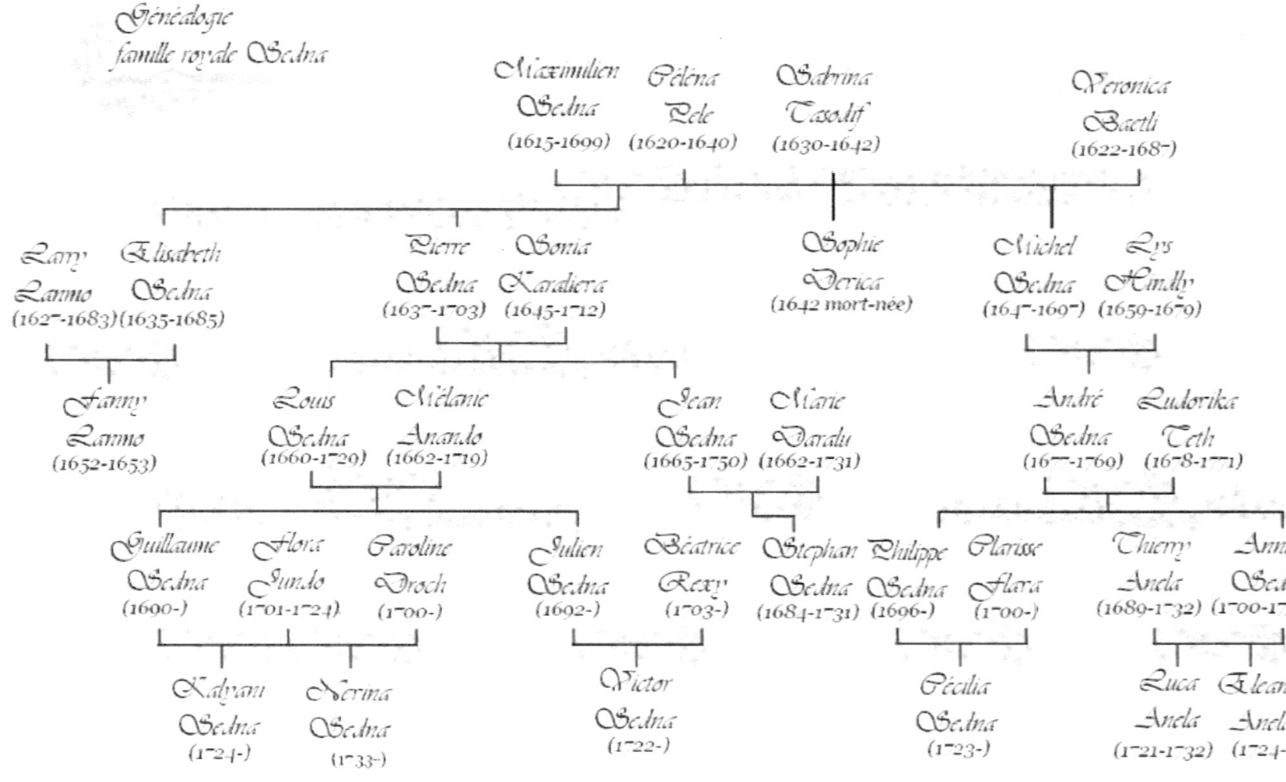

Généalogie
famille royale Sedna
Maximilien Sedna (1615-1699)
Céléna Pele (1620-1640)
Sabrina Tasolf (1630-1642)
Veronica Baetli (1622-1687)
Larry Lanmo (1627-1683)
Elisabeth Sedna (1635-1685)
Pierre Sedna (1637-1703)
Sonia Kardiera (1645-1712)
Sophie Derica (1642 mort-née)
Michel Sedna (1647-1607)
Lys Hindly (1659-1679)
Fanny Lanmo (1652-1653)
Louis Sedna (1660-1729)
Mélanie Anando (1662-1719)
Jean Sedna (1665-1750)
Marie Dardu (1662-1731)
André Sedna (1677-1760)
Ludorika Teth (1678-1771)
Guillaume Sedna (1600-)
Flora Sundo (1701-1724)
Caroline Droch (1700-)
Julien Sedna (1692-)
Béatrice Rexy (1703-)
Stephan Sedna (1684-1731)
Philippe Sedna (1696-)
Clarisse Flara (1700-)
Thierry Anela (1689-1732)
Anna Sedna (1700-1732)
Kalyan Sedna (1724-)
Nerina Sedna (1733-)
Victor Sedna (1722-)
Cécilia Sedna (1723-)
Luca Anela (1721-1732)
Eleanor Anela (1724-)

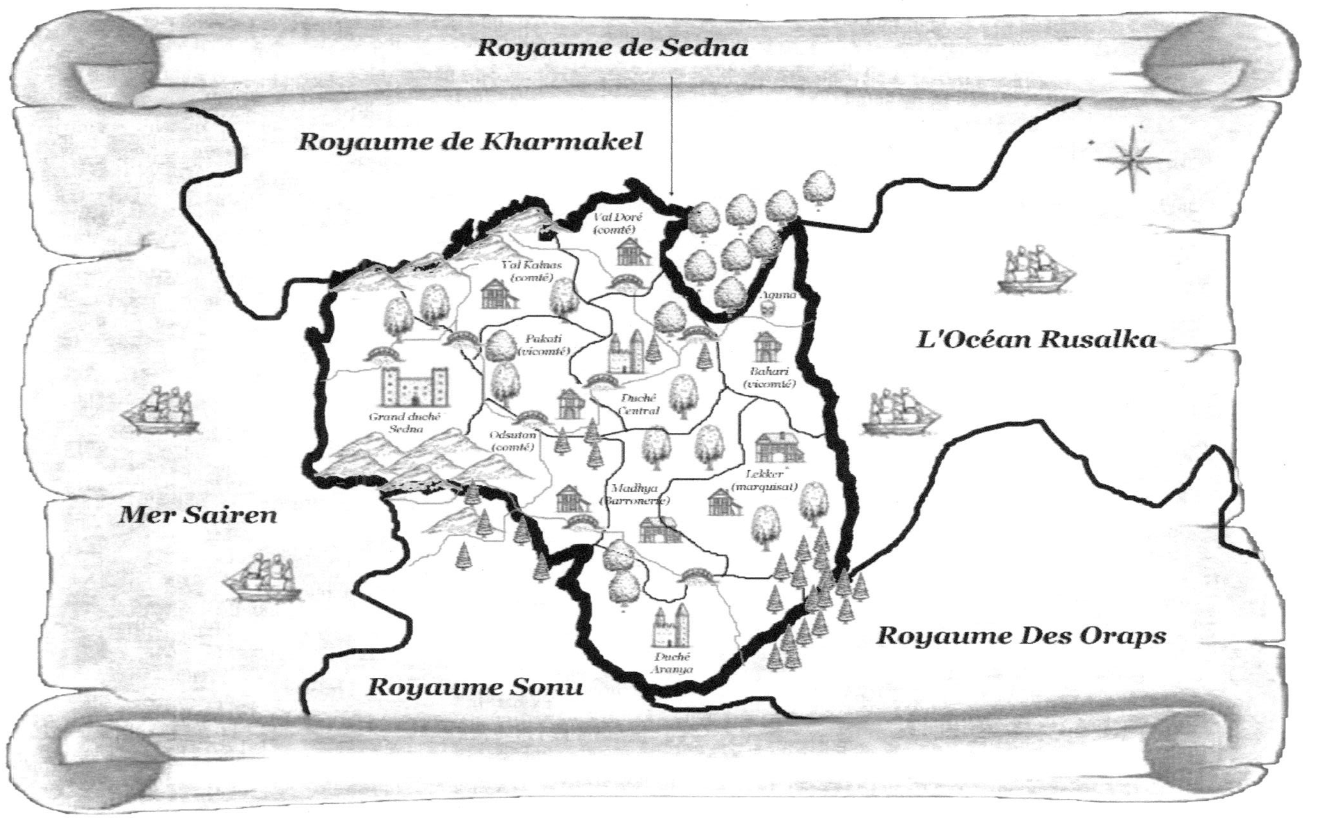

Royaume de Sedna
Royaume de Kharmakel
L'Océan Rusalka
Royaume Des Oraps
Royaume Sonu
Mer Sairen
Aguna
Val Doré (comté)
Val Kalnas (comté)
Pakati (vicomté)
Bahari (vicomté)
Grand duché Sedna
Duché Central
Odsutan (comté)
Lekker (marquisat)
Madhya (Baronnie)
Duché Aranya

Kylian

Prologue

Les chiens se mirent à aboyer, les chevaux galopèrent derrière eux. La proie se trouvait proche désormais. Les cris fusèrent de toute part. Les hommes armés poursuivirent le gibier qui ne voyait nulle part où se réfugier.

Les cavaliers entouraient le sanglier. Celui-ci était d'une taille impressionnante. Affolé par la course poursuite, l'animal ne savait plus où aller. Rageusement, il gratta le sol. Il avait choisi sa cible ; ce serait cet équidé avec ce drôle d'humain habillé de vert.

Il fonça sur sa proie quand il entendit une série de sons stridents. Quelque chose venait de se planter dans son cou, c'était douloureux. Toutefois, il courait toujours, fou de rage et de terreur. Un autre bout de bois se ficha dans son flan. Les humains criaient des mots qui lui étaient incompréhensibles, les chevaux piaffaient d'énervement.

Le sanglier tomba sur le côté soufflant fort, il était toujours vivant malgré la multitude de flèches reçues.

— A vous l'honneur, majesté ! se réjouit l'un des hommes.

— Méfiez-vous, votre altesse, il semble enragé comme un démon ! Vous avez vu la taille de ses défenses ! s'exclama un autre.

Le roi descendit de sa monture et s'approcha prudemment de la bête blessée. Il posa une main apaisante sur la tête, prestement, il plongea sa lame dans la gorge de l'animal. Le sang coula rapidement, formant une petite mare près du sanglier. Les cavaliers applaudirent et lancèrent des cris de joie.

— Bien ! Nous sommes à deux sangliers et un cerf, sans compter les faisans ! Nous pouvons rentrer, nous sommes loin d'être bredouilles ! Ce soir, nous fêterons dignement cette belle chasse !

Les chevaux repartirent pendant que les rabatteurs s'occupaient de la bête gisant au sol. Ils l'enlevèrent et l'ajoutèrent aux autres dans la charrette.

— Et vous duc Vetnea, que chassez-vous, dans les contrées de Sonu ?

Le jeune homme sourit au roi. Ils devaient avoir presque le même âge ce qui leur offrait une certaine complicité. Tout en se mettant à la hauteur du souverain de Sedna, il répondit :

— Nous avons des cochons sauvages, mais pas de sangliers aussi gros que celui-ci ! En revanche, nous avons des ours d'une taille bien plus monstrueuse !

— Des ours ? Je comprends mieux pourquoi vous venez régulièrement chez nous alors !

Le duc sourit.

— Vous n'avez pas idée, votre grâce ! Mais n'en dites rien à Caroline !

Les deux hommes éclatèrent de rire. Ils talonnèrent leur monture, le vent se levait. Le roi continuait d'avancer à bonne allure quand soudain son cheval se cabra le mettant à terre.

— Majesté !

Tous s'inquiétèrent, le duc arriva près du roi le premier. Il comprit ce qui avait effrayé l'animal : sur le chemin se tenait un sanglier, bien plus gros que celui qu'ils venaient d'abattre.

Guillaume, le roi de Sedna se releva en s'époussetant. Il n'avait pas aperçu le « monstre ».

— Tout va bien ! Ne faites donc pas cette tête.

Il entendit une flèche passer près de lui, surpris, il s'inquiéta :

— Mais !

— Ne bougez pas, majesté...

Le duc essayait d'évaluer la situation. Le sanglier ne lui en laissa pas le temps, il chargeait droit sur le souverain. Il ne réfléchit pas plus longtemps. Il entendit les flèches de leurs camarades filer. Cependant, il ne s'arrêtait pas. Il sauta et poussa le monarque.

La douleur fut fulgurante, les défenses du sanglier pénétrèrent dans son abdomen. L'animal ne s'arrêta pas pour autant et balança sa tête afin de meurtrir davantage sa proie. Les flèches filèrent, il ne tombait toujours pas.

L'un des garçons, promis à devenir écuyer, prit l'épée de son maître et courut vers le carnage. Il planta la lame dans l'œil de la bête. Elle fut prise d'un spasme qui le projeta en arrière.

Le sanglier tomba sur le flanc mêlant son sang à celui de sa victime. Guillaume s'approcha du duc, celui-ci respirait à peine.

— Nicolaï !

— Prenez… soin de… Caroline et du… bébé…

Dans le duché central, un enfant courrait rejoindre son père. Il tomba et s'écorcha les genoux. Son père sourit pour le rassurer. Ce n'était rien.

Quand l'enfant se releva, le mage du duc l'observait étrangement. Il le vit glisser quelques mots à l'oreille de son père. Il n'entendit qu'une petite partie de ce qu'ils se disaient. Pourtant ces simples mots allaient changer le reste de sa vie…

— … L'Ether va bientôt arriver…

— Kylian n'est pas un Elu…

— Pas pour cet Ether en tout cas, rétorqua doucement le mage.

Chapitre 1

Entamant un énième voyage, Kylian jeta un dernier regard au palais royal. Il n'arrivait pas encore très bien à savoir ce qu'il ressentait. Beaucoup de choses s'étaient produites en peu de temps. Une principalement, il avait dû tuer celui qui avait été son ami, son compagnon d'armes, son amant, son unique amour...

Il lança son cheval au galop, il désirait oublier. Oublier la souffrance qui l'habitait depuis ce jour. Séparer son âme de son cœur. Il comprenait maintenant ce que Gwéndal voulait lui dire quand il lui avouait : « *mon âme t'appartient, mon cœur est à quelqu'un d'autre* ».

Le commandant avait toujours imaginé que son cœur appartenait à une partenaire de vie, une femme qu'il voulait faire sienne. Il avait cru que c'était Eleanor, voire même la reine. Jamais il n'avait imaginé que son cœur était à sa fille. À celle qui se révélait être l'Ether. Ça ne pardonnait en rien ce qu'il avait commis.

Il ne regardait pas les paysages défiler. Rien à faire, ses pensées revenaient toujours sur ce qui s'était produit ce jour-là avec Gwéndal. Lui seul savait ce qu'il s'était passé, lui seul avait pris cette décision fatidique, lui seul en souffrait plus que les autres. Il était resté très vague sur ses explications. Kalyani n'avait pas cherché à en savoir plus. Le chevalier avait eu ce qu'il méritait, c'était tout ce qui comptait aux yeux du prince.

Kylian vit son cheval faire une embardée, des petites roches roulaient sur le sol. Il en connaissait l'origine : lui. Il devait calmer sa colère, sa peine, sa frustration.

Le soleil était déjà bas sur l'horizon, il lui fallait trouver un village rapidement. Il se fit une raison. Il devrait y aller plus doucement le lendemain, sans quoi son cheval mourrait avant d'arriver à destination.

Kylian pansa sa monture, au moins, ça lui permettait de ne plus raisonner pendant un long moment. Jamais il ne s'était senti aussi seul. Ce n'était pas la première fois qu'il battait la campagne ainsi, cette fois c'était différent, il ne le retrouverait pas au retour.

Son esprit s'égara, des images du passé s'imposèrent.

Il se revoyait enfant, observer le nouvel arrivant. Ce dernier était déjà écuyer et n'avait pourtant que onze ans ! Il avait écouté les chevaliers attablés parler des derniers messages de la cour.

— Le prince Kalyani aurait disparu !

— Le roi ne s'en remettra pas ! La reine est décédée y'a pas six mois. Et là, son fils disparaît !

— Mmm, c'est lui qui l'a renvoyé du château... Il... mmm... sa vue lui rappelait trop sa femme... avait répondu un autre entre deux bouchées.

Qu'est-ce qu'un gosse fait là ?

Il avait relevé la tête, surpris. Ses yeux s'étaient perdus un instant dans le regard bleu du jeune écuyer. Il avait sans doute rêvé, il s'était de nouveau concentré sur son ragoût.

Un léger sourire avait éclairé le visage fin du jeune brun aux yeux bleus.

Tu m'as entendu, n'est-ce pas ? C'est pour ça que tu es là. Tu n'es pas un simple gamin...

Et toi ?

Moi ? J'ai tué un cochon il y a un peu plus de trois ans.

Il n'était encore qu'un garçonnet, il l'avait regardé ne comprenant visiblement pas l'humour de son aîné. Il s'était remis à déjeuner, sans se préoccuper du nouveau. Lui n'avait pas voulu en rester là :

— Gwéndal Allhayn, écuyer du Chevalier et capitaine Glingal.

— Tu es l'écuyer de mon père ?

— Je vois que vous faites connaissance ! Bien, tâchez de vous entendre, je vais vous former en même temps ! avait maugréé une voix derrière Kylian. Je vous attends sur le terrain d'entraînement dans vingt minutes.

— Mais, mam...

— Kylian ! avait grondé le capitaine. Qu'est-ce qu'on a dit à propos de ça ?

— On doit passer à autre chose. La vie doit continuer.

— Bien. Vingt minutes.

Il avait retenu ses larmes. Un mois. Ça ne faisait qu'un mois que sa mère et sa jeune sœur n'étaient plus. Toutes deux décédées d'une mauvaise grippe. Le plus intolérable pour lui avait été les funérailles, il y avait fait un soleil éclatant, comme si le temps s'était joué de sa peine.

Ne pouvait-il pas pleuvoir, comme il se devait ? Que le ciel montre l'injustice des dieux.

Comment la Grande Créatrice pouvait-elle permettre de retirer un enfant à sa mère, puis la faire disparaître laissant son fils aîné âgé de neuf ans sans sa protection ?

Il avait délaissé la fin de son plat et était parti se changer. Son père lui en avait parlé la veille. Il devait commencer à s'entraîner réellement.

En se levant, il avait jeté un rapide coup d'œil au nouveau. Il semblait étonné, mais surtout impatient de commencer.

Il se souvint de ce premier combat, il s'était relevé, le dernier coup reçu dans les côtes le faisait souffrir. Il avait pris sur lui pour ne rien dire.

— Tu m'as pris par traîtrise ! avait-il grogné.

— Tes ennemis ne seront pas fairplay durant un combat ! avait rétorqué son père.

Gwéndal s'était contenté de le regarder, amusé.

Les deux jeunes s'étaient repositionnés et avaient recommencé les mouvements dictés par le capitaine Glingal. Il avait paré comme il le pouvait, le jeune écuyer était bien plus expérimenté que lui.

Il avait été heureux de réussir un coup sur la cuisse de son adversaire, mais ce dernier s'était retourné et avait enchaîné une série qui avait fini par le mettre à terre une nouvelle fois. Il avait froncé les sourcils et retenu durement des larmes de rage. Il avait senti un goût métallisé envahir sa bouche. Hargneusement, il s'était essuyé du revers de la main.

— C'est bon pour aujourd'hui. Allez vous changer. Je vous veux dans une heure à la porte ouest.

Gwéndal s'était approché pour l'aider à se relever. Il en avait profité pour lui faire un croche-pied.

— Kylian ! avait grondé le capitaine. L'entraînement est terminé.

— Mais !

— Il y a une différence entre ne pas être fairplay en se battant et l'être après l'entraînement.

Il avait foudroyé son père du regard, de toute évidence il prenait le parti de son jeune écuyer. Il avait couru en direction des douches. Il bouillonnait, il en voulait à son père. Il avait promis à sa mère qu'il attendrait ses dix ans avant de commencer à l'entraîner. Il était entré dans les douches et avait été surpris d'y trouver de nombreux soldats riant. Il s'était senti mal à l'aise devant tous ses hommes nus. Il ne comprenait pas leur hilarité. Ils ne lui avaient pas prêté la moindre attention. Quelqu'un l'avait bousculé sans s'excuser, il avait seulement entendu un ricanement :

— Tu comptes te laver encore habillé, gamin ?

— Euh, oui... enfin non, avait-il bredouillé.

Il s'était avancé jusqu'au fond des douches et avait trouvé un recoin un peu isolé pour masquer sa nudité. Il avait tiré sur la corde, de l'eau tiède s'était déversée quelques minutes après. C'était vraiment ingénieux comme système. Il avait été curieux de comprendre comment cela fonctionnait.

Il s'était dépêché de sortir aussi vite qu'il avait pu. Il avait encore un peu de temps avant de retrouver son père et ce Gwendal. Il avait cherché l'ancienne salle d'ablutions et fini par tomber dessus, dans le même bâtiment que celui des lavandières.

Il y avait pénétré et avait été surpris de la chaleur y régnant. Il regardait les anciens bacs, du linge trempait dedans, quand il avait senti une main attraper son épaule et le retourner vivement.

— Tu n'es pas le gamin que j'ai envoyé chercher des herbes, toi ! Qui es-tu ?

— Je suis Kylian Glingal.

— Le fils du capitaine ?

— Oui...

— Ton père a besoin de quelque chose ? avait demandé la femme rondelette.

— Euh...

— Réponds ! Je n'ai pas que ça à faire !

— Je voulais voir comment les douches fonctionnent... Je trouve ça magique.

Il avait levé un regard tellement innocent à la femme que cette dernière en avait été émue et amusée. Elle lui avait souri gentiment et lui avait proposé :

— Reviens après le souper, je te montrerai, d'accord ?

Kylian avait hoché vigoureusement la tête et était reparti en courant, au loin il avait entendu l'horloge sonner. Il allait arriver en retard !

Il abandonna sa monture pour entrer dans l'auberge. Les souvenirs le hantaient. A croire qu'il se devait de les revivre en attendant... mais en attendant quoi, exactement ?

Il s'était présenté devant les grandes portes, son père faisait des allers-retours, le visage fermé. Gwéndal, le jeune écuyer était adossé et semblait s'ennuyer à mourir. Le capitaine s'était arrêté, il l'avait observé arriver en soufflant. Il avait pris sur lui et l'avait grondé :

— Bien, passons sur ton retard. Nous avons plus important à faire. Suivez-moi et tâchez de vous tenir !

Il s'était tu et avait suivi son père. Il n'avait pas regardé l'autre garçon, il le mettait hors de lui sans raison.

Le capitaine marchait d'un bon pas, il leur avait fait traverser la cour, se dirigeant vers le palais du duc.

Il était déjà venu une fois pour accompagner son père peu de temps après le décès de sa mère. Il avait admiré les peintures et les fines décorations qui ornaient le haut des murs.

Ils étaient arrivés dans une partie plus ancienne du palais. Il savait où il se situait, au niveau de la tour nord. En dessous, il y avait les geôles. Ils avaient gravi des escaliers raides et étaient arrivés dans une grande pièce poussiéreuse. Des étagères et des bahuts trônaient un peu dans tous les sens. L'endroit était sinistre malgré la grande cheminée qui flambait.

Il avait sursauté en voyant un homme encapuchonné surgir devant lui.

— Les garçons, je vous présente le mage du duc. Il a beaucoup de choses à vous expliquer.

— Asseyez-vous.

Les deux jeunes avaient regardé la pièce sombre, ils n'y voyaient aucun fauteuil ou siège pour obéir. Avec un geste de la tête, le capitaine avait dit :

— Mettez-vous dans le halo de la cheminée, ça ira bien.

Ils s'étaient exécutés et avaient patienté pendant que les deux hommes échangeaient quelques mots à voix basse. Le mage s'était installé sur le devant de la cheminée, comme s'il ne sentait pas la chaleur de cette dernière.

Son père avait quitté la pièce avant que l'homme ne s'adresse aux enfants.

Kylian avait été perturbé de ne pas voir son visage.

Crois-tu que voir mon visage t'aiderait ?

Il avait sursauté surpris et avait hoché simplement la tête. Lentement, l'homme avait fait glisser sa capuche. Kylian et Gwéndal l'avaient dévisagé, il était marqué par la vieillesse : maigre, les os saillants sous sa peau d'une extrême pâleur, des cheveux qui se faisaient rares, mais d'une longueur exceptionnelle.

— Vous n'avez pas de barbe ? s'était étonné Gwéndal.

Le vieil homme s'était amusé de sa réflexion, il avait attendu avant de l'interroger :

— Pourquoi devrais-je avoir une barbe ?

Sa voix n'était pas chevrotante, et paraissait étrangement jeune par rapport à son physique de vieillard.

— Les sorciers portent toujours une barbe !

Le mage avait éclaté de rire devant le regard abasourdi des garçons. Il avait repris plus sérieusement et avait expliqué :

— Je ne suis pas un sorcier. On me donne le titre de mage, mais ce n'est pas ce que je suis qui est important. Mais ce que vous, vous deviendrez peut-être.

Il ne leur avait pas laissé le temps de répondre avant d'ajouter :

— Autrefois, du temps du roi Maximilien, je faisais partie de sa garde personnelle. Non pas qu'il en eut réellement besoin, mais...

Le vieux mage avait souri en se rappelant cette époque, c'était loin alors et pourtant, ça lui avait semblé encore si proche. Kylian avait vu les yeux de l'homme s'humidifier, il avait cherché à comprendre pourquoi son père avait souhaité qu'il écoutât ce que ce vieillard avait à leur révéler de si important.

— Il est rare de trouver deux potentiels Elus en même temps. C'est une chance pour nous, car nous allons pouvoir vous donner une bonne éducation et vous entraîner correctement.

Le mage avait pris de nouveau un moment avant de continuer. Il avait examiné les deux garçons, un châtain, un aux cheveux si noirs qu'ils paraissaient bleus, peu de différence d'âge, des yeux révélant une forte volonté, il avait souri. Kylian avait deviné qu'il était reparti dans des images du passé. Il avait attendu, il avait senti ses jambes s'ankyloser.

— Connaissez-vous la légende de l'Ether ?

— Ma mère me la racontait souvent étant petit, avait-il murmuré.

— Quand tu étais petit ? s'était amusé l'homme. Et toi, mon garçon ?

— J'en ai déjà entendu parler, oui.

— Bien, vous savez donc, qu'un nouvel Ether devrait bientôt voir le jour, ainsi que ces quatre gardiens : les Elus. La Grande Créatrice dans sa grande sagesse a tout prévu, les gardiens peuvent venir à disparaître et d'autres les remplaceront. Actuellement, il n'y a plus d'Ether. J'étais l'Elu du Sud, celui du feu. J'ai protégé le grand roi...

— Mais vous...

— Je devrais être mort ? Je suis à un âge très avancé oui. Bien plus avancé que la moyenne des gens, bien plus que tu n'imagines. Tout comme le roi Maximilien, le fait d'être un Elu nous confère certains pouvoirs.

Les deux jeunes étaient restés à le fixer, stupéfaits. Les yeux noirs du mage étaient de nouveau partis dans un lointain passé, puis avaient observé tour à tour Kylian et Gwéndal. Il avait enfin repris :

— Le premier Ether à être né après Maximilien n'a pas eu le temps de commencer à vivre. Le second n'arrivera que dans quelques années.

— Comment le savez-vous ? avait interrogé Gwéndal.

— J'étais l'Elu du feu, je n'ai plus mes pouvoirs, ils ont été offerts à mon successeur, cependant je peux encore sentir ces choses-là.

— Mais si vous mourez, qui saura que l'Ether est né ?

— Les Elus le sauront.

— Nous ? demanda Kylian.

— Peut-être. Pour le moment, vous n'êtes pas des Elus. Ce qui veut dire que pour le moment quatre autres personnes sont les Elus. Vous pourrez cependant les reconnaître. Et c'est pour ça que vous êtes ici. Vous devez prendre conscience de qui vous êtes et de qui vous pourrez devenir.

— Pour qu'on soit des Elus, il faut qu'un des Elus meure alors ?

— Ou que l'Ether meure. J'ai perdu mes pouvoirs à la mort du roi. Comme je l'ai dit, ils ont été offerts à l'Elu du Sud de l'Ether suivant. Malheureusement, il est décédé le jour même de sa venue au monde. Ce nouvel Elu a donc perdu ses pouvoirs. Maintenant, quelqu'un d'autre les possède.

Il avait continué de leur parler des Elus et de l'Ether pendant de longues heures.

Kylian se rappela qu'il commençait à s'ennuyer il avait observé du coin de l'œil Gwéndal qui buvait littéralement les paroles du mage.

La pièce s'assombrissait, il sentait son estomac crier famine. Le mage s'appesantissait sur l'importance de trouver les Elus, l'Ether et les Elus potentiels. Ce ne serait pas facile, ils devraient faire attention au moindre indice. Il n'écoutait plus que d'une oreille. Il s'était retenu de sauter de joie en voyant son père revenir.

C'est ce même jour où après avoir terminé son souper, il s'était précipité dans la laverie. Il avait retrouvé la femme qu'il avait croisée un peu plus tôt.

— Oh, tu es là petit. T'as emmené un copain ?

Il s'était retourné surpris et avait ronchonné :

— Pourquoi tu me suis ?

Gwéndal avait haussé les épaules et répondu :

— Le capitaine m'a dit de te suivre. Tu devais me montrer ma nouvelle chambre.

— Bon, venez tous les deux, les avait interrompus la lavandière. J'ai du travail !

Ils l'avaient suivie, ils étaient arrivés dans une grande pièce où plusieurs bassines chauffaient dans les cheminées.

— Voilà, tout est là. L'eau chauffe toute la journée. Quand l'une de ces cloches sonne, on remplit le réservoir. Une pompe est alors actionnée et l'eau chaude arrive dans vos douches.

— Mais comment ? avait insisté Gwéndal.

La femme avait soupiré :

— Allez aider Gisèle à tordre son drap.

Ils avaient obéi et elle avait expliqué :

— La chaleur de l'eau fait tourner les roues qui fonctionnent comme celle d'un moulin. L'eau traverse les tubes et arrive là où on l'a demandée.

Kylian avait délaissé le drap, Gwéndal suffisait à aider la lavandière. Il s'était approché du réservoir et s'était exclamé :

— Mais l'eau est froide !

— Bien sûr ! tu ne voudrais pas être ébouillanté ! Attends encore quelques minutes. La duchesse demande toujours de l'eau le soir pour sa fille.

Elle avait eu raison, à peine quelques minutes s'étaient écoulées, qu'une cloche avait retenti. Deux jeunes filles étaient entrées et avaient aidé la femme à verser des marmites d'eau bouillante dans le réservoir. Puis, celle qui donnait les explications avait testé l'eau, elle avait hoché la tête et l'une des jeunes filles avait tourné une manivelle sous la clochette. Un bruit étrange s'était fait entendre. Kylian avait regardé la réserve d'eau tiède d'où des bulles remontaient à la surface.

— Qui a inventé ce système ? C'est très ingénieux ! s'était enthousiasmé Gwéndal. Même dans le palais du roi il n'y a pas ça !

Kylian l'avait observé, surpris. Ainsi, il venait du palais royal. Peut-être était-il un prince ou quelque chose de ce goût-là. Ce qui aurait expliqué qu'il soit déjà écuyer.

— Je crois que c'est un ami du duc, il est venu lui rendre visite il y a quelques années. Il venait du royaume de Sonu. La duchesse n'était pas très contente. Il venait tout juste de se marier. Le duc a commencé à faire démolir certains murs pour passer les tubes, enfin ils appellent ça des tuyaux. Ça a duré bien longtemps.

— Madame Jo, Lydie ne viendra pas ce soir. Elle m'a dit que sa sœur allait mettre son petit au monde et comme le précédent n'a pas...

— Oui, oui, je suis au courant.

Elle s'était tournée vers les deux garçons et leur avait lancé :

— Allez ouste, vous deux. Je n'ai plus rien à vous expliquer. Je vais avoir beaucoup de travail cette nuit ! Si vous restez, c'est pour aider.

Ils étaient partis à regret, cependant Kylian s'était promis de revenir étudier ça de plus près, dès qu'il le pourrait.

Il se souvenait qu'il y était souvent retourné. Il soupira, la serveuse revenait avec son dîner.

Chapitre 2

Tranquillement, Kylian dégustait sa bière, après avoir terminé son ragoût. La serveuse revint et s'enquit :

— Vous désirez autre chose, messire ?

Il releva le visage vers la jeune fille brune qui le servait. Elle était mignonne. Il lui adressa un charmant sourire en haussant un sourcil. La jeune fille comprit l'intention du soldat.

— Si vous cherchez une fille de joie, vous pouvez vous rendre dans la troisième maison sur la gauche, en face de la grand-rue.

Kylian éclata de rire, l'air pincé de la jeune fille l'amusa :

— Penses-tu que j'ai réellement besoin de payer une femme pour la coucher dans mon lit ?

La jeune servante rougit prise au dépourvu, elle saisit le pichet de bière vide pour en ramener un plein. Ce petit interlude avait adouci l'humeur morose du commandant. Comme un baume apaisant.

— Un baume de thym et de géraniums... murmura-t-il pour lui-même.

— Pardon ?

Il ne l'avait pas entendue revenir, il se perdait trop facilement dans ses songes sans prêter la moindre attention au monde extérieur. Il devait se montrer plus prudent. Un fin sourire éclaira son visage et il lui expliqua sans malice :

— Vous me faites l'effet d'un baume apaisant, une amie en prépare... Dans mon cas, ce serait un mélange de thym et de géraniums ou quelque chose de ce genre.

— Oh ! Je n'y entends pas grand-chose aux plantes...

Sa candeur naturelle lui plaisait. S'il devait coucher une fille dans son lit ce soir, ce serait elle. Toutefois, il ne ferait rien de plus pour lui plaire.

Elle revint souvent s'informer du bien-être du commandant. Il remarquait les œillades régulières qu'elle lui lançait. Il finit par monter se coucher dans la chambre qui lui était attribuée.

Il resta un long moment à repenser à ses jeunes années, notamment à la première fois qu'il avait rencontré Kalyani. Tout se bousculait dans sa vie à cette époque.

Avec Gwéndal, ils s'avançaient dans le long couloir qui menait aux chambres. Il n'aimait pas cet endroit, tout y était austère, terne, triste. Ils s'étaient retournés en entendant quelqu'un approcher, ce n'était pas étonnant vu l'heure. Toutefois, il n'aimait pas voir les autres militaires dans les chambrées, ils se moquaient toujours de lui.

Ils avaient été surpris de trouver un domestique et non un soldat :

— Lequel de vous deux est le rejeton du capitaine ?

— C'est moi, avait grogné Kylian.

— Ton père te cherche depuis plus d'une heure. Je n'aimerais pas être à ta place, petit. Suis-moi.

Les deux jeunes avaient emboîté le pas au domestique. Il les avait menés jusqu'à la petite cour. Celle-ci était éclairée par deux torches vacillantes. Il avait pu dévisager les personnes présentes et avait ainsi reconnu le duc qui s'entretenait avec son père. Les deux hommes étaient agités, ils avaient parlé bas et avaient semblés soucieux.

S'inquiétait-il que j'aie disparu ? s'était étonné le garçon.

— Il est là, capitaine.

Son père s'était tourné vers lui et avait simplement hoché la tête. Il avait repris sa conversation, délaissant les deux jeunes. Kylian s'était rapproché un peu, de manière à entendre ce qu'ils se disaient.

— ... Vous êtes certain que c'est la meilleure solution ?

— Je ne suis sûr de rien. On ne peut pas le garder ici plus longtemps.

— Mais, ce village est proche de la frontière.

— Je le sais capitaine. Il y sera plus en sécurité. Personne ne pensera le chercher là-bas.

Ils ne parlent pas de moi tout de même !

Glingal avait vu son fils devenir inquiet, il s'était penché vers lui et lui avait expliqué :

— J'ai une mission de la plus haute importance à accomplir...

— Je veux venir avec vous ! l'avait-il coupé.

Son père avait souri et continué :

— D'accord, mais seulement, si tu me jures de m'obéir au doigt et à l'œil.

Kylian s'était fendu d'un large sourire.

— Va préparer ton cheval. Gwéndal, prépare le mien.

— Oui, capitaine.

L'écuyer avait tourné la tête pour chercher les écuries du regard. Kylian lui avait adressé un petit mouvement de tête pour les lui indiquer. Ensemble, ils étaient partis chercher les chevaux.

— N'est-ce pas dangereux de...

Kylian n'avait pas entendu la fin de la phrase du duc. Il avait haussé les épaules, il serait avec son père, il ne craindrait rien.

Gwéndal avait poussé la porte, ils avaient entendu quelques chevaux renâcler, il avait avancé ignorant lequel était celui de son maître. Kylian lui avait indiqué une stalle et continué jusqu'à la suivante.

Tout en préparant sa monture, il écoutait son nouveau camarade. Il savait s'y prendre avec les chevaux, c'était un bon point pour lui. Il avait sursauté en entendant la voix criarde d'un des palefreniers :

— Mais qu'êtes-vous en train de faire ?

— Nous devons partir, avait simplement rétorqué Gwéndal.

— Pourquoi n'en suis-je pas informé, alors ?

Kylian s'était contenté de hausser les épaules et avait continué de sangler la selle. Gwéndal lui s'était arrêté et fixait méchamment le jeune homme du regard :

— Ce sont les ordres du chevalier !

Le palefrenier avait froncé les sourcils, il n'avait pas eu d'autre choix que leur faire confiance, le plus petit était le fils du capitaine. Si tels étaient les ordres, il ne pouvait rien y faire. Il avait fini par maugréer :

— Vous avez intérêt à m'avoir dit la vérité. Si c'est une farce, je saurai vous le faire payer.

Au même instant, le capitaine était entré et avait ordonné d'une voix forte :

— Jack, prépare la jument de la duchesse. Elle fera partie du voyage.

— La duchesse va voyager de nuit ! s'était alarmé le jeune homme.

— Non. Sa jument. Dépêche-toi.

Gwéndal était sorti de sa stalle en tenant le cheval du capitaine par la bride.

— Tenez, messire. Votre cheval est prêt...

Devant le visage préoccupé de son jeune écuyer, il s'était informé :

— Quelque chose ne va pas ?

— J'espérais venir avec vous... mais... je n'ai pas de monture pour vous accompagner.

— Nous règlerons ce problème en revenant. Pour le moment, tu monteras avec Kylian.

Il se souvint qu'il s'était contenu et avait renoncé à exprimer son mécontentement. Il était sorti à son tour, tenant fièrement son destrier. Une fois hors de l'écurie, il était monté dessus, feignant ne pas avoir entendu ce que son père avait dit. Il s'était éloigné de quelques pas attendant que tous soient prêts.

Il n'avait pas eu longtemps à patienter. Gwéndal s'était approché de lui, il lui avait tendu une main pour qu'il l'aide à monter. Il avait soupiré et retiré son pied de l'étrier, l'écuyer s'était alors appuyé et hissé derrière lui.

— Pas besoin de me coller autant, avait-il ronchonné.

— Et je peux savoir ce que vous allez manger ? Vous êtes déjà prêt à partir ? Vous pensez qu'il y aura des marchés partout sur le chemin ? Alors descendez de là et allez faire remplir les besaces à la cuisine.

Les deux garçons avaient obéi et étaient partis en direction des cuisines.

— Et les besaces ! cria le capitaine.

Ils s'étaient regardés et étaient revenus sur leurs pas.

Ça commence à bien faire ! avait-il pensé.

Il avait entendu Gwéndal glousser, sa pensée n'avait pas été contrôlée, ce qui avait augmenté son agacement. Le duc s'était tourné vers lui, amusé. Il n'y avait pas prêté attention et avait pressé le pas.

Kylian se rappelait qu'il avait été intrigué par la femme qui montait la jument de la duchesse.

Je suis persuadé de l'avoir vu au palais royal, avait songé l'écuyer.

Il avait entendu la pensée de Gwéndal, certainement de manière involontaire.

Autre chose les avait préoccupés, l'étrange paquet que portait son père. Ce dernier n'avait pas voulu répondre.

Ils avaient galopé pendant plus de trois heures, la fatigue de la journée avait commencé à peser sur les garçons, sans compter qu'être à deux sur le même cheval n'était pas très confortable. Ils étaient arrivés dans une clairière, partiellement éclairée par la lune.

Le capitaine avait déclaré :

— Bien, nous allons dormir ici pour cette nuit. Les garçons vous dormez et dans quatre heures, vous veillerez à ma place.

— Sommes-nous en danger ? avait-il interrogé.

— Non, sinon je ne vous demanderais pas de veiller ! Mais c'est une excellente façon d'apprendre, avait-il souri.

Ils avaient pris des duvets dans leur barda et s'étaient allongés près du feu de camp. Une fois installés, ils avaient regardé les étoiles dans le ciel clair.

Tu as vu ? s'était exclamée une voix dans sa tête.

Oui...

Tout comme Gwéndal, il avait aperçu l'étoile filante passer.

Je t'ai entendu tout à l'heure... Tu connais cette femme ?

L'écuyer n'avait pas répondu tout de suite. Kylian avait cru que son compagnon s'était endormi. Il avait été attentif aux bruits de la forêt. Son père et la femme parlaient si bas qu'il n'était pas parvenu à comprendre ce qu'ils se disaient. Il avait été surpris en entendant de nouveau Gwéndal.

Je ne suis pas sûr. Je crois l'avoir vu au palais Sedna. Mais je me trompe peut-être.

Tu faisais quoi là-bas ? T'es un prince ? Ou quelqu'un comme ça ?

Plus ou moins... Je suis un prince oui, mais j'ai presque aucune chance de régner un jour sur mon pays.

Vas-y, raconte...

Gwéndal lui avait expliqué que de par sa mère il avait du sang royal de Sonu. Toutefois, il était dix-neuvième sur l'ordre de règne. Quant à son père, il était un baron faisant partie du comté du Val Kalnas.

Je ne suis qu'un troisième fils. Autant dire que je ferais bien de devenir un grand chevalier...

Tu peux aussi entrer chez les frères de la Grande Créatrice...

Gwéndal n'avait pu s'empêcher d'éclater de rire. Aussitôt, le capitaine avait grogné :

— Dormez, les garçons !

Ton père ne peut pas nous entendre ?

Non. Maman le pouvait, mais elle n'arrivait pas à me parler...

Je peux également vous entendre ! Et j'aimerais dormir !

Les deux garçons s'étaient regardés, surpris. Qui leur avait parlé ? Trop excité pour être prudent, Gwéndal avait demandé :

Vous êtes un Elu ?

Non, mais tâcher d'apprendre à discuter sans que le duché entier ne vous entende.

Mais qui êtes-vous ? s'était enquis Kylian.

Vous le saurez bien assez tôt. Maintenant, dormez si vous n'êtes plus en selle !

Les deux enfants s'étaient tus, ils avaient pensé qu'ils devraient apprendre à communiquer sans se faire entendre, ça devait être possible.

Kylian n'avait pas trouvé le sommeil, son esprit avait continué de vagabonder. Il avait repensé à sa mère, à sa petite sœur, au fait qu'il devait s'entraîner, qu'un jour, il pourrait-être un Elu...

— Debout !

Kylian avait difficilement ouvert les yeux. Il s'était redressé et avait regardé autour de lui. Le soleil avait commencé à se lever. La femme était occupée à préparer de quoi manger. Gwéndal avait eu la même tête que lui. Puis ses yeux s'étaient posés sur autre chose, sur quelqu'un d'autre plus précisément.

Une petite fille se tenait de l'autre côté du feu, elle mangeait de bon appétit des petits gâteaux secs.

— Qui est-ce ?

— Il s'agit de Kali, ma fille, était intervenue la femme.

La petite devait avoir deux ou trois ans tout au plus. Il avait reporté son regard sur son père, voir s'il confirmait. Ce dernier avait cru bon d'expliquer :

— Madame a offert une somme plus que généreuse au duc, pour que nous l'emmenions au plus vite dans son village natal.

Gwéndal avait semblé surpris, Kylian avait éprouvé des difficultés à y croire. Il avait regardé la fillette, elle ne se préoccupait pas de ce qui se passait autour d'elle.

— On n'a pas monté la garde, s'était étonné Gwéndal.

Le capitaine s'était amusé de la réaction du garçon et avait répondu :

— En effet. Vous ferez mieux cette nuit !

Après un rapide repas, ils avaient repris la route.

Ils étaient partis depuis deux semaines et n'avaient croisé qu'un seul village. Les deux garçons étaient fatigués du rythme soutenu du voyage. La petite Kali demeurait étonnement sage.

— Dans deux jours, nous serons chez la sœur du duc. Nous y ferons une halte un peu plus longue, puis nous repartirons.

Le soir venu, il avait trouvé bien plus facilement le sommeil. Lui et Gwéndal n'avaient pas encore réussi à faire leur tour de garde en entier. Le capitaine ne les réprimandait pas, il connaissait la difficulté que c'était, surtout pour de jeunes enfants comme eux.

Il avait regardé son père dormir, tout comme la femme et sa fille également. Gwéndal s'amusait à observer des feuilles brûler, dès qu'une terminait de se consumer, il en lançait une autre dans le feu.

Le temps s'égrenait lentement. Kylian avait pris un bout de bois et avait commencé à le tailler avec son couteau. Par moment, il relevait la tête pour vérifier la position de la lune. Ce n'était toujours pas l'heure de réveiller son père.

— Tu veux en faire une brindille ? s'était moqué Gwéndal.

Il l'avait fusillé du regard et lui avait lancé le morceau de bois. Gwéndal l'avait examiné et s'était aperçu qu'il était occupé à sculpter un loup.

— Tu te débrouilles bien, avait-il constaté en relançant la petite sculpture.

Kylian avait haussé les épaules et avait continué. Il avait presque terminé quand il avait relevé la tête, surpris. Il avait entendu un bruit étrange, enfin plus étrange que les autres. Il avait jeté un coup d'œil à son compagnon, lui aussi s'était redressé.

Discrètement, il s'était approché de son père pour le réveiller. Celui-ci ne dormait pas et avait mis un doigt sur sa bouche pour l'empêcher de dire quoi que ce soit.

Glingal avait saisi son épée, il commençait à avancer vers le bord de la clairière quand deux soldats s'étaient présentés, armes aux poings.

— Qui êtes-vous ?

— Vous qui êtes-vous ? avait répliqué l'un des gardes.

Devant l'air revêche des deux hommes, le capitaine avait rengainé son épée et s'était présenté :

— Capitaine Glingal, chevalier du duc de Sedna. Nous venons rendre visite à la comtesse Sedna, la sœur du duc, sur son ordre.

— Pourquoi ne pas être passé par la route ? Vous êtes à moins d'une heure du palais. Nous sommes venus à cause de la fumée. Nous pensions qu'il s'agissait de braconnier.

— Je le sais. Je dois former mes deux écuyers.

— Des écuyers ? Ces gamins ? s'était moqué le second soldat.

— D'autre part, ce n'est pas une heure pour nous présenter chez le comte et son épouse.

— En effet, en convint le premier garde.

Ils étaient restés avec le groupe, les deux enfants étaient allés se coucher en attendant le lever du soleil.

Kylian avait admiré le palais, les rayons du soleil le recouvraient d'une lumière d'or.

Le Val Doré… ça porte bien son nom !

Les gardes de la nuit les avaient menés aux écuries. Un palefrenier était aussitôt arrivé pour s'occuper des bêtes. Les deux garçons n'avaient pas eu le temps de faire un geste qu'un domestique s'était présenté pour les conduire au palais. Ils n'avaient pas suivi le capitaine, mais ils avaient été envoyés aux cuisines pour se restaurer.

Avez-vous terminé de manger ?

La voix était douce, maternelle. Kylian avait eu un pincement au cœur en l'entendant, non pas qu'elle soit identique à celle de sa propre mère. Toutefois, cette façon de parler était celle d'une femme ayant des enfants.

Les deux jeunes avaient regardé autour d'eux, mais personne ne leur prêtait la moindre attention.

Venez me rejoindre dans le petit jardin, près des simples.

Gwéndal avait dû demander à l'une des filles de cuisine où se situait ce fameux jardin. En y parvenant, ils avaient vu une jeune femme occupée avec une enfant. Elle lui montrait les herbes aromatiques et les fleurs qui les entouraient. Elle s'était redressée et les avait gratifiés d'un magnifique sourire :

— Vous n'avez pas mis longtemps, félicitations.

Les deux jeunes n'avaient pas eu le temps de répondre qu'un garçonnet était arrivé en courant :

— Maman !

La dame s'était retournée vers lui et lui avait proposé sa main.

— Luca, calme-toi, je ne vais pas disparaître.

— Mais maman ! Je…

— Patiente un peu. Je dois m'occuper de ces deux jeunes gens avant, l'avait gourmandé sa mère.

— Mais !

— Ttttt, tu as six ans, tu n'es plus un bambin, joue avec ta sœur, je n'en ai pas pour longtemps.

Il avait grimacé et obéi sans rien ajouter. La petite était en admiration devant une coccinelle se promenant sur les pétales d'une fleur.

Kylian avait reporté son regard sur la femme. Elle avait des yeux verts magnifiques, son visage souriant lui donnait envie de se réfugier dans ses bras.

Ça ne doit pas être une servante, elle est trop bien vêtue pour !

Il avait entendu la pensée de Gwéndal et avait remarqué qu'aussitôt, elle avait levé un sourcil amusé.

— En effet… Je me nomme Anna Sedna-Anela. Je suis la comtesse de ce domaine.

Kylian avait difficilement avalé sa salive, il espérait ne pas avoir fait d'impair. Son père respectait strictement l'étiquette, sans compter qu'il le réprimanderait s'il lui faisait honte d'une quelconque façon.

— Il me semble que je me suis présentée, sourit la comtesse.

Kylian s'était empourpré et avait tenté de s'incliner élégamment comme il avait vu son père le faire.

— Je suis Kylian Glingal, fils du capitaine Glingal, futur chevalier du duc Sedna.

Gwéndal l'avait imité d'une façon bien plus naturelle :

— Gwéndal Allhayn, pour vous servir ma Dame, écuyer du chevalier Glingal, prince au dix-neuvième degré du royaume de Sonu.

Elle n'avait pas masqué sa surprise et avait poursuivi :

— Tu es bien jeune pour être écuyer. Vous êtes certainement les deux potentiels dont mon frère m'a parlé. De toute évidence, vous n'avez pas appris à maîtriser votre esprit.

Ils s'étaient jeté un regard incrédule, ignorant ce qu'ils devaient faire ou dire. Anna s'était tournée vers sa fille et s'était amusée de quelque chose que les deux garçons ne voyaient pas. La comtesse avait enfin reporté son attention sur les deux garçons.

— Comment se porte ton père ? Fait-il toujours des crises de foie ?

Surpris Gwéndal avait répondu :

— Je l'ignore ma Dame. Voilà bientôt quatre ans qu'il m'a envoyé au palais Sedna pour y trouver un chevalier à servir. Le peu de nouvelles que je reçois de la Baronnie, ne concerne pas sa santé.

La comtesse s'était attristée de la situation :

— Je comprends, avait-elle murmuré. Venez vous asseoir, c'est très simple.

Ils avaient exécuté sa demande et l'avaient écoutée religieusement. Elle leur avait appris rapidement qu'ils n'avaient qu'à visualiser leur esprit comme un grand manoir. Avec une pièce dédiée à chaque personne. Tous pouvant passer d'une pièce à l'autre si le besoin était de parler à plusieurs personnes.

Les garçons avaient rapidement compris et s'étaient amusés à communiquer différemment. Kylian avait regardé la jeune femme et l'avait interrogée :

— Vous êtes une Elue ?

— Non, mes dons me viennent de mon grand-père, Maximilien, tout comme pour mon frère.

— Maman ! Léa mange la fleur !

Anna s'était tournée vers sa fille :

— Ma chérie, tu sais bien qu'on ne mange pas les fleurs...

— T'as dit qu'elles étaient bonnes pour pas avoir bobo !

La mère avait souri tendrement et pris sa fille dans les bras. Elle était revenue vers les deux garçons en souriant :

— Vous pouvez aller jouer ou faire ce que veut le capitaine. Une dernière chose, n'abusez pas de ce don, sans quoi vous aurez des migraines épouvantables.

Ils avaient acquiescé et étaient repartis en direction des écuries.

A l'heure du dîner, Kylian et Gwéndal avaient été envoyés à la cuisine pour manger. La cuisinière s'était étonnée de voir les deux jeunes si peu enclins à toucher à la nourriture. En y regardant de plus près, elle les avait trouvés étrangement pâles.

— Mila va chercher le capitaine ! Vu leur couleur, ils ne vont pas tarder à tourner de l'œil ! avait-elle grogné.

Le chevalier était arrivé quelques minutes plus tard, accompagné par la comtesse. Cette dernière avait posé un regard tendre sur les garçons où une petite lueur d'amusement étincelait, cependant.

— Vous avez usé de votre don plus que de raison, n'est-ce pas ?

Glingal avait appuyé la question de la comtesse d'un regard sévère. Lentement, Kylian avait hoché la tête, incapable d'ouvrir la bouche de peur que son estomac ne remonte.

— Il vous faut vous reposer, jeunes gens ! Mila va vous préparer de quoi manger pour votre réveil. Vous aurez une belle fringale, avait-elle repris.

Elle avait glissé quelques mots à l'oreille du père de Kylian, il avait hoché la tête, un petit sourire amusé relevant le coin de ces lèvres fines.

Kylian se souvenait que cette nuit-là, il avait fait de nombreux rêves étranges. Il ne les avait pas oubliés : il traversait une grande forêt aux couleurs vives. Des fleurs plus grandes que lui semblaient ouvrir un passage vers une clairière baignée de lumière.

Un groupe de personnes aux couleurs de peau variées se tenaient en cercle autour d'un feu de camp. Leur diversité de teintes avait surpris Kylian. Il avait pourtant déjà vu des hommes foncés comme l'ébène et d'autres aussi pâles que le lait, mais jamais au sein d'un même peuple ! Ici, les peaux, les couleurs de cheveux et les yeux des personnes réunies donnaient à penser que nul ne prévalait sur l'autre. Une mixité qui rendait une homogénéité parfaite. Des enfants jouaient au loin pendant que les adultes festoyaient gaiement. Il avait voulu se diriger vers les gamins afin de s'amuser avec eux, toutefois, un mot dit par l'un des hommes avait retenu son attention.

— *... sera le futur Ether.*

Il n'avait pas entendu la personne qui le serait, il s'était concentré pour en apprendre plus. Il s'était approché davantage espérant ne pas être vu.

— *Si les visions de Lua sont exactes, le second Ether ne viendra pas au monde...*

— *Mais comptera-t-il pour les Elus ?*

Un vieil homme hocha la tête.

— *Oui. Lua Pele perdra ses pouvoirs.*

Il avait espéré en savoir plus, mais quelqu'un le tirait par la manche. Il avait pivoté vers l'importun et avait été surpris de découvrir Gwéndal.

— *Nous serons peut-être les prochains !*

— *Cela te plairait ? s'était-il enquis.*

L'écuyer avait hoché la tête.

— *Je n'ai aucune chance de devenir quelqu'un. Mon père s'arrangera à me trouver un bon mariage, mais...*

Kylian ne voyait pas l'intérêt de devenir quelqu'un, alors devenir un Elu lui importait peu. Le seul métier qu'il avait envisagé était sculpteur, suite à la visite d'un marché avec sa mère. Il y avait vu un jeune homme tailler une pierre en oiseau, celui-ci prenait son envol. Ils étaient partis avant qu'il ne soit terminé. Il avait été émerveillé de voir la pierre prendre forme sous les doigts agiles de l'artisan.

Il avait reporté son attention sur le groupe, c'était trop tard, son rêve devenait flou. D'autres images venaient se chevaucher, n'ayant aucun sens. Ça en devenait oppressant, il s'était réveillé en sursaut. Il s'attendait à voir son compagnon réveillé également, mais il dormait profondément, paisible.

Pourquoi se repassait-il ainsi tout son vécu avec Gwéndal ? Il le savait, il lui manquait. Il avait besoin de tout revivre pour pouvoir accepter sa disparition.

Lentement, le sommeil l'emporta enfin.

Chapitre 3

Harcelant sa monture, Kylian n'avait plus qu'un désir, arriver au plus vite. Son souhait se réalisa en début de soirée, il fut surpris d'être accueilli par Cecilia. Son ventre arrondi promettait un héritier qui arriverait certainement en début d'année.

Il sauta de sa monture et s'inclina respectueusement devant elle. Un palefrenier arrivait déjà pour prendre soin de la jument. La duchesse ne fit pas de manière et s'exclama :

— Sir Kylian ! Je ne pensais pas vous voir arriver si tôt ! Les troupes envoyées par mon père ne sont pas encore présentes et ne devraient pas être là avant au moins trois à quatre jours !

— Mes respects, madame. Je voyageais seul, j'ai pu ainsi gagner du temps. Puis-je vous demander comment vous vous portez ?

— Comme vous pouvez le constater, je me porte à merveille ! La sage-femme du palais affirme que ce sera un garçon, le guérisseur lui est persuadé que ce sera une fille !

Kylian sourit, ça ne l'étonnait pas. Celui qui aurait deviné correctement pourrait prétendre à plus d'influence auprès de la famille Aranya.

— Se sont-ils mis d'accord pour l'arrivée de ce petit être ?

— Dans quatre ou cinq lunes pas plus. Là encore, ils ne sont pas d'accord ! J'aimerais qu'il arrive pour le printemps, c'est la plus belle des saisons !

Le printemps... Une belle saison pour entamer un conflit...

Il préféra ne rien dire de ses pensées et acquiesça en souriant.

— Je manque à tous mes devoirs ! Vous devez être affamé ! Peut-être souhaitez-vous également vous délasser après un si long voyage ! Sachez que vous êtes officiellement convié au dîner de ce soir.

— Ce sera un honneur, votre altesse.

Il s'inclina de nouveau et se tourna vers les écuries pour qu'on lui indique la chambrée qu'il occuperait. Après quelques pas, il fit volte-face et s'enquit :

— Pourquoi rester ici, dans le froid ? Vous ne m'attendiez pas ?

— J'attends mon époux, Sir Kylian.

Devant le regard surpris du commandant, elle ajouta :

— Tous les jours, il part vers la frontière vérifier que les neiges qui sont tombées providentiellement ne fondent pas et gardent toujours nos ennemis loin de nos murs.

Quelque chose changea dans les yeux de la jeune femme, elle n'était plus celle qu'il avait connue enfant. Elle avait perdu cette frivolité qui la caractérisait. Cécilia était amoureuse de son époux et s'inquiétait pour lui.

— Ne craignez-vous pas d'attraper la mort en restant ainsi ?

— La peur de ne pas le voir revenir me tue à petit feu. D'être là, dans cette cour, avec les animaux et les soldats qui s'exercent, c'est un peu comme être chez mon père, quand nous venions enfants vous voir vous entraîner ou lors des duels avec...

Elle se coupa net, elle avait entendu parler des évènements qui avaient eu lieu avec sa cousine, ainsi que de la mort de Gwéndal, même si elle en ignorait les circonstances. L'ancien chevalier était considéré comme un traître et sa mort n'avait pas ému les personnes mises dans la confidence.

— Je prendrai le relais à partir de demain, vous n'aurez plus à vous soucier de la sécurité de votre époux, altesse.

Il tourna les talons connaissant le caractère buté de Cécilia, il ne pourrait la convaincre de rentrer. L'homme qui s'occupait de sa monture la bichonnait avec soin. Il s'arrêta un instant pour lui indiquer le quartier des soldats.

Kylian était mal à l'aise de manger ainsi avec la nouvelle famille de Cécilia. Ils restaient courtois, l'interrogeant sur les diverses stratégies militaires, ce qui pouvait se produire en cas d'invasion. Le commandant était stupéfait de l'ignorance de ses hôtes. Eux qui possédaient une frontière avec un peuple ne partageant pas la même culture. Jusqu'à présent, Les Sonois n'avaient jamais tenté de les attaquer, préférant guerroyer chez eux pour la lutte du pouvoir. Toutefois, si l'idée leur venait d'unir leur force pour le faire, le duché n'était absolument pas protégé.

Le glacier qui bordait la frontière les défendait, surtout maintenant que des neiges le recouvraient et le rendaient encore plus incertain. Le château restait très proche de cette séparation naturelle, à peine une journée de cheval. L'époux de Cécilia se rendait à une tour de guet à mi-chemin pour vérifier tous les jours que rien ne bougeait. Leurs soldats étaient disséminés tout le long.

En cas d'attaque, ils n'en feront qu'une bouchée !

Kylian suivit le duc et son père, qui se jugeait trop vieux pour continuer d'administrer le domaine, dans le bureau. Il y découvrit la carte du duché, ainsi que la position exacte de leurs hommes. Il était horrifié, positionné ainsi, ils seraient abattus en moins de temps qu'il en fallait pour décocher une flèche !

De façon très diplomatique, il donna son opinion sur la manière dont les soldats devraient se répartir sur le territoire. Ils discutèrent ainsi près de deux heures après le repas. Avant de partir se reposer, Kylian ajouta :

— Loin de moi l'idée de vous dire quoi faire. Toutefois, il serait bon que la duchesse parte dans des territoires moins à risques pour y mettre l'enfant au monde.

— Par deux fois, je lui ai demandé...

La plainte était claire, le duc était fou amoureux de sa femme et n'arrivait pas à avoir le dernier mot avec elle.

— Dans ce cas, trouvez dans le palais un endroit sûr, où elle et l'enfant seront en sécurité en cas d'invasion... Mais...

Il n'eut pas à terminer sa phrase, les enjeux étaient parfaitement clairs. Cécilia devrait partir de gré ou de force pour sa sécurité et celle de l'héritier.

Il fut heureux de gagner sa chambre, il était éreinté par sa chevauchée et par ce dîner. Pourtant à peine allongé, d'autres images vinrent le tourmenter et l'empêchèrent de trouver le repos auquel il aspirait tant.

Il n'était resté que deux jours au Val Doré, il s'était senti triste de repartir. Il avait souhaité questionner la comtesse sur son pouvoir, cependant il n'en avait pas eu l'occasion.

Il n'avait pas parlé de son rêve, après tout, ce n'était qu'un songe étrange, il ne voulait pas que l'écuyer de son père se moque de lui. Il s'habituait à sa compagnie et finalement commençait même à le trouver sympathique. Toutefois, il avait hâte de récupérer sa monture pour lui seul. Partager une selle à deux n'était pas confortable.

Kylian était surpris par Kali, la fille de la femme, qu'ils accompagnaient. Elle ne bronchait pas, pourtant le voyage était long et les conditions n'étaient pas idéales. Elle ne réclamait jamais rien et ne demandait pas même à jouer. Le soir, elle se lovait contre sa mère et s'endormait vite.

Son père l'avait réveillé lui et Gwéndal, pour une nouvelle garde de nuit. Ils s'habituaient à avoir des nuits entrecoupées. Comme à chaque fois, il avait repris un bout de bois vierge et s'était occupé à le tailler.

Le soleil commençait à se lever quand il avait vu la petite l'observer longuement. Il ignorait depuis quand elle était ainsi. Gwéndal s'était levé et avait mis à chauffer de l'eau en attendant que tous se réveillent. Kylian avait délaissé sa petite sculpture pour prendre une besace remplie de victuailles. Quand il était revenu près du feu, il avait découvert la petite avec son couteau qui mimait des gestes de combats.

— Elle est aussi douée que toi ! avait ricané Gwéndal.

Kylian avait froncé les sourcils et grogné en reprenant son couteau :

— Ce n'est pas un jouet pour une petite fille.

— Je ne suis pas une petite fille ! avait râlé la petite.

— Kali !

La petite s'était tournée pour voir ce que voulait sa mère. Cette dernière avait simplement dit :

— Viens manger. Il nous reste encore de la route à faire. Plus tôt nous partirons, plus tôt nous arriverons.

La petite avait foudroyé le garçon des yeux et était repartie près de sa mère. Kylian n'y avait pas prêté attention et avait distribué la viande séchée à tous. Il avait relevé la tête en entendant la petite marmonner des choses inaudibles à l'oreille de sa mère. Cette dernière avait froncé les sourcils et l'avait reprise fermement. Les garçons n'avaient pas saisi leur dispute, mais ça les intriguait.

Ils eurent beau prêter attention aux moindres détails sur leurs étranges passagères. Rien. Ils étaient arrivés après trois semaines de voyage au village d'Aguna, sans avoir découvert quoi que ce soit sur elles.

Ils étaient repartis le jour même. Le capitaine leur avait fait prendre un autre chemin pour rentrer, prétextant que c'était pour leur apprentissage. Cependant, Kylian en doutait. Il avait tenté d'interroger son père sur l'identité de la femme et de sa fille, ainsi que sur les raisons de cette escorte. Il n'avait eu aucune explication.

Le capitaine ne s'était pas pressé pour rentrer. Gwéndal avait récupéré la jument de la duchesse. Les premiers temps avaient paru étranges à Kylian, seul sur son cheval. Très vite, il avait néanmoins repris ses marques et galopé gaiement aux côtés de Gwéndal et de son père.

Chaque jour se ressemblait, non par son temps qui variait entre les pluies et les chaleurs estivales, mais par l'entraînement qu'ils suivaient le matin et les chevauchées de l'après-midi. Parfois, ils croisaient un village et se réapprovisionnaient. Les deux garçons apprenaient également l'art de la chasse et de la pêche. Ils ne restaient pas assez longtemps pour poser des pièges, toutefois, le chevalier leur avait expliqué comment les fabriquer, où les placer et trouver les pistes des animaux.

Après presque deux mois de voyages de part en part du royaume, Kylian avait été heureux de voir le château du duc se dresser fièrement à l'horizon en songeant qu'il retrouverait un lit confortable, un repas chaud et bien préparé.

Ils avaient fait la moue en entendant le capitaine leur demander de s'occuper des chevaux avant de filer à la cuisine. Les garçons avaient espéré que les palefreniers s'en seraient chargé. De mauvaise grâce, ils s'étaient exécutés devant le regard amusé de leurs aînés.

Une fois les chevaux bouchonnés, ils avaient enfin pu se diriger vers les cuisines. Son estomac grondait fortement. Gwéndal avait soulevé un sourcil amusé. Cependant, le sien l'avait imité aussitôt. Il avait alors haussé les épaules, il n'y pouvait rien et ils en avaient ri.

Ils s'étaient régalés des pâtés et de la sauce des viandes, tout comme des fruits confits et des sirops. Les odeurs des saucisses fumées et des divers jambons les faisaient saliver, mais c'était pour leur prochain repas. Là, ils avaient eu le ventre bien rempli et ne rêvaient plus que de se coucher dans un lit bien moelleux.

Une fois restauré, Kylian avait décidé de se laver, il n'avait pas vraiment apprécié ses dernières ablutions qui se faisaient dans la rivière et étaient réellement froides ! Gwéndal l'avait suivi et tous deux avaient été heureux de sentir l'eau chaude couler sur eux. Immanquablement, il avait pensé aux lavandières et à cette création qui leur permettait d'avoir des douches chaudes !

Leur retour s'était fait savoir et de nombreuses personnes les avaient questionnés sans interruption. Kylian avait été gêné d'être ainsi soumis aux demandes des uns et des autres, alors qu'il était nu comme un ver. Il aurait aimé profiter de son confort en toute tranquillité. Gwéndal, plus à l'aise avec les soldats, leur avait répondu tout en se lavant. La pudeur qu'éprouvait Kylian, ne l'affectant visiblement pas.

Kylian était sorti des douches longtemps après son compagnon et s'était dirigé directement vers sa chambre afin de ne pas subir de nouveaux interrogatoires. Enfin allongé sur son lit, il avait fixé le plafond laissant son esprit vagabonder. Il avait bien compris que jamais il ne pourrait devenir sculpteur, peut-être pourrait-il inventer des choses... Cependant, l'ombre de son père avait traversé son esprit. Non, il le destinait à une carrière militaire, il n'avait pas le choix et devait se faire une raison. Sans s'en être rendu compte, il s'était endormi avant même que Gwéndal ne revînt dans la chambre.

Kylian s'était réveillé seul, il s'était demandé si Gwéndal était venu se coucher. Il avait obtenu la réponse en arrivant au réfectoire. Son compagnon avait dormi dans une étrange position sur l'une des tables. Il s'était approché et avait essayé de le secouer pour le réveiller. Gwéndal était resté inerte, la bouche entrouverte avec une haleine alcoolisée. L'un des jeunes soldats s'en était amusé et lui avait expliqué :

— Il n'est pas prêt de se réveiller vu ce qu'il a bu hier.

Kylian l'avait regardé, choqué qu'un si jeune écuyer se soit laissé prendre par la boisson. Il avait mangé en observant son camarade dormir, puis il était parti en direction du camp d'entraînement.

Son père les attendait, Kylian étant arrivé seul, il l'avait interrogé :

— Où est Gwéndal ?

— Il dort dans le réfectoire, avait-il répondu placidement.

— Pardon ? s'était exclamé le capitaine.

Le garçon avait haussé les épaules et répété ce qu'on lui avait dit :

— Il a trop bu cette nuit...

Il avait aperçu son père devenir blanc, puis rouge de colère. Il avait vociféré quelques mots que Kylian avait supposé être des grossièretés d'un niveau qui lui était alors, hors de portée, puis l'avait vu foncer vers la cantine des soldats.

Il l'avait attendu patiemment en jouant avec son couteau, visant les barrières à différents niveaux. Il avait raté son second coup, le couteau filant à toute vitesse, alors qu'une jeune servante traversait la cour.

— Attention ! s'était-il écrié.

La jeune fille s'était arrêtée net évitant de peu le couteau qui était tombé un peu plus loin. Elle s'était tournée vers lui et avait grondé :

— N'as-tu rien d'autre à faire, que d'essayer de tuer d'honnêtes travailleurs, petit garnement !

— Pardon... J'apprends à viser et...

— Petit imbécile ! Tu ferais mieux de faire quelque chose d'utile !

Elle était repartie le laissant pantois devant sa bêtise. Kylian avait ramassé son couteau et était retourné sur le terrain. Il s'ennuyait ne sachant plus quoi faire en attendant son père. Il s'apprêtait à partir quand il l'avait vu revenir aussi furibond qu'à son départ.

— Que t'est-il passé par la tête de lancer un couteau dans la cour ! Vous allez me rendre fou tous les deux ! avait râlé le capitaine.

Kylian n'avait pas eu le temps d'expliquer son geste que son père avait continué :

— Pas d'entraînement aujourd'hui. Tu vas aider à couper du bois. Ça t'évitera de faire des âneries !

Kylian était resté à le regarder, ne sachant pas où il devait se rendre. Glingal voyant son fils rester sur place avait grogné :

— Allez, file !

— Mais je ne sais pas où il faut aller... avait-il maugréé.

Son père avait poussé un profond soupir et l'avait emmené à la lisière de la forêt. Un homme d'âge mûr et deux autres plus jeunes abattaient des arbres. Un quatrième, un peu plus âgé que lui, fendait des bûches, pendant que deux jeunes filles, dont celle qu'il avait failli blesser, les ramassaient et les entassaient.

— Tu vas aider Senga et Muguette à ranger le bois.

Le chevalier s'était tourné vers Kylian et avait demandé, excédé de le voir renfrogné :

— Quoi ?

— Je veux pas faire un travail de femme, avait-il bougonné.

La jeune fille, répondant au nom de Senga, l'avait fusillé du regard.

— Un travail de femme, hein ? avait répété son père.

Le sourire qu'affichait le capitaine n'annonçait rien de bon.

— Eh bien, sache que dorénavant ça fera partie de ton entraînement. On verra bien si tu résistes au « travail » de femme !

Kylian n'avait pas attendu que son père parte. Rageusement, il avait pris deux bûches et était allé les entasser. Après une demi-heure, il avait commencé à sentir son dos tirer quand, il se baissait, puis ce furent les bras. Bientôt, il avait ralenti son allure, des muscles, dont il ignorait l'existence, se faisaient connaître.

Il s'essuyait régulièrement le front, il avait fini par imiter les hommes qui sciaient et fendaient le bois en retirant sa tunique. Les filles, elles, ne le pouvaient pas !

Il avait été heureux de voir Senga partir et revenir avec le déjeuner. Il n'avait pas prononcé un mot durant la matinée. Il s'était assis avec les autres pour manger, toutefois, il n'osait pas se servir. Muguette lui avait souri gentiment et déclaré :

— Vas-y, mange. Tu dois mourir de faim !

Il ne s'était pas fait prier et s'était jeté sur le pain et les pâtés. Il avait bu une grande rasade, jamais il n'avait trouvé l'eau si délicieuse ! Une fois rassasié, il avait regardé avec ennui le tas de bois. Il ne tenait pas à s'y remettre. Senga avait constaté le visage du garçon et avait demandé :

— Tu es prêt pour ta seconde corvée du jour ?

— On ne continue pas le bois ?

Elle avait secoué la tête et expliqué :

— Non, il fait trop chaud, ce serait dangereux.

Kylian s'était levé et avait suivi les deux adolescentes. Il avait été heureux de voir qu'il allait dans l'ancien local des bains devenu le lavoir. Il y faisait frais et ça sentait bon le savon et les fleurs. Il avait reconnu l'odeur de lavande et de jasmin, mais d'autres parfums venaient se mélanger. Il avait été content d'y retrouver madame Jo, cette dernière n'avait pas paru surprise de le voir, son père l'avait certainement prévenue.

A peine était-il arrivé, que Gwéndal était apparu. Il n'avait pas semblé au meilleur de sa forme, blanc comme un linge, il avait de profonds cernes, ses yeux rougis révélaient la nuit difficile qu'il avait passé. Il avait salué Kylian d'un signe de tête qui lui avait visiblement déclenché une vive douleur.

— Eh bien ! Nous voici bien équipés, avec vous deux ! s'était exclamée madame Jo. Toi tu vas aller avec Senga et toi avec Muguette, avait-elle ordonné en les désignant.

Kylian n'avait rien répondu et avait rejoint Senga. Elle s'amusait de le voir si ronchon. Elle lui avait montré une première fois comment battre le linge, le rincer, le battre de nouveau et ainsi de suite pour enfin le tordre et l'étendre.

Il avait obéi et refait les mêmes gestes, ce qui lui avait entraîné d'affreuses douleurs dans les muscles. Comment un drap qui était si léger quand on dormait dessous pouvait devenir si lourd ! Il avait eu l'impression que ses muscles se détachaient de ses os et qu'à la fin de la journée il aurait été entièrement désarticulé.

Gwéndal comme son compagnon n'avait pas parlé pour des motifs différents. Cependant, ils avaient appris énormément de choses sur la vie au palais et surtout sur les occupants.

En un après-midi, ils avaient su que la petite Cécilia menait la vie dure à ses parents et rêvait déjà d'un grand mariage. Agée de presque cinq ans, la petite duchesse ne tenait pas en place et enchaînait les bêtises.

Ils avaient également eu connaissance des derniers scandales du village, Betty, la fille du poissonnier était enceinte, et le probable père de l'enfant n'était autre que son voisin, Armand, le fils du boucher. Le scandale de l'affaire touchait les deux familles. Sans surprise, les deux jeunes se verraient mariés dans le mois qui arrivait.

Ils avaient dû attendre le coucher du soleil pour pouvoir dîner. Sitôt le repas avalé, ils avaient filé au lit et s'étaient endormis sans s'être adressé la parole de la journée. Kylian en voulait à Gwéndal, de s'être saoulé et ce dernier lui en voulait de sa réflexion qui les obligeait tous deux à subir des travaux injustes !

Le réveil avait été difficile, les vociférations du soldat qui venait les secouer eurent raison de leur sommeil. Péniblement, ils s'étaient traînés sur le terrain d'entraînement.

Glingal s'était amusé de les voir endoloris, c'était là une bonne leçon. Tenir leurs armes en bois avait été un nouveau supplice pour Kylian. Gwéndal avait semblé moins en souffrir.

Tu n'as pas eu à ranger le bois, avait grogné le garçon par la pensée.

En milieu de matinée, le chevalier leur avait demandé de rejoindre les bûcherons pour aider comme la veille. En revanche, il leur avait demandé de revenir en milieu d'après-midi.

— Ne traînez pas en route... Je le saurai ! avait-il averti.

Renfrognés, les deux garçons avaient obéi. Ce traitement avait duré jusqu'à l'hiver. Les neiges et le froid allant de pair, ils avaient cessé d'aller travailler avec les bûcherons, ces derniers étant affectés à une autre besogne.

Ils avaient dû suivre l'enseignement du précepteur. Le capitaine était heureux de voir les garçons apprendre vite.

Kykian ne se souvenait pas vraiment des années qui avaient suivi, tout était bien organisé dans leur vie et toujours très semblable : entrainement, leçon, mise en situation...

En revanche, il se souvenait six ans plus tard : il avait grandi rapidement rattrapant la taille de Gwéndal qui semblait attendre qu'il l'égale pour poursuivre sa croissance. Malgré leurs deux années d'écart, on leur donnait le même âge.

Ils avaient poursuivi leur apprentissage et le capitaine Glingal souhaitait les adouber chevalier. Beaucoup s'étaient récriés de cette décision, estimant les adolescents bien trop jeunes et inexpérimentés. Il ne pouvait pas faire valoir le fait qu'ils étaient des Elus et s'était contenté de proposer une vieille coutume. Celle-ci consistait à organiser un tournoi. Si les deux garçons l'emportaient, personne ne pourrait contredire la décision du chevalier.

Kylian n'avait redouté en rien ce fameux tournoi, quant à Gwéndal, il l'avait estimé comme étant une perte de temps. Toutefois, tous deux avaient été d'accord sur le fait que ça impressionnerait les jeunes filles !

Comme cette époque lui semblait heureuse, son père était encore en vie, malgré des rumeurs d'attaques frontalières, ils ressentaient tous une telle joie de vivre.

Chapitre 4

Eleanor serait folle d'imaginer sa cousine enceinte en première ligne d'un danger immédiat. Cette pensée amusa quelque peu Kylian. Une longue discussion acharnée de deux jours eut raison de Cécilia qui consentit à retourner chez ses parents, le temps que la situation soit calmée. Elle partirait après l'arrivée des troupes de Philippe et serait accompagnée par sa belle-mère et leurs servantes.

Kylian soupira, ce n'était pas facile d'obtenir gain de cause avec la famille Sedna, la jeune duchesse ne pouvait pas nier son ascendance.

Le commandant, attendant les nouveaux soldats, commença à prendre des mesures pour un rationnement plus drastique des ressources. Jusqu'à présent, rien n'avait été mis en place. Fort heureusement, le domaine avait eu d'excellentes récoltes, les greniers regorgeaient de céréales et bon nombre de bétails avaient bien profité des beaux jours.

Il remarqua les plaintes de certains qui ne comprenaient pas qu'on les rationne. Les plus geignards étaient sans surprise, les plus jeunes, ceux qui n'avaient jamais eu à combattre réellement contre un ennemi. Kylian ignora les trouble-fêtes et continua d'organiser la campagne militaire. Il y avait beaucoup à faire et peu de temps pour être prêt.

Il fut soulagé trois jours plus tard de voir ses camarades du duché central arriver. Rapidement, il dirigea chacun des soldats pour leur dire où et quoi faire. Louis d'Aranya, l'époux de Cécilia, apprenait beaucoup aux côtés du jeune commandant. Ça l'intriguait autant que ça l'intéressait.

— Votre altesse, vous est-il possible d'écrire au marquis Lekker, nous aurions grandement besoin d'une partie de ses troupes.

— Je ne comprends pas pourquoi. Toute la frontière avec Sonu est sécurisée.

— Et celle du royaume Oraps ?

— Mais, le peuple Oraps ne nous a jamais attaqués ! Ils vivent très reculés des frontières. Je n'en ai même jamais vu !

— Mieux vaut protéger toutes les frontières votre altesse, en temps de conflits, les dirigeants révisent leurs perspectives. Beaucoup se disent : « tant qu'ils sont occupés à gauche, pourquoi ne pas en profiter à droite ». Quand on se retourne, c'est trop tard. Sans compter qu'il est possible qu'ils aient une alliance entre eux.

— Bien, mais que vais-je dire au marquis ?

— Dites-lui simplement que c'est pour consolider vos défenses, qu'ainsi son domaine restera bien protégé. Vous êtes celui qui fait office de chambre de visite, vous devez être préparé contre les dangers extérieurs.

Louis accepta de faire la missive. Kylian regardait de loin les voitures se préparer. Avec Cécilia, rien ne pouvait être simple décidément ! Il avait l'impression que la jeune femme partait pour une expédition. Il préféra ne rien dire, afin d'être assuré qu'elle quitte le domaine.

D'autres troupes arrivèrent, envoyées par le Val Doré, ainsi que celles du Marquis Lekker qui avait généreusement consenti à aider son petit cousin au quatrième degré à défendre son fief. Kylian n'avait pas fini de donner ses ordres qu'un cavalier approcha et se montra quelque peu narquois :

— C'est donc vous qui jouez au chef ?

— Pardon ?

— Veuillez me pardonner. Je suis le baron de Lington. Je suis le Haut commandant des armées de sa grâce le duc d'Aranya.

— Vous m'en direz tant ! Et que faisiez-vous depuis deux semaines que je suis ici ?

— Rien, mes hommes étaient prêts à l'action si danger il y avait.

— Vraiment ? Vous voulez parler de cette ligne de soldats, rangés en rang d'oignon ? En moins d'un quart d'heure, il n'en serait rien resté.

Le baron descendit de son cheval et passa devant Kylian en le toisant. Le commandant soupira, il avait encore affaire à un nobliau trop zélé. Sûrement n'avait-il jamais participé à une bataille lui non plus. Il ne fut pas étonné de le voir revenir furibond :

— Vous refusez de nourrir décemment mes hommes !

— J'ai en effet donné un ordre de rationnement. Ne vous inquiétez pas, vos hommes sont nourris à leur faim.

— Mais ! Là n'est pas la question ! Il n'y a toujours pas de guerre, pas de combat, rien ! Alors, pourquoi priver mes hommes de leur pitance !

Kylian inspira doucement afin de maîtriser son envie de l'envoyer paître. Il ferma un instant les yeux et enfin le dévisagea d'un air condescendant :

— Nous sommes au début de l'hiver, les combats ne commenceront vraisemblablement pas avant la fin, voire le début du printemps. Les paysans ne pourront pas ensemencer leurs champs, quand bien même ils y parviendraient, pensez-vous réellement que les soldats resteront bien sagement dans les bois et les chemins pour se battre ? Les cultures seront détruites avant même de pouvoir les moissonner. Pas de culture, pas de céréales, pas de foin pour les animaux. On rationne. C'est tout.

Le baron passait par toutes les couleurs, il fulminait, rageait comme un enfant capricieux. Il tourna les talons pour se diriger vers le palais.

Voilà qu'il part pour pleurnicher...

Kylian finit d'attribuer les derniers objectifs de ses subalternes. Il se doutait bien qu'il serait convoqué dans peu de temps.

Kylian n'écoutait que d'une oreille les recommandations que faisait le baron Lington. Il vociférait la démence du commandant Glingal, sa trop jeune expérience, après tout il avait quoi vingt-cinq ans ?

— Regardez, votre altesse ! Il se rit de nous ! Le voilà en train de dormir debout !

En effet, Kylian était adossé au mur les yeux fermés, ceci dit, il ne dormait pas.

— Je demande au prince Kalyani et au duc Sedna, ce qu'il convient que je fasse.

— Comment ? s'indigna le baron.

— Le commandant Kylian a les mêmes facultés que le duc Philippe Sedna. Ils peuvent communiquer par la pensée.

L'homme maugréa des mots à l'encontre du jeune commandant, qu'il valait mieux ne pas comprendre. Ce dernier comprit quelques bribes comme sorcellerie, bûcher... Il n'y prêta pas attention.

— La question ne se pose pas... J'ai le commandement des armées d'Aranya !

— Le prince Kalyani rappelle qu'on ne laisse pas une épée affûtée dans les mains d'un homme qui ne sait pas s'en servir...

— D'un enfant... reprit le baron.

— Non, d'un homme, a spécifié le prince, je pense qu'il parle de vous, fit-il d'un ton ironique.

— Comment savoir, s'il dit réellement ce que dictent le prince et le duc ?

— Philippe a confiance en lui.

— Le duc Sedna demande à combien de batailles vous avez assisté ? reprit Kylian sans prêter attention au baron.

Il l'observa, un petit sourire en coin, attendant sa réponse.

— Messieurs, peut-être pourriez-vous commander, comme bon vous plaira, vos troupes distinctives.

— Non.

La réponse de Kylian était sans appel.

— Moi, ça me va.

Kylian soupira, il était exaspéré par ce nobliau :

— J'accepte de parler stratégie avec lui, même s'il n'y entend rien. Cependant, je refuse de partager le commandement avec ! Ce serait comme traîner un poids mort. Je ne risquerai pas la vie de mes hommes, sous prétexte que monsieur veut continuer de s'offrir de bons petits plats et ne pas trop fatiguer.

Le baron arrivait à un nouveau stade de fureur, Kylian se demanda un instant s'il pouvait devenir encore plus rouge.

— Comment ce jeune freluquet ose se permettre de...

Il en perdait ses mots. Kylian haussa un sourcil, attendant la suite, mais ça ne venait toujours pas.

— Le jeune freluquet a déjà emmené plusieurs hommes sur les champs de bataille ! J'ai mené de nombreuses missions à bien, j'ai également permis à mes hommes de rentrer sains et saufs au pays ! Pouvez-vous en dire autant ? Je suis venu à la demande de notre prince, pour sauver ce domaine et empêcher que la guerre envenime le royaume. Soit vous obéissez, soit je pars avec mes hommes. Nous défendrons le royaume à partir des frontières du duché. Je ne les mettrai pas en péril à cause d'un baronet qui n'a eu son titre de commandant que par sa naissance !

— Si vous partez, c'est de la désertion ! Je peux vous faire arrêter pour ça !

— Messieurs ! Calmez-vous, je vous prie !

— De la désertion ? Comment se fait-il que depuis près de deux mois ce soit le duc en personne qui vérifie que rien ne bouge sur la frontière ? Où étiez-vous quand les nouvelles troupes sont arrivées ? Mes ordres, je les prends auprès du duc Sedna ou du prince Kalyani.

Il vit le duc d'Aranya se raidir. Il n'en avait que faire. Il était fatigué de se battre contre un idiot. Il observa Louis se masser les tempes, lui aussi fatiguait de les arbitrer.

Ne lui en veut pas de ne pas prendre de décision. Il doit choisir entre la sagesse et la loyauté.

Qu'il fasse preuve de bon sens ! Je ne suis même pas sûr que ce gars sache tenir une épée !

Propose-lui un duel et celui qui remporte gagne le commandement.

Mouais, et si je le tue ? On me tombera dessus, car monsieur est un baron...

Kalyani a raison, proposez un duel. S'il est malin, il vous laissera tranquille.

— Le duc Sedna propose de nous confronter en duel. Le meilleur deviendrait le commandant en chef.

— En voilà une idée grandiose !

Le baron fut moins enthousiaste. De toute évidence, il n'y tenait pas plus que ça. Il prit son temps avant de grogner :

— Je dois y réfléchir...

— En attendant, le chevalier Kylian Glingal restera le commandent en chef, décréta Louis.

Kylian ne put s'empêcher de faire un petit sourire narquois. Le duc s'empressa d'ajouter :

— Les hommes le connaissent déjà, sans compter que ses plans ne sont pas si mal.

— Du temps de votre père, ça ne serait jamais arrivé ! Il connaissait les hommes responsables lui !

— C'est bien pour ça qu'il m'a donné la gestion du domaine.

C'en fut trop pour le baron Lington qui préféra partir, en claquant la porte. Le jeune commandant ne savait pas trop s'il devait se réjouir de sa victoire. Il fut tiré de ses pensées par Louis qui interrogea :

— Vous seriez réellement parti avec vos hommes ?

— Je ne mettrai jamais la vie de mes soldats en danger inutilement.

— Si la guerre s'installe, certains mourront.

— Hélas, on ne peut l'empêcher, mais mieux vaut leur donner toutes les chances de survivre, afin de remporter la guerre.

Louis hocha la tête, il ne pouvait qu'approuver ses dires.

— J'espère que le baron ne vous en voudra pas trop.

— Nous verrons bien.

— Pourvu que vous ne vous trompiez pas, ajouta Louis.

— Je suis militaire depuis mon plus jeune âge. J'ai grandi parmi les soldats, je connais mon métier.

Kylian remercia le duc de sa confiance puis repartit voir si ses ordres étaient respectés. Il savait qu'il devrait rester vigilant, des tensions comme celles qui avaient eu lieu avec le baron pouvaient créer des discordances au sein de l'armée. Ces dissonances pouvaient avoir des conséquences dramatiques.

Kylian découvrit vite les soldats agitateurs, il dut remanier les équipes afin de s'assurer que ces quelques hommes se tiendraient à carreaux. Ce furent les mêmes qui râlaient pour le rationnement, les mêmes qui se plaignaient de devoir dormir sous des tentes, les mêmes qui grognaient pour faire des rondes. Ce genre de soldats était une calamité pour le bon fonctionnement des troupes. Kylian se résigna à les envoyer sur la frontière d'Oraps pour avoir la paix.

Le solstice d'hiver passa, le froid restait bien présent. Le commandant craignait que les forces armées de Sonu n'attendent pas le printemps. Les neiges qui recouvraient le glacier étaient maintenant bien tassées, les risques seraient moins grands de tenter de les traverser.

Le baron ne tenta rien, aussi surprenant que ça puisse être. Il restait enfermé dans sa maison prétextant un souci de santé. Kylian préféra le garder à l'œil, il avait mandaté un de ses hommes pour le surveiller discrètement. Les seuls faits qu'on lui rapportait étaient l'envoi de nombreux messages. Quelques-uns furent subtilisés, rien de bien menaçant. Des injures, et des pleurnicheries à l'encontre de Kylian, des demandes de soutien... Rien qui puisse l'inquiéter pour le moment.

Le jeune commandant éprouvait une drôle de sensation au fond de lui, une sorte de martèlement, quelque chose se passait. Les premières lueurs apparaissaient dans le ciel neigeux. L'ennemi se préparait à lancer une offensive, il en était persuadé.

Pendant tous les mois écoulés, il avait procédé à des tests avec les soldats. Il espérait que quelques-uns posséderaient la magie de l'esprit. Si c'était le cas, aucun ne lui avait répondu. Il dut se contenter des oiseaux pour communiquer plus vite avec les troupes éloignées. Toutefois, ces mêmes oiseaux pouvaient se perdre, se faire attaquer ou être attrapés par de mauvaises personnes.

Kylian harnacha sa monture et partit au grand galop, là où il sentait la terre vibrer. Il arrivait sur la première tour de garde quand il aperçut un soldat venir à lui. Il s'arrêta à sa hauteur :

— Que se passe-t-il ?

— L'armée de Sonu avance ! Nous ne sommes pas assez nombreux !

— Où sont les troupes ?

— On a reçu un message du commandant Lington, nous disant de rejoindre les hommes sur la frontière d'Oraps.

— Quand ?

— Ce matin. Ils viennent tout juste de commencer à bouger. Ils sont à deux heures à peine. Pour les Sonois, ils en ont pour trois jours avant d'arriver ici.

Kylian grommela quelques injures dignes d'un charretier. Il talonna son cheval jusqu'à la tour, une fois en bas de celle-ci, il rencontra le second sergent qui gardait la bâtisse.

— Commandant ?! Que devons-nous faire ?

— Obéir à mes ordres ! Pas à ceux d'un abruti fini ! Où est le message du baron ?

Le sergent se précipita dans une autre pièce et lui tendit :

Capitaine Mevil, veuillez conduire vos hommes à la première tour de la frontière d'Oraps. Nous allons effectuer des relais, pour que vous puissiez vous reposer.

Commandant Lington, Baron

Kylian se retint difficilement de froisser le billet dans sa main. Il devait le garder pour le moment. Il ordonna que des oiseaux partent pour chaque tour, afin de défendre leur position. Il ajouta une dernière chose, si quiconque apercevait le baron, il devait le mettre aux arrêts.

Il repartit tout de suite après pour rattraper la troupe. Il lui fallut un peu plus d'une heure pour y parvenir. Il trouva rapidement le capitaine Mevil.

— Faites demi-tour, Sonu avance !

— Je reçois mes ordres du baron Lington. Il nous envoie pour relever les gars de la tour Prima.

— Je vous annonce qu'on va être attaqué et vous me répondez qu'il faut relever une tour qui ne sert à rien ? Vous vous foutez de moi ?

— Comme je vous l'ai dit, je ne reçois mes ordres que du baron Lington.

— Le baron a été mis aux arrêts pour trahison. Vous allez l'y suivre si vous ne faites pas demi-tour immédiatement !

Il fut heureux de voir le trouble s'installer sur le visage du capitaine. Il commençait à y avoir des discussions dans les rangs. Kylian fit le pari de jouer sur la corde sensible, il s'écarta du capitaine, il inspira profondément et commença :

— Je suis le commandant Kylian Glingal, le duc d'Aranya m'a confié le commandement des troupes. Dans trois jours, les Sonois seront à nos portes. Relever des hommes qui n'ont fait que garder une tour ne rime à rien ! Vous vous êtes engagés pour protéger le domaine, protéger vos familles, vos amis ! Retournez maintenant à la tour Sud, c'est un ordre ! Quiconque désobéira sera mis aux arrêts et jugé pour trahison !

Les murmures s'intensifièrent. Le capitaine Mevil le fusillait du regard. Kylian patienta un peu. Les soldats hésitaient, ceux qui venaient du duché central commencèrent à tourner les talons. Certains d'Aranya les suivirent par automatisme, d'autres semblaient perdus, que devaient-ils faire ?

— Capitaine ?

L'homme grogna et donna l'ordre de faire demi-tour. Kylian soupira intérieurement, il fut soulagé de les voir revenir sur leurs pas. Il se voyait mal mettre tout une troupe aux arrêts, surtout qu'il était seul.

Ils avaient un avantage vis-à-vis des Sonois, le terrain étant très plat, ils pouvaient les voir arriver de très loin. A l'inverse, eux aussi pouvaient les voir. Il se doutait qu'ils avaient observé les soldats faire demi-tour. Il devait réfléchir à toute vitesse. Faire en sorte qu'ils soient surpris par leur nombre, ce serait difficile. Toutes les troupes qu'il enverrait en renfort se feraient remarquer.

Kylian raccompagna la troupe jusqu'à la tour Sud. Le martèlement s'entendait toujours. Il observa la progression des soldats Sonois. Il devait s'assurer qu'ils n'attaquent pas plus haut sur la frontière. En théorie, ce n'était pas possible. Toutefois, il se devait d'avoir la confirmation.

— Je dois me rendre au château faire un rapport au duc. Si j'apprends que vous avez délaissé cette tour, pour quelque motif que ce soit. Je vous ferai exécuter.

Le capitaine Mevil hocha la tête. Kylian se demanda comment ils avaient pu ignorer les soldats avancer. Il se rappela qu'en allant les retrouver, il ne voyait plus l'ennemi non plus. Le terrain semblait plat, mais il existait de petites collines. Il pouvait se servir de ça !

Il s'en voulait, il n'avait pas assez étudié le terrain. Il fit un détour pour confirmer ce qu'il soupçonnait déjà. En arrivant là où il avait retrouvé le capitaine et le reste des hommes, il existait bel et bien un dénivelé qui masquait la plaine Sonoise. Il retourna au triple galop au palais, prévenir le duc et mettre au point une stratégie de dernière minute.

Chapitre 5

Refermant les yeux, Kylian écoutait. Plus exactement, il ressentait. Les Sonois arrivaient. C'était différent des batailles qu'il avait connues quelques années plus tôt, contre le peuple de Kharmakel. Là-bas, c'était embuscades et pièges, il ne voyait que rarement leurs ennemis. Un peu comme s'ils se battaient contre des fantômes ou plus exactement contre la nature même. Là, ce serait plus militaire, des batailles rangées et donc plus sanglantes.

Toutes leurs troupes n'étaient pas arrivées. Les missives envoyées par le baron avaient fait beaucoup de tort. Beaucoup de soldats étaient répartis un peu partout sauf à l'endroit voulu par Kylian. Il se promit de faire une sacrée fête à Lington quand il le verrait. Il avait prévenu le duc de Sedna, le prince Kalyani et le duc d'Aryana, de l'action du baron.

Le commandant se concentra davantage. Ils seraient bientôt sur eux. La lune était masquée, la nuit ne laissait rien paraître. Aucun bruit ne filtrait, une nuit paisible à première vue.

Derrière vous !

La voix avait explosé dans sa tête. Ce n'était pas la première fois que ça lui arrivait. Il se retourna et pointa son épée en avant. Il reconnut le capitaine Mevil, un poignard à la main. L'homme regarda l'arme qui venait de le transpercer. Ça n'avait fait presque aucun bruit. Pourtant les soldats en approche stoppèrent. Le martèlement que ressentait Kylian s'arrêta également. Il regarda le capitaine se convulser sur le sol. Kylian le discernait mal dans la nuit. Il devait savoir :

— Es-tu seul ou bien d'autres soldats sont à la solde de Sonu ? Est-ce une vengeance personnelle ? Réponds !

— Vous... serez... mort... avant... ... le... lever... ... du... sol...

Il ne termina pas sa phrase. Kylian hésita un instant sur ce qu'il devait faire, si d'autres soldats souhaitaient les trahir, ils étaient perdus. Il fit glisser son épée pour la soustraire du corps de Mevil. Il essuya le sang. Il tenta de vider son esprit, perdu pour perdu, il devrait donner le maximum de lui-même.

Le martèlement n'avait pas repris. Qu'attendaient-ils ?

C'est un piège...

Cette voix, il ne la connaissait pas. Cet accent... se pouvait-il qu'il y ait un soldat Sonois doté de la magie de l'esprit ? Un Elu potentiel ? Un Elu ? Il s'arrêta de réfléchir et alluma le bûcher qui était face à lui.

Il observait les alentours attendant patiemment. S'il était le seul, il était fini. Les secondes semblaient durer des heures. Enfin, un autre brasier s'éleva, puis un troisième, un quatrième ! Ils s'allumèrent les uns après les autres formant un cercle autour des soldats ennemis. Kylian remarqua seulement qu'il avait cessé de respirer.

Le bruit des armes qu'on déployait fut ce qui le ramena à la réalité, puis ce fut la légère brise qui lui renvoyait des effluves de fumée. Enfin, il discerna correctement l'armée adverse de celle qui devait être avec lui. Il se réjouit de voir cette dernière attaquer les Sonois comme il était prévu. Il n'y avait donc pas d'autres traîtres dans leur rang. Il se mêla au combat, tranchant, bloquant, tuant ses adversaires.

Passé le premier cap de surprise, les Sonois s'étaient repris, ils étaient supérieurs en nombre, mais ils l'ignoraient. Les bûchers dévoilaient des centaines de tentes dressées fièrement laissant présager une armée conséquente.

Les épées s'entrechoquaient, les corps s'écroulaient, le sang jaillissait. Son odeur métallique venait en même temps que les relents de fumée.

Ils se sont déplacés de nuit ! C'est pas possible autrement !

La voix retentit de nouveau dans la tête de Kylian, il cherchait du regard celui qui pouvait utiliser cette magie. Ça pouvait être n'importe lequel de ses ennemis. Devait-il lui parler en retour ? Se faire connaître ?

Les soldats de Kylian encerclaient les troupes Sonoises. Les corps continuaient de tomber, Kylian ressentait les premiers signes de fatigue. Des plaintes se faisaient entendre. Le vent passait sur les combattants comme pour apaiser leurs maux.

Les premières lueurs de l'aube arrivèrent. Les brasiers s'amenuisaient et créaient des ombres inquiétantes. L'éclairage allait révéler le sous-effectif des soldats de Kylian. Il devait faire quelque chose, tenter l'impossible.

Cessez le combat et vous aurez la vie sauve !

Il hurla l'ordre vers les soldats Sonois. Il en vit beaucoup se stopper pour regarder autour d'eux.

Kylian ! Baissez-vous !

Il obéit, il entendit le bruit d'une lame passer là où était sa tête. Il se retourna et se figea, devant lui se dressait un homme baigné par la lumière du soleil. Il releva son arme au dernier instant avant de voir celle de son adversaire s'abattre sur lui.

Il était dans une mauvaise posture. On ne lui laissait pas le temps de se relever, l'obligeant à se défendre à même le sol. Il tentait désespérément de faucher les jambes de son assaillant, celui-ci l'évitait.

Le vent avait chassé les nuages, le soleil perça complètement dévoilant une scène de désolation, des combats acharnés, des cadavres jonchant le sol, partout où les yeux se posaient, du sang, toujours plus de sang... Une scène d'horreur. Kylian put enfin se relever, mais au moment où il voulut passer sa lame au travers de son adversaire, une silhouette habillée de noir se plaça entre eux.

L'homme était aussi surpris que lui. Rapidement, le ciel bleu s'obscurcit, des bourrasques arrivèrent, de la pluie puis de la grêle se mêlèrent au combat. Les hommes ne pouvaient plus se battre correctement.

— Rendez-vous, vous ne pourrez pas rentrer chez vous. Elle ne vous le permettra pas !

Un coup de tonnerre se fit entendre. L'adversaire de Kylian restait à regarder le corps spectral d'Eleanor. Il scruta le terrain, les soldats se défendaient, mais ne menaient plus de réelles attaques. Ils étaient fatigués. La boue les engluait, rendant difficile n'importe quel mouvement. Cependant, les soldats de Kylian se maintenaient, certains ôtaient leurs armures afin de bouger plus rapidement, ce qui leur facilitait la mise à mort des guerriers Sonois.

— Nous nous rendons...

L'ordre avait été aussi bien donné par la pensée que par la parole. Il baissa les armes, il fut suivi par ses camarades. Kylian n'osait y croire.

Merci princesse.

Elle se tourna vers lui et hocha la tête. Elle disparut aussi soudainement qu'elle était apparue. La tempête cessa immédiatement. Kylian savait que tout n'était pas terminé, ce n'était qu'une première bataille. Il donna ses ordres afin d'arrêter les Sonois.

Le duc arriva en fin d'après-midi. Il constata l'ampleur des dégâts. Plusieurs tentes servaient d'infirmerie, les morts étaient entassés plus loin. Les survivants Sonois étaient regroupés sous pas moins de dix tentes !

— Par quel miracle avez-vous réussi ?

— Une amie m'a aidé. Ce serait trop long et compliqué à expliquer.

— Peu importe. Combien sont-ils ? Combien d'hommes nous reste-t-il ?

Kylian soupira, il reposa le bol de soupe qu'il s'apprêtait à boire.

— Ils ont encore près d'un millier de gars parfaitement valides. Nous sommes à peine plus de six cents. Deux autres troupes devraient arriver incessamment. Qu'en est-il du baron ?

— Toujours chez lui, de ce que je sais.

— Cette nuit, nous avons eu de la chance. Ses missives ont manqué de nous faire tous tuer. Sans compter que son chien de garde, le capitaine Mevil est mort, je l'ai tué.

Le duc l'observa surpris, Kylian poursuivit :

— Il a tenté de me tuer avant que je n'allume les signaux.

— C'est fort regrettable... le capitaine Mevil est le cousin germain du baron.

— D'apprendre ça, me soulage. On a peut-être une chance qu'il n'y ait pas d'autres vermines dans nos rangs.

Kylian reprit son bol de soupe, il avait froid, il avait faim et surtout il était éreinté. Le duc ne se formalisa pas. Il s'assit sur une banquette près du commandant et patienta le temps qu'il termine.

— Je ne comprends pas comment cela peut vous soulager, commandant.

— Ce n'était qu'une vengeance. Sûrement espérait-il me tuer, pour que le commandement revienne à Lington ensuite. Je vous avoue ne pas souhaiter passer au crible l'entièreté des troupes pour savoir quel autre traître s'y cache.

— On va pouvoir revivre normalement maintenant...

— Je suis navré de vous contredire, votre grâce. Ce n'est que le début. Les Sonois ne vont certainement pas s'arrêter là. Sans compter que nous avons une partie de leurs hommes.

— Que va-t-on faire d'eux ?

— Les interroger. Ensuite, nous verrons bien. Tant que rien n'est officiel, nous ne pouvons pas les relâcher.

— La guerre est bel et bien commencée, constata le duc.

Kylian remarqua les épaules légèrement affaissées de l'homme. La guerre était là et l'homme n'y connaissait rien. Il n'était pas un combattant, le châtelain ignorait tout de l'art de la guerre. Le commandant finit par répondre :

— De toute évidence. Il serait bien que les autres comtés nous envoient leurs hommes. Rien ne bouge pour le moment du côté de la frontière Oraps. Mais, nous ne pourrons pas tenir longtemps ainsi. Il me faut également votre autorisation pour brûler les corps des défunts.

— Il va sans dire que vous l'avez.

— Vous devriez rentrer, la nuit ne va pas tarder à arriver et je ne puis garantir votre sécurité.

— Commandant Kylian, merci de protéger ainsi mon domaine.

— Vous me remercierez quand la guerre sera terminée, votre grâce.

Le duc le salua et sortit de la tente. Dans une certaine mesure, il le plaignait, ce devait être difficile pour lui. Kylian laissa son esprit vagabonder quelques secondes, la vie de château... il n'y avait jamais rêvé. Etait-ce vraiment enviable d'être assis là, donner des ordres et ne rien faire de ses journées ?

Il revint à la réalité, il devait faire énormément de choses, interroger le commandant de la troupe, faire l'état de ses soldats, voir les blessés, nommer les morts... et surtout trouver des hommes sur qui il pourrait compter.

Il s'attela à la tâche en commençant par le dernier point. Ses meilleurs hommes étaient soit au Val doré avec la princesse Kamana, soit au palais royal avec Kalyani. Ce dernier le contacta, ce qui amusa Kylian :

Tout va bien, Kylian ? Ela a fait un rêve...

Oui, je l'ai vu, elle m'a sauvé, elle nous a sauvés.

Non, c'est autre chose. Elle veut venir te chercher, remonter par chez son oncle prendre son frère et retrouver Névina à Kharmakel.

Et elle compte faire ça avant ou après votre mariage ? Parce qu'en guise de voyage de noces, il y a mieux.

Avant...

Je ne te sens pas vraiment convaincu.

Je ne sais pas, l'idée qu'elle puisse être en danger...

Kalyani, je sais que je ne suis pas le mieux placé... mais on la protégeait et le danger était tout de même présent... Tu ne peux pas la garder dans une bulle. Elle le sait.

C'est pour ça que tu as fait partir Cécilia ?

C'est différent. De toute façon tant que la guerre reste ouverte avec Sonu, il est inutile que vous veniez.

Justement, pour elle, la guerre ne pourra pas réellement se terminer, tant que nous ne serons pas réunis avec l'Ether à Kharmakel.

Et l'Elu de l'Ouest ?

Il serait près de toi, d'après Ela. Lucas est d'accord avec elle.

S'ils le disent, c'est que ça doit être vrai. En attendant, ne m'en veux pas, majesté, mais je dois trouver des hommes fiables. Fais-moi savoir quand vous partirez.

Prends soin de toi, nous nous reverrons bientôt...

Kylian soupira, voilà qu'une nouvelle mission se greffait à ce qu'il devait faire. Il ressortit de sa tente, pour se choisir des bras droits, il devait déjà se renseigner sur qui était toujours valide.

La nuit était tombée, il fut rassuré de ne pas ressentir de nouveaux martèlements. Ils devraient pouvoir se reposer. Il avait nommé cinq nouveaux capitaines, tous étaient des hommes du duc Sedna. Il préférait s'armer de personnes fiables. Il ne pouvait pas compter sur la présence éternelle d'Eleanor.

Il se décida à aller voir le commandant Sonois. Il devait apprendre tout ce qu'il savait. Et surtout savoir, si oui ou non c'était un Elu ou seulement un potentiel. Il passa dans la première tente et prévint le garde qu'il emmenait l'un des prisonniers.

Kylian le fit entrer dans sa tente. Son homologue devait avoir cinq ans de plus que lui. Il était bien bâti et à vrai dire, tout à fait dans les goûts du jeune commandant. Les yeux gris-vert qui l'observaient, semblaient francs, et le sang coagulé qui le recouvrait lui donnait un air plus barbare. Ses cheveux devaient être moins foncés une fois propre, un bain ne lui ferait certainement pas de mal après une nuit pareille ! Il chassa ses pensées lubriques, ce n'était ni le lieu ni le moment.

— On vous a apporté à manger ?

— Pas encore. Je croyais que le commandant était le baron Lington, pas un gamin ayant à peine terminé ses classes.

Kylian haussa un sourcil amusé. Il ne répondit pas tout de suite et partit chercher deux bols de ragoûts. Il prévint un soldat qu'il surveille le prisonnier en l'attendant. Quand il revint, l'homme n'avait pas bougé. Il le détacha pour qu'il puisse se nourrir et prit soin des mots choisis pour lui répondre.

— Je suis le commandant Kylian Glingal, le commandant Lington sera prochainement arrêté pour traîtrise. Vous en savez quelque chose ?

— Rien du tout, je ne l'ai jamais rencontré.

— Vous ne perdez pas grand-chose. Je vous ai donné mon nom et mon grade, puis-je connaître les vôtres ?

L'homme ricana et finit par se présenter :

— Je suis Sofiane Elpida, commandant du régiment nord, de sa majesté de Sonu, le roi Méthi, comte du domaine Elpida, huitième du nom.

Kylian le regarda, un sourire amusé sur les lèvres, il n'en demandait pas tant. De voir ce commandant si guindé lui rappelait tout ce qu'il n'avait pas, soit une ascendance noble.

— Si je vous nomme commandant Elpida, ça ira ?

— Puis-je à mon tour vous poser une question ?

— Je crois que c'est déjà fait, mais allez-y ...

— Qu'allez-vous faire de mes hommes et de moi-même ?

— Honnêtement ? Je n'en ai pas la moindre idée. Vous relâcher serait d'une stupidité sans nom. Vous torturer n'est pas mon jeu favori quant à vous éliminer, il n'y a aucun intérêt. Peut-être, vous échanger.

— Nous échanger contre quoi ?

— Contre qui, serait plus correct.

— Quoi ou qui revient au même. Dans les deux cas, vous nous relâcheriez.

— Oui, mais dans le cas du qui, il n'y aurait pas d'intérêt à ce que vous continuiez la guerre.

— Que savez-vous de cette guerre ?

Kylian secoua la tête, étrangement il appréciait ce commandant, et pas seulement pour ses caractéristiques physiques.

— Certainement plus que vous, mais c'est moi qui pose les questions. Ne l'oubliez pas.

Il gardait un ton cordial, il reposa son bol à présent vide, avant de poursuivre :

— En temps normal, je vous aurais proposé un second bol, mais nous sommes en rationnement pour le moment, sans compter vos hommes...

— C'était suffisant, merci. Vous questionnez toujours vos ennemis en leur offrant à manger ?

— Vous auriez préféré qu'on vous torture ? Nous sommes tous les deux soldats, de toute évidence vous êtes bien né... Vous vous battez pour des personnes que vous n'avez peut-être jamais rencontrées ou ne rencontrerez jamais. Pour des desseins qui vous dépassent.

— Qu'en savez-vous ?

— Je le sais.

C'était une autre forme de combat auquel il se livrait, Kylian pouvait même l'assimiler à un jeu : moins je t'en dis, plus tu m'en apprends. Il reprit nonchalamment :

— Aujourd'hui, nous sommes ennemis, demain qui sait, nous serons peut-être alliés ? Dans ce dernier cas, pourriez-vous vous battre aux côtés de personnes vous ayant torturé ? Je ne crois pas.

— Vous pensez réellement qu'un jour nos deux royaumes pourraient devenir alliés ?

— Pourquoi pas ? Il a failli l'être. Du moins, l'eussent-ils été si la personne qu'on désire retrouver avait mené à bien son entreprise.

— C'est pour cette raison que votre roi a tué l'héritier du nôtre ?

— Est-ce la raison de cette guerre ?

— C'est une évidence ! ricana Sofiane.

— J'ai grandi auprès de Gwéndal Allhayn. C'était l'homme le plus courageux que je connaisse. L'un des meilleurs duellistes de notre royaume, je regretterai sa mort jusqu'à la fin de mes jours.

La voix de Kylian avait subrepticement changé, ce qui n'échappa pas au commandant. Un sourire narquois naquit sur les lèvres de Sofiane qui s'enquit :

— Ce qu'on raconte est donc vrai, le prince Allhayn était un impur, un sodomite ? Vous l'aimiez n'est-ce pas ?

Kylian le foudroya du regard, mais se retint de le frapper :

— Il est vrai que dans votre royaume vous n'admettez pas que deux êtres puissent s'aimer s'ils sont du même sexe. Comment vous dites déjà ? Ah oui, contre-nature. Vous auriez tué votre propre prince pour ça, et d'une façon bien pire qu'il n'est mort.

— Nous ne sommes pas tous de cet avis. À vous entendre, on dirait que la mort de notre prince a été douce.

— Je peux vous assurer qu'elle l'a été.

— Y étiez-vous ?

Une lueur étrange habitait le regard de Kylian, il se leva pour servir deux verres d'alcool. Il en tendit un au commandant Elpida et expliqua :

— Je suis celui qui a ôté la vie à Gwéndal Allhayn.

Sofiane se leva brusquement de sa chaise, les yeux fous de colère :

— Alors tout est de votre faute ! C'est à cause de vous que cette guerre a commencé !

Kylian but son verre, nullement impressionné par l'homme qui se tenait debout face à lui. Son attitude désarçonna plus Elpida qu'autre chose. Il s'attendait à ce qu'il se défende, qu'il démente sa responsabilité. Pourtant, la réponse de Kylian le fit se rasseoir :

— Possible. Je n'ai pas tué le prince ni le violeur de la princesse. J'ai seulement délivré mon ami. J'ai peut-être agi trop rapidement, j'aurais peut-être dû en parler.

Kylian termina son verre. Il s'était laissé aller. La conversation avait pris une tournure qu'il ne souhaitait pas. Il s'admonesta de son idiotie. Il avait dérapé. Il avait gardé le secret de Gwéndal depuis trop longtemps. Il savait qu'il devrait l'expliquer, mais pas ce soir, pas à cet inconnu. C'est à Eleanor qu'il devrait le dire, elle était celle qui était en droit de le savoir. Elle, avant quiconque.

— Revenons-en à vous, commandant Elpida.

— Vous alliez me parler de la mort de notre prince. Je suis en droit de le savoir.

— Oui, vous êtes en droit de le savoir. Mais je dois en parler à une personne bien plus importante avant. Je le lui dois, Gwéndal le lui devait.

— Vous attisez ma curiosité. Qui est cette personne ?

— Peu importe.

Vous m'entendez quand je vous parle ainsi ? N'est-ce pas ?

Il n'eut pas besoin de réponse pour savoir qu'il l'avait entendu. Sofiane prit une gorgée de sa boisson. La soirée allait être très intéressante.

Savez-vous contrôler votre pouvoir ?

Oui.

Il s'en doutait, c'est bien lui qu'il avait entendu cette nuit.

— Cette nuit, vous avez crié que c'était un piège. Pourquoi ?

— C'est évident, non ? Même si tous ne m'entendent pas, ils le ressentent. En sachant que c'était un piège, mes hommes pouvaient redoubler d'ardeur.

— C'est intelligent.

— Merci de le reconnaître.

Kylian resservit un verre puis demanda :

— Cette nuit, vous avez vu cette femme.

— Habillée de noir ? Oui. Qui est-elle ? Est-ce de la sorcellerie ?

— Non, c'est la même magie que celle qui nous permet de nous parler sans parler !

— Vous ne m'avez pas répondu quant à son identité.

— Son identité importe peu.

— Vous éludez ce qui est le plus intéressant, à croire que vous le faites exprès !

— Que je sache, ce n'est pas moi qui suis votre prisonnier.

— Commandant !

Kylian se tourna, surpris d'être ainsi interrompu.

— Que se passe-t-il ?

— Deux cavaliers sont en approche.

— J'arrive.

Kylian se tourna vers Sofiane et s'excusa :

— Nous reprendrons demain. Essayez de dormir, vous avez ma parole que rien ne vous sera fait à vous ou à vos hommes.

Kylian laissa au garde le soin de ramener le commandant Elpida sous la tente des prisonniers. Les deux cavaliers l'intriguaient. Qui pouvait venir alors que la nuit était déjà tombée ?

Chapitre 6

En tenant fermement la garde de son épée, Kylian observait le premier cavalier s'arrêter près d'un soldat. Il ne le voyait pas encore bien, en revanche, il entendit sa voix. Il demandait après lui. Il reconnut ce timbre qu'il entendait crier des noms tous les trois jours, il s'avança vers lui.

— Nataniel ? Serais-tu venu me délivrer quelques messages de la plus haute importance ?

— Kylian ! Heureux de voir que tu n'as rien !

Les deux hommes échangèrent une franche accolade alors que le second cavalier arrivait. Il prit son cheval par la bride et avança dans le cercle de lumière.

— Max ? Mais que faites-vous ici ? Qui est avec la comtesse ?

— Kalyani. En venant, nous avons doublé des hommes du Val Doré. Ils seront là dans deux jours.

— Venez. On sera mieux dans ma tente.

Kylian était fatigué, il aurait tout donné pour se coucher. Ses amis aussi devaient l'être et par respect, il se devait de rester à les accueillir.

— Comment va Eleanor ?

— Kalyani ne t'en parle pas, n'est-ce pas ? La comtesse reprend doucement goût à la vie.

— Je l'ai entendu rire avant de partir, confirma Nataniel. Mais, quelque chose est mort en elle. Elle n'a plus cette lueur qu'elle avait autrefois.

— Elle s'en remettra. Elle est plus forte qu'on ne l'imagine. J'ai des choses à lui apprendre. Quand elle saura tout, elle retrouvera cette étincelle.

Les deux soldats le regardèrent, intrigués, Kylian ne leur révèlerait rien de plus, ils l'avaient compris. Max reprit :

— Eleanor a envoyé la princesse Névina pour Kharmakel, elle espère qu'elle pourra y être soignée.

— C'est étonnant qu'elle n'ait pas voulu l'accompagner.

Max lança un coup d'œil inquiet vers Nataniel.

— La comtesse avait autre chose à faire avant de la rejoindre.

— Bien. Combien d'hommes composent les troupes du Val ?

— Il y a près d'un millier de cavaliers et de deux mille fantassins.

— Ils arriveront dans deux jours, c'est bien ça ?

— Oui. Quant à Kalyani et Eleanor, ils devraient arriver à peu près en même temps.

— Pardon ? Kalyani ne m'a pas dit qu'ils s'étaient mis en route. Il m'a seulement appris qu'ils envisageaient de venir.

Nataniel éclata de rire :

— Kalyani n'en a toujours fait qu'à sa tête. Il se méfie de nous. Il ne nous l'a pas dit clairement, mais ce n'est plus pareil.

Kalyani, vous arrivez quand ?

Nataniel et Max sont arrivés, alors. Tu le sauras, quand nous serons là.

Tu crains quoi ? Qu'on vous tende un piège ?

Possible. Je dois dormir.

Kylian poussa un profond soupir. Leur arrivée ne passerait pas inaperçue, surtout Eleanor. Pour le moment, il avait d'autres chats à fouetter. Il observa ses deux amis. Eux aussi étaient fatigués. Il se leva et leur déclara :

— Venez, je vais vous trouver une tente libre.

Il fut heureux de voir que les deux hommes n'y faisaient pas d'objection. Il avait besoin de dormir. Il serait plus apte à prendre des décisions le lendemain matin.

Il était sous sa tente et avoir échangé avec Nataniel lui remémora son passage de chevalier avec Gwéndal.

Les épreuves s'étaient succédé, révélant un peu plus leur dextérité. La cinquième s'étaient avérée plus difficile et les deux jeunes hommes s'en étaient sortis de justesse. Ils avaient eu affaire à de fines lames, les deux chevaliers ne leur laissaient aucun répit. Kylian et Gwéndal n'avaient eu raison d'eux que grâce à leur don de communication par la pensée.

Il avait aidé l'un des chevaliers à se relever, l'examinant attentivement, quelque chose émanait de lui. Il n'aurait su expliquer ce que c'était. Sans savoir pourquoi, il l'avait interrogé :

Vous nous avez laissé gagner ?

L'homme n'avait pas répondu, mais un fin sourire avait éclairé son visage. Il était le plus jeune des chevaliers présents. Il avait commencé à partir, quand il avait fait demi-tour et dit simplement :

— Communique plus avec la terre, petit. Tu gagneras en rapidité.

Kylian avait hoché simplement la tête, ne comprenant pas ce qu'il voulait dire, mais refusant de l'admettre. Il l'avait regardé partir, puis s'était concentré sur Gwéndal :

Ça va aller pour la suite ?

On n'a pas le choix !

Il restait encore quatre épreuves avant de pouvoir exiger le titre de chevalier. La suivante n'était pas un duel à quatre épées, mais une série de textes théologiques, traitant aussi bien de la Grande Créatrice que des simples métayers servant leur seigneur.

Qu'est-ce que ces questions ? avait pensé Kylian.

Depuis quand a-t-on des examens de passage pour devenir chevalier ! s'était exclamé Gwéndal.

Les questions étaient d'une évidence telle, qu'ils avaient cru qu'on se moquait d'eux.

Doit-on aider un chevalier blessé ? Sérieusement ? Non, on le laisse crever sur place ! avait ironisé intérieurement Kylian.

Maître Wela... Est-ce vraiment nécessaire ce genre d'épreuve ? Pourquoi nous poser des questions si barbantes ?

Kylian... réponds, c'est tout.

Sans être près de lui, Kylian avait senti le mage s'amuser de sa réaction. Ressentant le scepticisme du jeune homme, Wela avait brièvement expliqué :

On vous reproche votre jeune âge à toi et Gwéndal. Ces questions permettent aux chevaliers et seigneurs récalcitrants de comprendre votre façon de penser et donc de voir que vous êtes suffisamment matures pour devenir chevaliers.

D'accord...

D'un commun accord, Gwéndal et Kylian avaient commencé à faire de petits dessins plus ou moins salaces sur les parchemins. Ils s'étaient bien doutés que les répercussions seraient sévères. Cependant, ce test leur paraissait si stupide, qu'ils n'avaient pas souhaité y répondre. Ils se sentaient insultés.

Ils avaient attendu, adossés à une barrière, Kylian taillant un énième morceau de bois, Gwéndal jouant avec une brindille. Ils avaient relevé la tête en apercevant le capitaine Glingal arriver.

— Faites vos affaires, on rentre.

Les deux jeunes s'étaient compris d'un regard, ils avaient tenté le diable et avaient perdu.

— On ne termine pas les épreuves ? avait tenté Kylian.

— Non.

Il n'avait rien ajouté d'autre. Ils l'avaient suivi, parlant exclusivement par la pensée :

Tu penses qu'il va nous passer un savon ?

Je ne sais pas. Mais, il doit être en rage pour ne pas nous en dire plus.

Ça fait quoi qu'on soit chevalier ou pas ? On n'est pas à trois ou quatre ans près.

Le capitaine s'était soudainement arrêté, les deux garçons avaient stoppé et attendaient.

— Vous êtes vraiment deux orchidoclastes[1] de première ! s'était-il amusé. Il faudra cependant reprendre des cours de dessins, bien que vos œuvres étaient suggestives, vous auriez pu soigner les détails.

Les deux jeunes avaient regardé ailleurs, ils le savaient qu'ils allaient en entendre parler. En revanche, ce à quoi ils ne s'attendaient pas, c'était la suite.

— J'ai eu l'autorisation de vous faire chevalier. Il faut dire que le duc a joué de son influence ainsi qu'un certain chevalier que vous avez battu hier.

— Tant mieux, je n'avais pas envie de continuer à faire le pitre pour leur plaisir malsain, avait ronchonné Kylian.

— Kylian... avait soupiré son père.

Il avait secoué la tête, désabusé et avait poursuivi :

— Sellez les chevaux, nous partons. La fête se fera dans le Duché Central.

La soirée, bien qu'avancée, était relativement douce. Une jeune serveuse avait minaudé tout au long des festivités, en servant à boire aux deux garçons. Gwéndal avait fini par trouver un bon prétexte pour l'emmener à l'écart.

---

[1] Ancienne insulte signifiant « briseur de testicules »

Kylian les avait regardés s'éloigner, un petit pincement au cœur. A l'époque, il ne comprenait pas pourquoi voir Gwéndal sortir avec toutes ces filles le dérangeait tellement.

L'alcool avait commencé à faire son effet. Il avait chassé Gwéndal de ses pensées et s'était décidé à s'amuser également. Il avait trouvé ce qu'il voulait, une jeune fille un peu plus âgée que lui. Il s'était approché et lui avait murmuré à l'oreille :

— Je t'ai manqué ?

Elle s'était cramponnée à son cou et s'était écriée :

— Mon preux chevalier ! Oui, tu m'as manqué !

— Kylian !

Il s'était retourné vers son père, l'air franchement ennuyé. Ce dernier l'avait pris à l'écart et lui avait chuchoté :

— Tu es chevalier maintenant, n'oublies pas. Il ne serait pas de bon ton que la jeune fille tombe enceinte, sans que vous ne soyez unis.

— Avez-vous fait le même reproche au chevalier Allhayn ?

— Il n'est pas mon fils.

Il avait ignoré comment le prendre, était-ce une remontrance, devait-il se sentir flatté ou encore s'en plaindre. Il avait laissé son père repartir, alors que la jeune fille le tirait par le bras.

— Viens !

Il avait suivi la jolie brune, curieux et légèrement angoissé de ce qui allait se passer. Ils étaient passés derrière les écuries et étaient entrés dans la grange.

— Quelqu'un pourrait nous voir, s'était-il légèrement affolé.

Elle avait éclaté de rire et expliqué :

— Mais non ! On va aller dans le grenier à blé. Et puis, si quelqu'un vient maintenant... ce sera sûrement pour faire la même chose que nous !

Il était resté hésitant, elle avait soupiré et insisté :

— Tu m'as dit vouloir attendre d'être chevalier ! Maintenant, tu l'es !

— Et si tu tombes enceinte ?

Elle avait secoué la tête et repris :

— Pourquoi crois-tu qu'on s'amuse toutes à aller chez la sorcière des marais ? Ce n'est pas pour sa compagnie, ô combien agréable !

— Tu... tu n'es plus vierge ? s'était-il exclamé.

— Non. Bon, on y va ? Je vais finir par croire que tu ne veux pas de moi !

— J'ai pas dit ça... avait-il ronchonné en la suivant malgré lui.

Il était monté à sa suite par l'échelle de meunier et avait progressé à tâtons. Il avait senti la jeune fille le prendre par la main et l'attirer à elle. Sans plus de préambule, elle l'avait embrassé fiévreusement. Il lui avait répondu du mieux qu'il pouvait, fermant les yeux et imaginant quelqu'un d'autre à sa place. Quelqu'un qu'il aimait secrètement, qu'il désirait au plus haut point. Rien que son image éveillait en lui un désir troublant.

Il s'était enhardi, passant sa main dans les cheveux de la demoiselle, l'attirant plus à lui, l'étreignant. Il avait gardé les yeux clos et commencé à la caresser, ce n'était pas les courbes qu'il imaginait, il s'était obligé à penser à un amour défendu.

La jeune fille n'était pas restée sans rien faire, visiblement habituée, elle l'avait rapidement déshabillé. Elle s'était agenouillée devant lui, embrassant le fruit de ses désirs.

De voir la tignasse brune s'agiter ainsi avait décuplé son désir, son plaisir ne tarderait pas à venir, s'ils continuaient ainsi. Il s'y refusait. Il s'était abaissé à sa hauteur pour la renverser sur le sol, encore propre d'avant moisson. Il avait retroussé ses jupes et l'avait aidé à retirer sa robe. De la voir ainsi offerte avait manqué de peu de faire retomber son désir, il avait refermé les yeux et s'était allongé sur elle, l'embrassant, la caressant.

Les gémissements de plaisirs qu'elle soufflait se révélaient plus fort qu'il ne le souhaitait. Il s'était redressé cessant ses caresses pour la prendre. Il ne voulait pas voir son visage. Il avait préféré son dos et ainsi seulement, il avait pu la mener au plaisir. Il avait agrippé ses hanches plus fermement, il voyait ses cheveux bruns danser sur son dos. Il avait mêlé ses râles aux siens et fini par s'abandonner à ses désirs, s'imaginant toujours avec son être aimé.

Kylian s'était laissé retomber à côté de la fille, tous deux essoufflés. Il ignorait ce qu'il convenait désormais de faire ou ne pas faire. Devait-il dire quelque chose ? Ecoutant la respiration de sa partenaire redevenir normale, il avait murmuré :

— Merci...

— Merci ? Je crois bien que c'est la première fois qu'on me dit ça ! avait-elle gloussé.

— Ah.

Elle s'était tournée pour lui faire face. Doucement, elle lui avait caressé le torse encore imberbe. Intriguée, elle lui avait dit :

— Tu es étrange... Tu fais l'amour comme un homme... pas comme un puceau.

— Est-ce mal ?

— Non, c'est surprenant. Tout comme il est surprenant d'être chevalier à quatorze ans ! avait-elle ri.

Une histoire lui était revenue en mémoire, d'un bond il s'était relevé et exclamé :

— Tu n'es pas une domestique du duc ! Tu es Zabel ! La catin du village !

Elle avait été prise d'un fou rire qui l'avait encore plus agacé tandis qu'il se rhabillait en toute hâte.

— Qui t'a payé ? Et depuis quand ?

— Faut pas le prendre mal... je suis celle qui dépucelle la plupart des jeunes soldats ! Et je dois t'avouer que tu es de loin le meilleur que j'ai eu ! D'ordinaire, ils ne tiennent pas plus d'une minute !

— Qui t'a payé ? avait-il insisté.

Elle avait soupiré et fini par répondre :

— Gwéndal, il pense qu'aucun homme, digne de ce nom, ne devrait rester puceau après ses quatorze ans. Tu as été difficile à convaincre, je dois l'avouer ! Plus de deux mois que je t'asticote ! J'ai cru que jamais je n'y arriverais !

Il n'écoutait plus, seul le nom de Gwéndal résonnait dans sa tête.

Où es-tu ? s'était-il énervé.

Là, dans l'immédiat, je suis occupée avec une ravissante brune !

Dis-moi où tu te trouves, espèce de puterelle !

Retrouve-moi au pied de la tour carrée.

Gwéndal avait pris un ton plus distant, plus sérieux ce qui l'avait déconcerté. Ce n'était pas la première farce de mauvais goût qu'il lui faisait, mais jamais il ne s'était montré si distant.

Sa colère l'avait emporté sur sa raison, il avait pris son épée et s'était dirigé vers le lieu du rendez-vous. Au loin, il entendait la musique de la soirée donnée pour le début des moissons ainsi qu'en l'honneur des nouveaux chevaliers.

Il avait rapidement trouvé le jeune homme, adossé nonchalamment sur la porte arrière de la tour, partiellement éclairée par la lune.

— Je peux savoir ce que tu as cru faire en payant cette gourgandine !

Un fin sourire avait éclairé le visage fin du brun, il ne bougeait pas, attendant l'arrivée de son ami. Il s'était simplement enquis :

— Tu l'as prise ? Etait-ce bon ?

Il n'avait pas répondu et s'était posté face à lui, le pointant de son arme.

— Bats-toi !

Gwéndal avait refusé d'un signe de tête :

— Tu ne peux tuer un homme désarmé, mon frère.

— Ne me nomme plus ainsi !

Il avait lâché son épée et projeté son poing dans sa figure. Le jeune homme n'avait pas bronché. Il allait recommencer quand son camarade lui avait attrapé le poignet, le faisant pivoter. Il s'était collé à lui l'empêchant d'effectuer le moindre mouvement. Il soufflait fort, retenant difficilement sa colère.

— Qu'est-ce qui te fout dans une telle rogne ? L'aimais-tu ?

— Non !

— Alors quel est le problème ? N'as-tu pas éprouvé de plaisir ? N'a-t-elle pas réussi à te combler ?

Il l'avait foudroyé des yeux, il sentait son cœur battre à une vitesse anormalement élevée. Gwéndal s'était approché davantage, jusqu'à ce que sa bouche se colle presque à son oreille, il lui avait susurré :

— Je devais savoir si... ce que je pense avoir compris était exact ou pas...

Il s'était légèrement reculé attendant de voir la réaction de son ami. Celle-ci ne s'était pas fait attendre. Il avait avancé son visage pour coller sa bouche contre celle du chevalier. Gwéndal avait répondu avec plaisir au baiser de son cadet. Il avait relâché la pression qu'il exerçait sur son corps et s'y était lové de manière plus suggestive.

Il s'était réveillé avec les rayons du soleil, il sentait le corps nu de Gwéndal couché près de lui. Il avait poussé un long soupir d'aise. Il avait essayé de bouger, toutefois, Gwéndal avait raffermi son étreinte. Il avait souri, il était bien. En cet instant précis, rien ne pouvait être plus parfait.

— Je t'aime...

Ce n'était qu'un murmure, Kylian ne savait plus s'il l'avait entendu par la pensée ou pas. Quelle que soit la manière dont Gwéndal l'avait prononcé, il avait savouré cette délicieuse sensation, d'aimer et d'être aimé en retour.

Soudain, une sombre pensée l'avait envahi. Avait-on le droit d'aimer un être du même sexe ? La société ne l'interdisait pas, cependant, on ne pouvait pas dire qu'elle l'approuvait réellement. Souvent, ces gens-là étaient assez isolés.

Suis-je normal ? Que va penser mon père ?

Il s'était senti déstabilisé, ignorant s'il devait le cacher, ignorer ses préférences ou le vivre pleinement. Une autre question était intervenue dans ses sombres pensées, il n'avait pu la retenir :

— Pourquoi avoir couché avec toutes ces filles ? Encore hier je t'ai vu partir avec une nouvelle... conquête.

Un grognement lui avait répondu, Gwéndal se réveillait et n'avait pas réellement envie de discuter, d'autres idées bien plus plaisantes se présentaient.

— J'ai besoin de le savoir, de comprendre, avait-il insisté.

Gwéndal avait soupiré et s'était remis sur le dos, les bras croisés derrière la tête. Kylian s'était tourné vers lui et avait attendu qu'il s'explique.

— J'aime autant les hommes que les femmes.

— Alors, pourquoi me dire que tu m'aimes ? Tu ne voulais que coucher avec moi ?

Gwéndal avait souri et l'avait embrassé avant de lui dire :

— Non, toi, je t'aime, je l'ai compris il y a quelque temps déjà, mais...

— Alors pourquoi ?

— Parce que, j'aime ce que je ressens avec une femme.

— Tu continueras de coucher avec elles, alors ?

— Oui. C'est un besoin, tu devrais en faire autant... un chevalier aimant d'autres hommes n'est pas bien vu...

— C'est pour ça que tu as payé Zabel ?

— Il fallait bien que tu perdes ton pucelage ! Zabel aime les jeunes novices, et vu sa douceur et sa beauté, elle peut encore se le permettre. Elle n'a qu'un an de plus que moi, elle a un grand avenir dans la profession. Je pense qu'elle pourra rapidement tenir sa propre maison dans peu de temps.

— Donc je devrais encore être avec des filles ? Elles ne sont pas... excitantes... s'était-il plaint.

Gwéndal avait éclaté de rire, laissant son ami dans la perplexité la plus totale.

Durant l'année qui avait suivi, ils s'étaient construit une réputation de combattants aguerris, mais également de séducteurs chevronnés. Bien que quelques rumeurs couraient sur leur relation fusionnelle, il y avait suffisamment de demoiselles éprises qui pouvaient confirmer leur talent dans un lit ou ailleurs...

Ils effectuaient la plupart des missions ensemble. Toutefois, un grand évènement se préparait et ils avaient été obligés de se séparer. Gwéndal avait dû partir avec le duc pour le palais royal, alors que lui restait pour se remettre d'une mauvaise blessure à la cheville.

Voyager six semaines pour assister au mariage royal ne l'avait pas enchanté. Ainsi, son entorse avait été la parfaite excuse. En revanche, il n'avait pas prévu que les deux mois sans son compagnon seraient si mouvementés.

Aujourd'hui encore, il en éprouvait de la tristesse. C'était à cette période que tous leurs malheurs avaient en fait débuté. Il se retourna encore une fois avant de réussir enfin à s'endormir.

Chapitre 7

Très tôt, sa nuit ayant été rude, Kylian se résigna à se lever de fort mauvaise humeur. Il découvrit son camp envahi par les sœurs de la foi qui prodiguaient des soins aux blessés. L'une d'elles vint lui demander de raisonner le commandant Elpida. Le jeune homme, ne comprenant pas, leva un regard interrogatif vers la sœur.

— Il refuse qu'on soigne ses hommes ! Ces pauvres bougres ne passeront pas la semaine, s'ils restent ainsi !

— Pourquoi refuse-t-il ?

— Qu'en sais-je par la Grande Créatrice !

— Vous ne lui avez pas demandé ?

— Il refuse de nous adresser la parole. Pour lui, nous sommes une injure à la vie.

Kylian ne put s'empêcher de jurer devant la sœur de la foi. Étonnement, celle-ci ne releva pas, sans doute en pensait-elle autant. Il soupira :

— D'accord, je vais aller le trouver.

A peine la sœur de la foi fut-elle sortie, qu'un garde entra sous la tente de Kylian. Ce dernier releva les yeux pour voir qui était le nouvel importun.

— Mon commandant, des soldats font du grabuge de l'autre côté du camp. Ils refusent de prendre leurs ordres des nouveaux capitaines.

Manquait plus que ça !

Il ne prit pas la peine de répondre au soldat. Il se leva et partit dans la direction des insurgés. Il arriva là où une poignée de soldats étaient prêts à en arriver aux mains.

— Que se passe-t-il ici ? C'est quoi ce foutoir ?

— Vous ! Vous vous êtes approprié l'armée du baron Lington !

— Vous n'avez toujours pas compris que c'est à cause de Lington que nous avons manqué d'y passer ! Ce gars est un traître !

— C'est vous le traître ! Comment osez-vous nommer des étrangers pour nous commander ?

Kylian voyait les soldats s'arrêter pour venir à la confrontation.

— Des étrangers ! s'étrangla l'un des nouveaux capitaines. Je suis né à deux lieux du palais d'Aranya ! Toi qui cries que nous sommes des étrangers ! Nous sommes cousins par ta mère ! Le commandant Glingal nous a menés à la victoire contre les fourberies de Lington !

Le capitaine avait réussi à semer le doute dans les insubordonnés. L'un d'eux se tourna vers le cousin en question :

— C'est vrai ? C'est ton cousin ?

Il se contenta de hausser les épaules avant de répondre :

— Peu importe. Il sert le duc de Sedna.

— Comme tu le dis, peu importe, car nous servons tous le roi Sedna ! reprit Kylian qui contenait difficilement sa colère. Les troupes doivent être menées là où on les demande ! C'est le duc Louis de Aranya qui m'a nommé commandant de cette armée. Je l'étais déjà avec le duc Sedna. Penses-tu donc que deux ducs de ce royaume sont idiots au point de me nommer par deux fois commandant ?

L'homme parut hésiter. Kylian poursuivit :

— Quiconque viendrait encore se jouer de mon autorité ou de celle de mes capitaines, sera exécuté immédiatement. Nous sommes en guerre ! Si ce félon de baron n'avait pas tenté de me faire tuer, peut-être aurais-je nommé des capitaines parmi les soldats d'Aranya. Vos reproches, faites-les au baron !

Des murmures d'approbation se répercutèrent entre les soldats. Kylian tourna les talons et se dirigea vers la tente des prisonniers. Il écoutait cependant ce que disaient les hommes, inconsciemment, il avait toujours la main sur la garde de son épée. Il jeta un rapide coup d'œil aux soldats avant de s'engouffrer dans la tente. Il fut soulagé de voir que tout reprenait son cours. Kylian observa les prisonniers, la plupart étaient assis sur une couche de paille, liés par une chaîne et parlaient entre eux. Il repéra rapidement le commandant Elpida en pleine discussion avec un autre homme. Tous deux ne semblaient pas plus inquiets que ça sur leur sort. Il fut heureux de constater qu'on leur avait fourni un minimum pour se décrasser.

— Commandant Glingal ! s'exclama-t-il. Nous avons entendu des rumeurs.

— Vraiment ? répondit Kylian, méfiant.

— Des discordes courent-elles dans votre camp ?

Le petit air suffisant du commandant et l'expression amusée de l'autre soldat agacèrent le jeune homme.

— Petit souci de communication. Rien de bien méchant. Certains pensent que nous ne devrions pas vous garder en vie et vous trancher directement la gorge.

La surprise qu'il lut sur le visage de son homologue le satisfit. Il s'arma d'un petit sourire moqueur avant d'ajouter :

— Ils n'ont peut-être pas tort. Vu que vous refusez que vos hommes se fassent soigner par les sœurs de la foi, ils ne devraient pas tarder à succomber.

— Je ne refuse pas de les faire soigner, je refuse seulement que ces abominations posent la main sur mes hommes. Ces femmes, qui refusent de se soumettre à un homme et donc de procréer, méritent la mort. Ce sont des erreurs de la nature.

— Vous ne mâchez pas vos mots ! Mais que sommes-nous dans ce cas ? Nous qui ôtons la vie de nos semblables ? Je ne pense pas que la carrière militaire aille avec un esprit religieux.

— Vous vous trompez, nous sommes le bras armé de la Grande Créatrice. C'est elle qui nous mène là où nous devons aller.

Kylian éclata de rire :

— Vous êtes naïf si vous le pensez réellement. Je pense plus que ce sont nos dirigeants qui créent des guerres pour mieux nous manipuler. Mais ceci n'est que ma conviction personnelle.

— Nous pourrions en débattre pendant des heures, remarqua Elpida.

— En effet, et ce n'est pas le bon moment pour. Je peux comprendre que vous ayez vos convictions. Mais, pensez à vos hommes. Que craignez-vous ? Qu'elles sèment le désordre dans leur esprit ?

— Savez-vous depuis combien de temps, mes hommes n'ont pu assouvir leur besoin ?

— Ce sont des hommes ou des animaux ? Ne savent-ils donc pas se retenir devant un jupon ? Et puis, vu leur état, je ne pense pas qu'ils tentent quelque chose.

Le commandant garda le silence un instant. Kylian pensa qu'il ne dirait plus rien, puis enfin il reprit :

— Trouvez des guérisseurs qui ne refusent pas de procréer. Je ne peux permettre que des êtres impurs en plus d'être inférieurs touchent à mes hommes.

— Inférieures, parce qu'elles sont des femmes ?

— Oui !

— Si je vous suis bien, si la Grande Créatrice venait pour vous soigner, vous la refuseriez parce qu'elle est une femme, donc votre inférieure. Enfin, c'est comme il vous plaira.

Le jeune homme tourna les talons, il n'avait pas de temps à perdre. Si Elpida voulait laisser mourir ses soldats, libre à lui.

— C'est tout ! Vous ne vouliez rien d'autre ?

— Plus tard. Aujourd'hui, je dois dresser la liste de ceux qui sont morts pour des idioties.

Il ne se retourna pas et sortit. Dehors, le soleil réchauffait à peine les terres trempées. Marcher dans cette boue était contraignant, sans compter l'humidité qui s'infiltrait partout et empêchait les soldats de vraiment se réchauffer.

Kylian n'avait pas terminé de répertorier les blessés et les morts que les troupes du Val Doré arrivèrent. Jamais il ne les avait vus si solennels. Ils étaient bien disciplinés, il l'avait remarqué quand il s'était battu avec eux contre les Kharmakel. Cependant, cette fois c'était différent. Il n'y avait pas un mot qui fusait plus haut que l'autre, les pas étaient parfaitement accordés, les tenues impeccablement mises.

Ils ne pénétrèrent pas dans le camp, seul un homme d'une cinquantaine d'années descendit de sa monture pour venir rencontrer Kylian.

— Commandant Glingal, nous sommes ici pour vous soutenir du mieux que nous pourrons. Je m'en remets à vous pour la logistique.

— Commandant Sébastian Del Oro, si j'ai bonne mémoire ! Je suis ravi de vous revoir en si bonne condition, vous êtes, dit-on, l'une des meilleures lames du Val Doré.

L'homme sourit, il avait eu par deux fois l'occasion de se battre aux côtés de Kylian. Il savait qu'il était avare en compliments. Il patienta le temps que le jeune homme décide quoi faire.

— Bien, nous avons eu quelques incidents avec les troupes du duché d'Aranya. Certains voient notre présence comme une insulte, j'ai peur également que certains soient du côté de Sonu. Sûrement les mêmes qui tentent de créer la discorde. Toutefois, je n'ai aucune preuve de ce que j'avance.

— Nous resterons vigilants.

Kylian entreprit de lui faire effectuer une rapide visite du camp et de lui expliquer la bataille qu'ils avaient gagnée. Il omit cependant l'apparition providentielle d'Eleanor, n'évoquant que la forte tempête qui était arrivée à point nommé.

Le jeune homme se retourna surpris par le bruit des soldats du Val qui faisaient cliqueter leur armure à l'unisson. Il les observa tous s'agenouiller, formant une voie d'honneur. Les cavaliers s'écartèrent et s'inclinèrent. Il n'eut pas besoin de savoir qui arrivait, pour mériter un tel accueil.

— Plus rien ne m'étonne avec eux... En revanche, je suis surpris de votre adulation vis-à-vis de la comtesse, alors qu'elle n'a presque jamais vécu dans le Val doré.

— C'est vrai, pourtant vous pouvez le demander à mes hommes qui ont combattu contre Kharmakel, elle leur est apparue, elle les a sauvés.

Kylian l'observa, il ne mentait pas. Il y croyait, peut-être qu'elle lui était apparue également. Il acquiesça et l'invita à le suivre pour accueillir la demoiselle qui devait certainement être accompagnée du prince Kalyani.

Le jeune commandant ne s'était pas trompé. Il vit approcher Eleanor et Kalyani. Il étudia son comportement de loin. Elle souriait et saluait les Valois. Toutefois, Nataniel avait raison, quelque chose était mort en elle. Eleanor lui semblait plus sur le qui-vive, moins insouciante. Elle avait revêtu ses robes du duché, cependant, le blason du Val Doré effaçait celui de son oncle.

Son regard se posa sur Kalyani. Ses yeux étaient bien plus durs, il demeurait digne près de la comtesse. Personne ne pourrait approcher Eleanor avec lui vivant à ses côtés.

Kylian et le commandant Del Oro arrivèrent devant eux. Tous deux s'inclinèrent respectueusement.

— Sir Kylian, je suis heureuse de vous savoir sain et sauf.

— C'est grâce à vous, altesse.

Elle lui dédia un magnifique sourire, un sourire comme celui qu'elle avait quand ils étaient au duché. Il devait lui parler, lui révéler tout de la mort de Gwéndal. Il ne voulait pas qu'elle souffre davantage.

— Comtesse, j'ai des choses à vous apprendre, mais j'ignore si c'est le bon moment.

Elle releva un sourcil attendant d'en savoir plus, le regard de Kalyani se fit grave. À lui non plus, il n'avait rien dit. Il serait plus difficile à convaincre.

— Commandant, je suis ravie de savoir mes hommes du Val Doré si bien menés ! J'espère que les soldats ici présents vous feront une place.

Kylian nota qu'elle ne s'incluait pas, sans doute pensait-elle repartir aussi vite qu'elle était arrivée. Mais se verrait-il obligé de la suivre ?

— C'est un honneur de vous servir, votre grâce.

Le commandant Del Oro s'excusa pour aller donner ses ordres. Kalyani attendit qu'il se soit assez éloigné pour interroger :

— À quel sujet dois-tu lui parler ?

— C'est à propos de Sir Gwéndal, n'est-ce pas ? intervint Eleanor.

Il n'y avait pas d'animosité dans sa voix, simplement une constatation. Kylian hocha gravement la tête.

— En effet, ce n'est pas le bon moment, siffla Kalyani. On doit parer au plus pressé, qu'en est-il des soldats de Sonu ?

— J'aimerais savoir ce que sir Kylian a à m'apprendre.

Elle avait délicatement posé sa main sur le bras du prince, comme pour le retenir de faire quelque chose d'inconsidéré. Le commandant se demanda un instant lequel des deux avait été le plus blessé par l'acte de Gwéndal. Il se tut avant de leur proposer de se rendre dans sa tente.

Ils étaient à peine installés qu'un soldat entra et dit d'un air presque affolé :

— Monsieur, quatre nouveaux Sonois sont décédés !

— Le commandant Elpida refuse qu'on les touche, que voulez-vous que je fasse ?

Eleanor afficha une mine réprobatrice, Kalyani, surpris, interrogea :

— Et depuis quand prend-on soin de ne pas heurter la sensibilité des prisonniers ?

— Pour toute franchise, j'ai d'autres choses à traiter de plus graves que de me quereller avec un prisonnier pour la survie de ses compagnons. Au mieux, ça fait des bouches de moins à nourrir. Sans compter que les réserves ne sont pas inépuisables.

— Est-ce une raison pour laisser des gens mourir ?

— C'en est une parmi d'autres, comtesse. J'ai une guerre à mener, des hommes qui sont à moitié tournés vers l'ennemi, d'autres qui ne comprennent pas pourquoi je suis le commandant. Donc non, les prisonniers blessés ne sont pas ma priorité, ma priorité reste nos hommes avant tout.

— Il est bien heureux que je sois là, dans ce cas. Où se trouvent ces malheureux ?

— Ne souhaites-tu pas en savoir plus sur la mort de Gwéndal ? s'étonna Kalyani.

— Il est mort depuis plusieurs mois, ça peut bien attendre encore un peu, contrairement à ces pauvres bougres.

Kylian vit nettement l'air réprobateur du prince, tout comme il voyait l'air buté de la comtesse. Il s'attendait à les entendre débattre, voire se disputer. Rien de tout cela n'arriva, Eleanor revêtit la cape qu'elle avait posée quelques instants plus tôt, et Kalyani la suivit sans broncher. Il se retrouva seul avec le garde qui était venu l'avertir.

— Autre chose ?

— Non, commandant.

— Bien, emmène leurs altesses à la tente des prisonniers blessés.

— Mais commandant, jamais la jeune femme ne pourra les aider. Ils refuseront !

— Accompagne-les, ils le verront bien.

— À vos ordres.

Kylian poussa un long soupir et retourna à sa tâche. Comme il se doutait, après un bon quart d'heure, il fut dérangé par des éclats de voix.

— Et voilà, les ennuis commencent.

Il se dirigea vers la tente du commandant Elpida et de ses hommes valides. Il s'abstint de rentrer, préférant écouter dehors et arriver au bon moment, si besoin était.

Kylian fut rejoint après quelques minutes par Nataniel. Il observa le commandant tranquillement assis un sourire aux lèvres. D'un geste, il invita le messager à en faire autant.

— Tu vas voir, ça va devenir intéressant.

Nataniel prit place à ses côtés et écouta ce qui se passait.

— Comment femme, oses-tu porter le regard sur ma personne ? Ne t'a-t-on pas appris à baisser les yeux face au sexe fort ?

— Je ne vois qu'un prisonnier avec un ego surdimensionné. Vos hommes se laissent mourir sous prétexte que vous refusez qu'on les soigne.

— Mes hommes préfèrent cent fois mourir que d'être touchés par des êtres inférieurs.

— Sont-ils si stupides ?

— Stupides ? Petite impertinente, si tu étais dans mon pays, tu serais fouettée pour ton comportement.

— Possible, mais ici, c'est notre pays, nos lois, nos règles. Donc, vous vivant, vos hommes meurent sous prétexte que je puisse être inférieure. Bien, si vous êtes mort, peut-être se laisseront-ils soigner. Finalement, ne vaut-il pas mieux que vous soyez tous tués ? N'est-ce pas la politique de votre pays, pas de prisonnier ?

Kylian fronça les sourcils, Eleanor serait-elle capable de mettre à exécution ses propos ? Non, c'était impossible. Jamais la douce Eleanor ne pourrait consentir à faire du mal sciemment. Il était temps de rentrer avant que les choses ne s'aggravent.

— Où est Kalyani ?

— Avec les blessés, il donne les premiers soins. Mais vous tombez à pic commandant, pouvez-vous mener cet être odieux dans la tente des blessés ? Il préfère voir ses hommes morts que touchés par une femme telle que moi. Je pensais réaliser son souhait, cela ne vous dérange pas ?

Sir Kylian, faites-moi confiance.

J'ai toujours eu confiance en vous, comtesse.

— Je reste à jamais votre plus dévoué chevalier, votre altesse.

Il fit une petite courbette et se chargea lui-même de détacher le commandant Elpida de la chaîne et de le mener à l'infirmerie de fortune.

Chapitre 8

Le commandant Elpida suivit Kylian qui n'avait pas remis les pieds dans la tente des prisonniers blessés depuis le lendemain de la bataille. Ça avait bien changé, les couches de pailles étaient souillées par le sang et d'autres immondices que les hommes ne pouvaient retenir. L'odeur dégagée avait depuis longtemps dépassé la limite du soutenable, la senteur de la chair en décomposition régnait en maître promettant une fin proche aux malheureux survivants.

Du coin de l'œil, il suivait Eleanor se déplacer dans les rangs comme si de rien n'était. Il l'aperçut dégainer une dague et la plonger dans le cœur d'un des soldats sous le regard médusé du commandant Elpida. Ce dernier ne s'attendait pas à ce geste, lui non plus...

— Ela !

La jeune comtesse se tourna vers Kalyani qui était tout aussi effaré, elle se contenta de hausser les épaules avant d'expliquer :

— Qu'importe que je les tue, de toute façon ces hommes sont voués à mourir dans peu de temps, autant les achever, c'est ce qu'on ferait avec des chiens.

Elle passa au soldat suivant et plongea de façon identique sa lame dans le torse de l'homme. Le drap qui le recouvrait ondula étrangement, c'est à peine s'il rougissait.

— Oh, c'est vrai que chez vous, vous préférez torturer les gens avant de leur donner la mort. Nous sommes plus cléments ici. Plus humain. Pourtant, il y a encore peu, c'était une reine qui était au pouvoir chez vous... Je n'étais pas née, c'est vrai, mais ce n'est pas si vieux que ça pour que vous l'ayez oublié.

Une certaine agitation commençait à gagner les hommes invalides, des murmures s'élevèrent. Kylian portait déjà sa main sur la garde de son épée pour parer à toute éventualité. Il ignorait s'il devait intervenir ou pas, les mots que lui avait envoyés la jeune femme résonnaient dans sa tête : « *faites-moi confiance* ».

— Commandant ! Vous allez laisser faire cette folle !

— Désolé, commandant Elpida, mais je suis sous les ordres de la comtesse Sedna-Anela. Sans oublier qu'il s'agit de notre future souveraine.

Eleanor scruta le Sonois et soupira :

— Vous vous croyez tellement supérieur aux autres que vous n'avez pas même remarqué que les hommes que j'ai « tués » étaient déjà morts. Vous êtes pathétique.

— C'est faux ! Lui, je l'ai vu bouger, avant que vous ne lui transperciez le cœur !

— Vraiment ? Ne serait-ce pas plutôt ça que vous avez vu bouger ?

Elle souleva le drap taché qui recouvrait le corps du soldat désigné. Des vers grouillaient sur le torse de l'homme, certains étaient aussi gros qu'un pouce. Kylian sentit son déjeuner remonter soudainement dans sa gorge. Il se retint difficilement de vomir, surtout après avoir entendu Elpida rendre le peu qu'il avait déjeuné.

Kalyani murmura quelques mots à la jeune femme qui hocha la tête. Ensemble, ils se dirigèrent vers la sortie. Abandonnant le chef Sonois avec son seau à déjections.

— Attendez !

Eleanor retint Kalyani par le bras et lui fit un petit geste lui signifiant de s'arrêter.

— Pourquoi ? Pourquoi vouloir nous sauver ? Nous avons tenté de vous tuer, d'autres soldats viendront pour envahir Sedna. Alors, pourquoi vouloir sauver la vie des miens ?

Eleanor secoua la tête, attristée, elle finit par daigner répondre :

— Peu importe d'où vous venez, chaque vie est précieuse.

— C'est facile à dire, vous êtes de noble naissance...

— Je n'ai que faire des titres. Pour certaines choses, il est vrai que la vie a été plus clémente avec moi qu'avec d'autres. Ce qui ne m'empêche pas de respecter tous les individus.

— Qu'est-ce que ça vous apporte ?

— Rien de particulier, si ce n'est d'avoir contribué au dessein de la Grande Créatrice. Si elle m'a donné les facultés de sauver les gens, ce serait aller contre elle que de refuser d'utiliser mes dons.

Le commandant Elpida se remit à vomir. Après s'être essuyé la bouche avec un vieux mouchoir sale, il se redressa et s'avoua vaincu :

— Bien, vous pouvez les soigner...

— Merci... mon... commandant, murmura un soldat mal en point près de lui.

Kylian haussa un sourcil surpris et regarda Eleanor se mettre à la besogne, elle envoya chercher les sœurs de la foi. Devant la mine renfrognée d'Elpida, elle ajouta :

— Il n'y a pas moins de deux cent cinquante soldats à soigner ! Vous ne pensiez pas que je ferais tout toute seule ! Je ne suis pas magicienne non plus !

Obéissez !

L'ordre ne frappa pas seulement le commandant Elpida, mais l'ensemble des occupants de la tente, certains se regardèrent sans comprendre.

— C'est vous qui êtes intervenue la nuit de la bataille... Qu'est-ce que vous êtes ? Une sorcière ?

— Non.

— Venez, laissons-la faire.

Kylian s'était rapproché de l'homme et le tirait par le bras. Il n'avait pas envie de débattre encore longtemps. Autant la petite scène l'avait diverti que maintenant ça commençait à l'agacer.

De retour dans sa tente, il revit le visage de Kalyani, il avait bien changé depuis la première fois qu'il l'avait vu. Il se souvint des heures qui avaient précédé cette rencontre. Il s'installa à sa table de travail et se laissa envahir par ses souvenirs.

Ce jour-là, il se trouvait dans le lavoir en compagnie de Senga, il l'aidait à tordre le linge. Elle avait éclaté de rire suite à une ânerie du jeune homme.

— Ne me fais pas rire autant ! Tu vas me faire accoucher ! s'était-elle exclamée.

Il avait haussé un sourcil, amusé. Il avait posé le drap essoré et pris un autre.

— S'il te suffisait de rire pour sortir ce monstre de ton ventre, je n'aurais pas eu à courir chez la sorcière des marais pour les deux derniers gnomes !

— Hey, ce ne sont pas des gnomes ! Ne sois pas jaloux ! Toi aussi tu auras un jour des enfants !

— Certainement pas ! Je veux profiter de ma liberté !

— Ta liberté, tiens. Parlons-en !

Il avait émis un léger grognement, il se doutait qu'il n'allait pas apprécier les mots qui allaient suivre.

— Tu as encore une nouvelle petite amie ?

— Je ne la nommerais pas ainsi, avait-il grommelé.

— Tu commences à avoir un beau tableau de chasse. Penses-tu te poser un jour ?

Il avait senti le petit ton de reproche qui pointait derrière sa question. Il avait été heureux d'entendre madame Jo venir à son secours :

— Allons Senga, il vient tout juste d'avoir quinze ans ! Laisse-le profiter ! Sans compter que... j'ai entendu dire qu'il y avait eu des attaques dans des villages près de la frontière.

Kylian l'avait regardée, interloqué, cette femme savait réellement tout ce qui pouvait se passer autour de ce palais. Lui aussi en avait entendu parler, son père était justement occupé à savoir ce qu'ils devaient faire ou non. Senga avait continué de râler :

— Ne prenez pas sa défense, madame Jo ! Kylian sait très bien profiter de ses temps libres à loisir ! Il a brisé plus de cœur à lui seul depuis un an que la grande faucheuse dans le même laps de temps !

— Rectification, s'était-il défendu. J'ai laissé une chance à chacune de ces demoiselles de combler mon cœur esseulé. Elles n'y sont pas parvenues.

Madame Jo avait ri de bon cœur alors que Senga s'était contentée de lui lancer un regard noir.

Kylian, tu dois venir, maintenant.

L'ordre était impérieux, il avait terminé de tordre le drap, puis s'était excusé auprès des lavandières.

— Mmm, tu préfères prendre la fuite... avait ronchonné Senga.

— J'en suis sincèrement désolé, Ma Dame, s'était-il amusé en effectuant une petite courbette.

Il avait placé la dernière besace sur son cheval. Ils étaient prêts à partir. Sa visite au mage avait été de courte durée. Wela lui avait appris que la comtesse du Val Doré était en danger et portait sans doute le prochain Ether. Le duc était déjà reparti et arriverait dans moins de trois semaines. Gwéndal, lui, s'était précipité à la suite de la sœur du duc. Il espérait ainsi les rejoindre et les mener jusqu'au Val Doré, sans incident.

Lui, il devait aller vérifier avec son père que le village d'Aguna était en sécurité. Il était surpris, le peuple Kharmakel était pacifique, il ne voyait pas quel danger pouvait les menacer.

— Tu es prêt ?

— Oui, capitaine.

Glingal avait souri à son fils, il s'était tourné vers ses hommes et avait lancé :

— Allons-y !

Ils avaient talonné leur monture et étaient partis au grand galop. Kylian avait jeté un dernier coup d'œil au palais du duc. Dans la cour, il avait aperçu Senga qui lui avait adressé un petit geste de la main l'autre posée sur son ventre, elle était anxieuse. Il lui avait envoyé une pensée, même s'il savait très bien qu'elle n'entendrait pas.

Tout ira bien pour moi, prends soin de toi et du bébé...

Durant deux semaines, ils avaient galopé sans relâche. Ce soir-là, Kylian n'était pas de garde, il en avait profité pour avoir une bonne nuit de sommeil. Toutefois, il avait vécu un rêve étrange.

Il entendait une femme pleurer, hurler. Il ne comprenait pas. De l'eau. Il sentait de l'eau tout autour de lui. Jamais il n'en avait eu peur, mais cette fois-là ça avait été différent. L'eau le submergeait, comme s'il l'imbibait. Il n'arrivait pas à comprendre cette sensation. Ce n'était pas comme s'il se noyait, mais plus comme si l'eau s'infiltrait en lui. Une pensée l'avait heurté de plein fouet :

Tu dois la protéger !

Il avait déjà entendu cette voix. C'était de nombreuses années plus tôt...

Anna ! Comtesse, est-ce vous ? Gwéndal devrait bientôt vous rejoindre ! Tout ira bien !

C'est trop tard. Vous êtes... les prochains... Prends garde à...

La pensée s'était coupée nette. Il s'était réveillé en sursaut, il ignorait s'il avait rêvé ou pas. Il s'était redressé et avait essayé de communiquer avec la comtesse. Rien. C'était le milieu de la nuit, sûrement dormait-elle.

Son rêve avait continué de le hanter, il avait fini par remplacer le garde qui faisait le guet. Surpris, il ne s'était pas fait prier pour aller se coucher ! Il avait hésité, avait tergiversé, puis dès les premières lueurs du jour, il avait retenté de communiquer avec la comtesse. Rien.

Gwéndal ? As-tu réussi à les rejoindre ?

C'était trop tard... ils sont morts. Enfin... Leur fils a survécu... mais... je ne sais pas s'il tiendra le coup.

Tu as vu qui les a agressés ?

Non.

Gwéndal... n'as-tu rien ressenti d'étrange cette nuit ?

Le chevalier avait mis un certain temps avant de répondre :

Si. Je crois que... Je dois y aller, le petit se réveille.

Il avait regardé ses compagnons de route. Il avait trouvé son père et lui avait expliqué brièvement :

— La sœur du duc n'a pas survécu.

Le capitaine avait la mine grave.

— Dépêchons-nous. Nous ne devons pas échouer ici non plus.

Ils s'étaient remis en route le plus rapidement possible. Ils n'étaient qu'à la moitié du chemin.

Ils étaient arrivés en vue du village. Le capitaine n'avait pas voulu lui expliquer en quoi c'était si important. Le temps pressait, une épaisse fumée noire s'élevait. Il avait deviné que son père ne lui donnerait pas encore l'explication.

Pourquoi faire autant de mystère ! s'était-il agacé.

— Il faut trouver des survivants ! avait grondé Glingal.

Ils avaient talonné fermement leurs chevaux, pour se précipiter vers le village en feu. Le spectacle qui s'offrait à eux les avait sidérés. De nombreuses personnes étaient étendues, mortes. Les hommes de Glingal s'étaient dispersés dans le village afin de trouver des survivants.

Un hurlement lui avait fait tourner la tête, il avait aperçu l'un des agresseurs brandir son épée pour tuer une enfant. Il avait fait barrage de son arme et tué rapidement l'individu. Il avait attrapé la fillette et l'avait portée, tuant au passage tous ceux qui bloquaient sa route.

— Ne me touchez pas ! s'était écriée l'enfant affolée, en se débattant violemment.

— Tais-toi ! avait-il grondé. C'est pour ta vie qu'on se bat !

— Qui êtes-vous ? avait rugi la gamine.

— Calme-toi, avait répliqué le capitaine.

— Vous n'avez pas le droit de me garder prisonnière !

— Et toi, tu n'as pas le droit de m'esquinter les oreilles ! Kylian ! Prends-la avec toi...

Il n'avait rien dit et avait installé la fillette sur son cheval. Il avait remarqué ses yeux noisette. Il les avait déjà repérés. Il était persuadé que c'était cette même fille qu'ils avaient amenée dans ce village six ans plus tôt.

Sur le chemin du retour, un individu s'était précipité vers eux et avait supplié :

— Venez ! Venez nous sauver ! Ils vont en direction de notre village, et nous n'avons pas les moyens de nous défendre ! Je vous en prie, aidez-nous !

Glingal avait étudié l'horizon et sa monture s'était mise à piaffer nerveusement. Un éclair avait déchiré le ciel sombre, effrayant les chevaux. Il s'était tourné vers ses hommes et leur avait ordonné de le suivre.

— Kylian, ramène cette enfant au château et préviens le duc que notre mission sera plus longue que prévue...

— Bien...

Ils avaient talonné leurs montures. Le capitaine était resté un moment de plus avec lui.

— Surtout, fais-y attention, elle est aussi précieuse que la fille du duc, si ce n'est plus...

Il avait observé son père, surpris par cette comparaison honorifique pour cette petite sauvageonne.

— Faites attention à vous... avait-il simplement murmuré, sachant qu'il ne lui donnerait pas plus de détails.

Il avait souri devant cette réaction protectrice.

— Est-ce mon meilleur chevalier ou mon fils qui me parle ?

Se rendant compte qu'il venait de montrer ses sentiments, Il s'était durci et avait répliqué :

— Votre chevalier...

— Décidément, tu seras toujours aussi fier et obstiné... Mais j'ai confiance en ton avenir, tu iras loin... avait-il répliqué en riant.

Il l'avait salué et était parti au galop rejoindre ses hommes. Kylian avait repris alors son chemin.

La petite n'avait pas bronché, sûrement trop secouée par ce qui était arrivé. Cependant quand il avait monté le camp pour se reposer, il avait veillé à ce qu'elle ne s'enfuie pas. Rapidement, il avait communiqué par la pensée avec le mage.

Maître Wela, nous sommes arrivés trop tard. Seule une jeune agunoise a pu survivre.

A-t-on eu des pertes ?

Non. Mon père et les autres sont partis protéger un autre village.

Je pense savoir lequel. Je vais te faire envoyer d'autres soldats. Tâche de rester vivant et protège cette petite.

Maître Wela... est-ce la même fillette que celle que nous avons emmenée à Aguna lors de ma première mission ?

Je l'espère...

Il avait reporté son attention sur elle et lui avait demandé :

— Quel est ton nom ?

Elle n'avait pas répondu.

— Nous sommes venus pour vous sauver, mais nous sommes arrivés trop tard, j'en suis désolé. Je ne te ferai pas de mal. Tu as ma parole.

— La parole d'un soldat ne vaut rien, avait craché la fillette.

— Celle d'un chevalier, si ! s'était-il agacé.

Elle n'avait pas répondu et l'avait toisé. Il lui avait lancé un morceau de viande séchée et avait repris :

— Alors ton nom ?

— Peu importe, je n'ai plus de famille ! Tu vas me vendre comme esclave, j'en suis certaine.

Il l'avait ignorée, elle était pénible et ne voulait rien savoir. Il avait pris une branche, son couteau, et avait entamé une nouvelle sculpture.

L'agunoise l'avait regardé faire et avait fini par s'endormir. Persuadé qu'elle ferait tout pour s'enfuir, il avait pris des dispositions pour être certain qu'elle reste bien en place.

Il avait été heureux de voir arriver quatre soldats portant le blason du duc. Il les connaissait bien. Seul depuis plus d'une semaine avec l'agunoise, il était éreinté. Par cinq fois, elle avait tenté de s'enfuir.

Il restait environ deux semaines avant d'arriver au palais du duc Sedna. Le soir venu, il avait laissé les quatre soldats monter le camp de fortune et faire les tours de garde.

— Faites-y attention, c'est une véritable anguille... avait-il dit en désignant la fillette du menton.

Il s'était couché et endormi rapidement. Quand il s'était réveillé, il avait senti que quelque chose n'allait pas. Il avait ouvert les yeux et regardé la couchette de la fillette. Vide !

— Où est l'agunoise ! avait-il ragé.

— Là, répondit l'un des soldats en indiquant un coin sombre.

Il avait scruté la direction indiquée, mais ne l'apercevait pas. Il s'était levé et l'avait cherchée. Au même instant, il l'avait vue surgir d'un buisson en râlant :

— Vous aimez donc regarder les filles faire leur toilette !

Il avait arqué un sourcil, avait préparé ses affaires et était monté sur son cheval.

— On y va. Il reste encore beaucoup de route...

— Mais j'ai faim !

— Tu mangeras mieux ce midi.

Il était passé près d'elle, l'avait saisie par les aisselles et l'avait assise devant lui. Les soldats avaient rapidement terminé de lever le camp, puis avaient talonné à leur tour leur monture.

La fillette s'était assagie pendant le reste du chemin. Toutefois, jamais elle n'avait révélé son nom ou quoi que ce soit indiquant son identité. Il n'avait qu'une hâte, se débarrasser d'elle. Sans compter qu'il avait envie de faire de nouvelles expériences. Depuis son rêve, il ressentait quelque chose d'étrange, comme une communion avec la terre. Il s'en était aperçu lors d'une nuit où il avait couché à même le sol.

Il n'avait pas osé en parler au mage. En voyant se dresser les murs du palais, il avait fait accélérer son cheval. Il avait souhaité étudier tout ça une fois reposé, sans compter que l'absence de son père l'inquiétait.

Le passage des énormes portes du palais provoquait toujours une grande agitation. Il savait qu'il allait être le centre d'attention, c'était quelque chose qu'il appréciait, malgré ce qu'il disait.

Il avait vu accourir quelques soldats, ainsi que les domestiques du château. Tous attendaient de savoir ce qu'il s'était passé. Il était descendu de sa monture, puis avait porté l'enfant qui s'était endormie. Réveillée en sursaut, elle avait été surprise du monde qui les entourait. Elle lui avait lancé un coup dans la mâchoire et s'était enfuie, ne demandant pas son reste. Excédé, il avait ordonné au garde le plus proche de la rattraper. Enfin débarrassé de la gamine, il s'était occupé de son cheval.

Il n'avait pas vu Senga, elle venait toujours à sa rencontre quand il rentrait. Il espérait que tout s'était bien passé avec la naissance de l'enfant. Tout en menant sa monture à l'écurie, il avait fait un bref tour des spectateurs, nulle trace de Gwéndal.

N'es-tu pas encore rentré ? s'était-il inquiété.

Je suis avec le mage, je viens dès que je le peux.

Rassuré, il avait laissé l'animal aux bons soins des palefreniers. D'une oreille distraite, il écoutait l'agitation au-dehors. Ils n'avaient pas encore réussi à récupérer l'agunoise. Il avait soupiré et était parti en direction du lavoir.

Madame Jo lui avait appris que Senga avait eu son enfant la nuit précédente, tout s'était bien passé. La jeune mère devait cependant garder le lit, à la demande du guérisseur. Elle lui avait rapidement établi un compte rendu de ce qu'il s'était passé pendant son absence.

— Sir Gwéndal passe ses journées près de la rivière. Et quand il revient, il va directement dans la tour carrée. Tu sais celle du mage. On dit qu'il est mal en point, des sœurs de la foi y montent tous les jours. Mais tu sais comment elles sont ! On ne peut rien tirer de ces filles-là. Elles sont plus secrètes que les tombes ! avait-elle ri. Oh ! J'oubliais ! La sœur du duc est décédée... Le duc a recueilli sa fille, seule survivante de sa famille... Pauvre enfant. Une jolie petite comtesse, si tu veux mon avis, polie et aimable.

— Ah...

— Elle a un an de moins que notre petite Cécilia, mais j'ai beau savoir qu'elles sont cousines, leur caractère est totalement différent. Notre Cécilia lui redonnera le sourire, j'en suis certaine !

Au même instant, il avait entendu des cris dans la cour, le garde avait certainement réussi à retrouver la furie.

— Je vous laisse madame Jo. Je dois faire mon rapport à sa majesté !

— Kylian !

Il s'était retourné surpris de l'intonation qu'avait prise la lavandière.

— Je suis heureuse de te revoir sain et sauf.

— Moi aussi ! avait-il souri.

Il ne s'était pas trompé, la petite agunoise était là, furibonde comme à son accoutumé. Une fillette, visiblement de son âge, tentait désespérément de la défendre. Il avait entendu le duc lui demander son nom.

— Majesté, l'avait-il interrompu.

— Ah, c'est vous, Kylian. Des nouvelles du Capitaine Glingal et des autres hommes ?

— Non...

Le duc avait montré une mine déçue.

— Encore un hameau de rasé... quand arrêteront-ils ?

— Quand nous leur aurons filé une bonne raclée, avait marmonné George en serrant son fouet de toutes ses forces, tremblant de rage.

Le duc avait fait un sourire et répliqué :

— Ne nous attardons pas plus sur ce sujet. Maintenant, le tout est de s'occuper de cette enfant...

Il avait vu le duc hocher imperceptiblement la tête. Il avait deviné que lui et l'enfant avaient communiqué, ainsi ce dont il se doutait était bien réel. Il n'avait pas osé lui parler de peur de l'effrayer davantage. Cécilia, la fille du duc était intervenue en disant :

— Et d'abord lui trouver un nom !

— Je pense que le choc qu'elle a subi par l'attaque ennemie lui a effacé une partie de sa mémoire, avait expliqué le jeune chevalier. Je n'ai pas réussi à le lui faire dire.

— Oui, on va dire ça, avait approuvé Philippe visiblement occupé à réfléchir à toute vitesse.

Il observait les fillettes et avait haussé un sourcil en entendant la proposition de celle qu'il ne connaissait pas encore :

— Vangel... avait-elle murmuré.

— Qu'as-tu dit ? avait demandé le duc.

— Je... je pensais à... Vangel...

— Très joli, avait-il commenté. Maintenant, il faudra déterminer sa fonction dans le Palais...

— Elle n'a qu'à être un de nos serviteurs ? avait proposé Cécilia.

— J'en ai déjà plus qu'il n'en faut, avait répliqué le duc. Non, je pensais en faire une camarade de ma fille et de ma nièce...

Cécilia avait fait la moue.

— Bien, voici une affaire réglée, avait continué le duc.

— Mais mon Seigneur, ne craignez-vous pas de confier cette créature à votre nièce et votre fille ? avait insisté le garde nommé Georges.

Il ne l'aimait pas, il faisait partie de ces militaires qui ont plus de muscles que de cervelle. Le genre à déclencher une guerre à cause d'un éternuement.

Philippe avait jeté un rapide coup d'œil à l'enfant et rétorqué :

— Non, il est juste temps de donner à ce garnement une éducation digne de ce nom.

Il était parti, suivi des gardes. Il s'était éloigné de son côté, laissant les deux filles seules avec l'agunoise. Il avait encore ressenti quelque chose d'étrange, de plus fort. Il avait chassé ses pensées, il ne rêvait plus que d'une chose : aller se reposer et si possible pas seul !

Il était passé par les douches, heureux de n'y trouver personne. Il avait laissé l'eau glisser sur lui, appréciant cette douce caresse. Il n'avait pas été surpris en sentant deux bras, puissants, venir l'entourer. Il avait souri.

— Je sens que tu es heureux de me retrouver...

— Tu n'as pas idée, lui avait murmuré Gwéndal en se collant encore plus à lui.

— On pourrait nous voir... Georges a déjà des doutes.

— Georges pourrait bien nous voir, personne ne le croirait. Ce gars est un abrutit fini ! s'était amusé Gwéndal.

Il lui avait promulgué quelques caresses appuyées qui l'avaient rapidement convaincu. Il avait laissé un soupir de satisfaction s'échapper avant de se retourner pour faire face à son amant.

Chapitre 9

Encore un songe, un rêve... Kylian revivait toute cette période. Il ne pensait pas que tout ce vécu était si ancré en lui. Ça lui paraissait si loin et si proche. Il aurait voulu cesser d'y penser, mais tous les évènements remontaient inexorablement en lui.

Il avait suivi Gwéndal à la tour du mage. Son ami avait refusé de lui révéler quoi que ce soit. Quand il était entré dans la pièce, il avait été surpris du changement radical qu'elle avait subi. Le fouillis du mage avait été remplacé par des fauteuils, une table basse, un lit... Ce n'était plus un atelier, mais un petit appartement. Il avait aperçu quelqu'un d'allongé sur le lit. A première vue, c'était un enfant.

— Bienvenue Kylian.

— Bonjour, maître Wela.

— Nous avons beaucoup de choses à nous dire, je crois.

Il avait simplement hoché la tête. Son regard revenait sans cesse sur le lit. Le vieux mage s'en était aperçu et avait devancé ce qu'il allait dire :

— Tu te demandes de qui il s'agit. C'est Luca, le frère de la petite Eleanor.

— Eleanor ?

— Les enfants de la comtesse Anna du Val Doré, était intervenu Gwéndal.

— Nous arrivons à communiquer avec lui, seulement par la pensée... mais on ne sait s'il va survivre. Les blessures qu'il a subies sont extrêmement graves, avait repris le mage.

Kylian s'était avancé vers l'enfant sur le lit. Il était recouvert de bandages, son visage était boursouflé, entre les cloques et la peau qui manquait à certains endroits. On avait du mal à y voir un visage humain. Ses souffrances devaient être insupportables, pas étonnant qu'il ne se réveillait pas.

— Comment se nourrit-il ?

— Les sœurs de la foi viennent lui donner du bouillon tous les jours, avait expliqué Gwéndal.

— La jeune comtesse ignore la survie de son frère. Son oncle préfère ne rien lui dire pour le moment. Il ne veut pas la choquer plus qu'elle ne l'est.

— Elle était dans l'accident ? s'était-il étonné.

— Non. Sa gouvernante nous a expliqué qu'elle était alitée, ses parents sont rentrés plus tôt et...

— Qui est responsable de l'accident ? s'était-il enquis.

— Quand je suis arrivé, le carrosse fumait encore. Je n'ai vu aucun cavalier. J'ai failli ne pas trouver Luca. Je n'ai pas retrouvé la comtesse non plus. Je suppose que la rivière l'a emportée. Seul, le comte gisait sur la berge, expliqua Gwéndal. Il y a eu autre chose cette nuit-là...

Il avait hoché la tête, il se doutait de ce qu'il allait lui dire.

— La comtesse portait l'Ether et... depuis sa disparition...

— Nous sommes des Elus ? N'est-ce pas ? avait-il demandé en se tournant vers le mage.

Ce dernier avait acquiescé et poursuivi :

— Le petit Luca en est un également. Si je ne me trompe pas, Gwéndal est celui de l'Ouest, Luca du Sud et toi du Nord.

— C'est pour ça que tu vas souvent à la rivière ? avait-il relevé.

Le chevalier avait approuvé de la tête.

— J'ai ressenti une sorte de connexion avec la terre. Mais ce n'est pas tout. J'ai une impression étrange avec la petite agunoise. Je me demande si...

— C'est possible, convint le mage. Je l'ai aperçue dans la cour. Elle est encore jeune, elle n'a peut-être pas encore développé son pouvoir. J'ai également des interrogations la concernant... avait-il médité à haute voix. Je pense que tous les deux, vous mourrez d'envie de tester vos nouveaux pouvoirs. Je dois vous prévenir, ils prennent beaucoup d'énergie, d'autre part, faites ça à l'écart des habitants...

Un petit sourire était né sur les lèvres de Gwéndal à cette évocation. Il lui avait raconté comment il avait inondé la cour après son retour.

Ma sœur, comment va ma petite sœur ?

La question avait explosé dans la tête de Kylian. Il s'était tourné vers le garçon et l'avait observé. Il n'avait pas bougé.

De ce que j'ai vu, elle va bien.

Je n'arrive pas à lui parler. J'y arrivais avant... Pourquoi, je ne le peux plus ?

Pris au dépourvu, il avait regardé le mage, il semblait se poser la même question.

Peut-être que vous y arriviez, car vous étiez proches, elle te croit mort. Son pouvoir n'est sûrement pas assez développé, avait-il supposé.

Une sœur de la foi était entrée, elle n'avait pas paru surprise de voir les chevaliers présents. Par respect pour le garçon, tous étaient sortis.

— Bien, nous ne pourrons pas tout découvrir ce soir. Mieux vaut nous reposer.

Les deux chevaliers l'avaient salué et étaient retournés dans leur quartier. Au détour d'un couloir, il avait aperçu l'agunoise qui suivait les deux cousines. Il ignorait si une femme pouvait être une Elue, il avait secoué la tête, il voulait penser à autre chose. Se vider l'esprit. Avec un sourire mutin, il avait demandé à son compagnon :

— Je suis parti pendant presque deux mois, je présume que ce soir, il serait bien que j'aille à la taverne. Je dois manquer à ces demoiselles !

— Y prendrais-tu goût ? avait rétorqué Gwéndal surpris.

— Honnêtement ? Non. Mais j'ai eu le droit à un bon remontant cet après-midi. Ce qui me permettra de combler ces dames.

— Je te plains... lui avait-il répondu, sincère.

La soirée avait été bien arrosée comme à chaque fois que des soldats revenaient de missions. Les verres s'entrechoquaient, l'alcool ambré coulait à flots. Il riait, il sentait Gwéndal heureux de le voir ainsi, car c'était rare. Très vite, ils avaient chacun eu une demoiselle sur les genoux.

— On voit que le capitaine n'est pas de retour ! s'était exclamée l'une d'elles.

La phrase avait eu pour résultat de le refroidir. C'était vrai, son père était toujours sur les chemins. Il ne savait que peu de choses des quelques attaques qui avaient eu lieu. Etait-ce une bande organisée ou bien des kharmakels qui venaient ? Pour ces derniers, c'était étonnant. Ce peuple était réputé pour être pacifique, même si leurs mœurs demeuraient étranges.

— Tu fais une drôle de tête ! s'était renfrognée celle qu'il avait sur les genoux.

— Désolé, je pensais à quelque chose de pas très agréable, s'était-il défendu.

— Je peux te rendre le sourire en un rien de temps, avait-elle susurré.

Tout va bien ? s'était enquis Gwéndal.

Je réfléchissais aux attaques

Pense à autre chose, on dirait que tu te prépares pour un enterrement.

Il avait pris sur lui et embrassé la jeune femme. Elle roucoulait de plaisir, n'y tenant plus, elle l'avait pris par la main et l'avait entraîné :

— Allez, viens ! Pour toi, c'est gratuit, mon mignon !

Kylian avait soupiré et suivi la demoiselle. Il avait jeté un dernier regard à Gwéndal qui ne semblait pas vouloir quitter la table où il devenait très entreprenant avec sa nouvelle amie.

Les jours s'étaient écoulés, il avait rendu visite à Senga. Elle avait mis au monde une magnifique petite fille. Il avait observé la petite manger au sein de sa mère.

— Ce n'est pas douloureux ?

— Un petit peu, au départ. Mais ça fait du bien...

Il avait rosi, dérangé par cette idée. Senga avait compris la confusion et expliqué :

— Mes seins sont douloureux par le trop de lait. De les vider me fait du bien, je n'éprouve pas de plaisir ! avait-elle souri.

Elle avait constaté le soulagement sur son visage, il avait préféré changer de sujet :

— Comment va Jared ?

— Bien, il est heureux d'avoir eu une fille, mais je crois qu'il aurait préféré que ce soit un garçon.

— Les garçons aident plus ?

— Pas forcément, mais ils n'ont pas à verser de dot pour se marier.

Il était reparti après s'être assuré que toute la famille n'avait besoin de rien. Il s'était décidé à retourner voir madame Jo, il pourrait ainsi savoir comment ça se passait avec la petite sauvageonne. Ça ne manqua pas ! Il avait encore le temps avant les combats de l'après-midi. Il avait aidé Gisèle à laver le linge pendant qu'il écoutait les élucubrations de la matrone.

— Un vrai garçon manqué ! Elle n'est pas méchante, seulement un peu turbulente !

— La petite comtesse semble avoir un effet bénéfique sur ces deux chipies ! s'était exclamée Gisèle.

— Oh ça oui ! Même si notre Cécilia semble toujours trouver autant de sottises à faire ! avait ajouté madame Jo.

— J'ai de la peine pour ces deux petites, je comprends qu'elles soient toujours collées ensemble. Après tout, elles ont toutes les deux perdu leur famille. Où l'as-tu trouvée déjà ?

Lui qui préférait écouter plutôt que parler avait répondu succinctement :

— Dans une petite bourgade à la frontière.

— Mmm, c'est étonnant.

Surpris, il avait interrogé :

— Qu'est-ce qu'il y a d'étonnant ?

— Je la trouve bien cultivée pour une petite d'un village frontalier. J'ai appris que le précepteur lui donnait des cours. Pourtant, elle sait déjà lire, écrire et contrairement à ce qu'elle laisse paraître, elle a du savoir-vivre.

— Peut-être était-ce la fille d'un précepteur ou quelque chose comme ça, avait suggéré Gisèle.

Au loin, il avait entendu la grande horloge, les duels allaient bientôt commencer. Il s'était relevé et excusé auprès des dames de devoir leur fausser compagnie.

Il faisait équipe avec Gwéndal comme toujours, les duels se succédaient sans que cela ne pose de problème aux deux jeunes hommes. Ils étaient de loin les meilleurs et ils le savaient bien. Leur pouvoir de communication les aidait grandement.

Il avait aperçu la fille du duc et sa cousine, accompagnées de l'agunoise. Ils étaient allés les saluer par respect et voir un peu comment réagissait cette dernière. Elle était étrangement calme. Il avait laissé Gwéndal parler et sociabiliser pendant qu'il étudiait l'enfant sans en avoir l'air.

Il avait remarqué son regard intéressé sur leurs armes. Il avait entendu Gwéndal les saluer et en avait fait autant par mimétisme. Ils s'étaient inclinés, ses yeux avaient rencontré ceux d'Eleanor, la jeune comtesse. Il en avait été un instant troublé. Elle avait le même regard que sa défunte mère.

Ils avaient quitté les fillettes pour une bonne douche bien méritée. Dans le vestiaire, les rires fusaient de toute part. A leur arrivée, les soldats s'étaient mis à applaudir et minauder :

— Chevalier, votre talent n'égale que votre beauté !

Ils avaient éclaté de rire et Gwéndal avait rétorqué :

— Ne sois pas jaloux, un jour toi aussi, tu auras des admiratrices !

— Oh ! J'en ai déjà ! s'était exclamé l'homme. Mais moi, elles ont plus de dix ans !

Kylian se souvint, il l'avait rabroué en lançant :

— Ta mère et ta grand-mère ne comptent pas !

Tous étaient partis dans un nouvel éclat de rire. Pourtant, malgré le sourire de façade qu'il se donnait, il se sentait de plus en plus inquiet. Son père aurait dû être rentré, cependant personne n'avait de nouvelles de la troupe.

Pendant le repas, il avait continué de broyer du noir. Gwéndal avait eu beau essayer de le dérider, rien n'y faisait. Il avait été coupé dans ses réflexions par l'exclamation d'un des soldats :

— Qu'est-ce que tu fais là, toi ? Regardez un peu ce que je viens de trouver ! s'était-il amusé. Une petite fouine !

Tous avaient penché la tête vers la nouvelle venue et l'observaient avec curiosité.

Gwéndal et lui avaient jeté un coup d'œil à la fillette puis s'étaient regardés.

— Ce ne serait pas l'amie de la comtesse ? avait demandé son compagnon.

— Si.

Kylian s'était levé et avait arrêté d'un geste les rires et les moqueries des soldats.

Nerveux et agacé, il était parti en attrapant l'Agunoise par le bras et l'éloignant de la salle. Pendant le chemin, il n'avait pas prononcé un mot.

Vangel, ne sachant si elle avait fait quelque chose de mal ou non, préférait se taire. Une fois dans un couloir plus familier au personnel commun du Palais, le jeune homme l'avait lâchée. Sans même la regarder, il lui avait dit :

— Je suis navré que tu aies assisté à cette remontrance. Ces soi-disant chevaliers ne doivent leur grade qu'en raison de leur fortune...

Il s'était demandé un instant pourquoi il présentait ses excuses à cette fille, sachant qu'il n'aurait jamais dit cela à une quelconque domestique. Il l'avait fixée puis ajouta :

— Aujourd'hui, j'étais là pour les arrêter, mais ce ne sera pas toujours le cas, alors fais attention, avait-il conclu.

Il l'avait laissée seule et était reparti de son côté.

Les jours passaient, il avait pris de nouvelles habitudes, après l'entraînement du matin, il s'éloignait dans la forêt, vers une carrière temporairement abandonnée.

Il y exerçait son pouvoir, les débuts n'étaient pas très convaincants. Cependant après quelques jours, il avait compris comment cela fonctionnait. Il avait fini par réussir à créer un petit séisme. Rien de bien méchant, toutefois il en avait été satisfait. Il arrivait à fracasser des pierres et à creuser des trous avec la seule force de sa pensée. Le souci était que la fatigue ressentie était presque identique à celle qu'il aurait dû fournir en utilisant ses muscles.

Il avait retrouvé Gwéndal dans le réfectoire en train de déjeuner.

— Tu aurais pu m'attendre !

— Désolé, j'avais une faim de loup ! J'ai passé ma matinée dans la rivière ! L'eau, ça creuse !

Kylian avait souri et s'était servi une belle assiette. Entre deux bouchées, son ami lui avait appris :

— La p'tite veut devenir chevalier !

— La p'tite ? Laquelle ? J'ai entendu dire que tu parlais avec la jeune comtesse. C'est elle qui veut devenir chevalier ? s'était-il étonné.

— Non ! avait ri Gwéndal. Son amie, Vangel.

— Mouais. Je ne suis pas convaincu. Ce ne serait pas une lubie ?

Avant d'avoir une réponse, il avait tourné la tête et trouvé la personne qu'il cherchait :

— Clarence ! Dis-moi, quand as-tu voulu devenir chevalier ?

La femme d'une trentaine d'années l'avait regardé surprise et avait répondu :

— Depuis toujours, pourquoi ?

— La p'tite nouvelle voudrait devenir une femme chevalier, elle aussi. Des conseils ?

— Qu'elle s'arme de persévérance ! Ce serait bien qu'elle y arrive, ça remonterait le niveau intellectuel des soldats.

Bon nombre de leurs camarades avaient éclaté de rire. Il avait repris sa conversation avec son ami :

— J'en parlerai à mon père... quand il sera rentré...

Son visage s'était assombri, le doute l'habitait sur le retour éventuel de son père. Il aurait déjà dû revenir. Il n'avait pas terminé de manger qu'il avait ressenti quelque chose d'étrange. Le cheval de son père arrivait, il le sentait dans le sol.

Voyant son visage changer, Gwéndal avait demandé :

— Que t'arrive-t-il ?

— Tu ne le sens pas ?

— Quoi ?

— Mon père, enfin son cheval.

Il était sorti. Un magnifique étalon noir avait passé les portes du palais et piaffait d'impatience. Il s'était précipité vers lui. Il avait pris les rênes et posé sa main sur sa belle robe noire. Ses longs crins colorés étaient maculés de sang. Au contact de cette main apaisante, le cheval avait cessé de piaffer et renâclait, puis il avait frotté sa tête contre le torse du jeune homme.

— Que se passe-t-il ? avait demandé le duc qui venait de faire son entrée.

— C'est le cheval du capitaine, avait murmuré Cécilia qui avait rejoint l'attroupement.

Il considérait l'animal avec gravité.

Jamais Tonnerre n'aurait abandonné mon père. Il lui était fidèle... jusqu'à la mort !

Il serrait les rênes rageusement et retenait des larmes de colère. Il avait compris qu'à présent, étant le seul enfant légitime du capitaine, il était le nouveau chef de la garde du duc. L'étalon avait poussé un soupir, tremblant, il était tombé à terre. Il y eut des exclamations qu'il ignora.

Il s'était agenouillé et caressait l'animal mourant. L'étalon avait poussé un dernier soupir et s'était éteint. Il l'avait caressé encore une fois, puis s'était levé et était parti. Il avait senti quelque chose le traverser, comme une onde doucereuse et chaude. Il s'était retourné et avait fixé la petite comtesse, elle pleurait. Son regard était rapidement passé sur les gens présents et s'était arrêté sur cette étrangère. Il avait repris son chemin sans rien dire.

Aujourd'hui encore, il ressentait cette immense tristesse qui l'avait envahie ce jour-là. Il souhaitait cesser de remuer tous ces souvenirs, mais ils continuaient de s'imposer à lui. Pourquoi revivre tous ces instants ? Il regarda discrètement les listes de noms s'étaler devant les yeux. Il fit mander Nataniel et lui demanda de transmettre les noms au duc.

Après le départ du messager, il s'interrogea s'il devait ou non retrouver la comtesse et Kalyani.

C'est inutile, elle ne voudra pas écouter, trop occupée à vouloir soigner les soldats avant.

Il préféra s'abstenir, il était fatigué et n'avait pas envie de déblatérer. Il s'allongea sur sa couche et tenta de fermer les yeux. Il espérait une nuit sans rêve, sans souvenir, c'était peine perdue. Son esprit continuait d'être tourmenté par son passé.

En quittant le bureau du Duc, qui lui avait remis la charge officielle de capitaine de sa garde, Kylian s'était mis en quête de la jeune agunoise. Il lui avait à peine adressé la parole, lui ordonnant seulement de se retrouver le lendemain dans l'amphithéâtre. Il était ensuite passé par le lavoir, il n'y avait personne. Après tout, même madame Jo devait dormir !

Il avait voulu en profiter pour prendre un bain, mais une sorte de vagissement l'avait arrêté au moment où il s'apprêtait à se déshabiller. Il s'était tourné vers le bruit et avait vu Senga avec son bébé.

— Senga ?

— Comment tu vas, Kylian ? s'était inquiétée la jeune femme.

Il avait haussé les épaules avant de répondre :

— Je me doutais qu'il s'était passé quelque chose... mais je continuais d'espérer qu'il reviendrait.

— Je suis désolée.

— Le plus difficile est de ne pas savoir, a-t-il souffert ? Ou bien peut-être que ça a été rapide... et puis je n'ai pas de corps à mettre en terre... Je crois que j'attends toujours qu'il rentre.

Elle lui avait offert un petit sourire compatissant. Il avait secoué la tête comme pour chasser son chagrin et s'était enquis :

— Que fais-tu là ? Tu ne devrais pas te reposer ?

— Il faut bien que quelqu'un soit là si on a besoin d'eau chaude ! Elle ne fait pas encore ses nuits, c'est plus facile ainsi.

Il avait acquiescé. Senga avait souri moqueuse et demandé :

— Tu veux que je te laisse, tu allais prendre un bain, n'est-ce pas ?

— Je reviendrais plus tard, ce n'est pas grave.

Elle avait fait non de la tête et dit :

— Il y aura toujours quelqu'un. Je vais aller dans la pièce d'à côté. Tu seras tranquille.

— Merci, Sen... ga... sa voix s'était étranglée.

Il avait senti un sanglot venir.

Je ne vais pas me mettre à pleurer ! s'était-il reproché.

Mais malgré ses efforts, une larme avait coulé sur sa joue. Senga était venue vers lui et tout en tenant son enfant contre son sein, elle l'avait pris dans ses bras. Il la dépassait presque d'une tête, maintenant. Cette douce étreinte lui avait fait du bien. Elle s'était écartée légèrement et tout en rosissant, elle l'avait interrogé :

— Je peux te poser une question ?

Elle avait attendu qu'il hoche la tête pour continuer :

— Tu n'as jamais essayé de me draguer ? Pourtant, je sais que le fait d'être avec une fille mariée ne t'arrête pas ni le fait que j'ai quatre ans de plus que toi... Ne te méprends pas, j'aime Jared ! C'est seulement que...

Il avait souri, doucement, lui avait caressé la joue et passé une mèche de cheveux derrière l'oreille.

— Je te respecte trop pour jouer avec toi.

Il lui avait donné une bise sur la joue et l'avait laissée passer dans la pièce secondaire. Il l'avait regardée s'éloigner, hésitante. Une fois Senga disparue dans la pièce, il s'était dévêtu et allongé dans le baquet. L'eau y était agréablement chaude. Il avait essayé de se vider l'esprit. Il avait écouté Senga parler à son enfant, elle avait une voix douce, une intonation calme, comme sa propre mère quand elle le cajolait. Il avait l'impression que les mots lui étaient destinés. Une douce chaleur l'enveloppait comme... dans l'après-midi. Cette sensation... ses yeux s'étaient d'abord portés sur la petite comtesse puis sur l'agunoise. L'une d'elles en avait-elle été responsable ?

Il avait fait un dernier détour avant d'aller se coucher. Il était passé près de la stalle où l'on avait enterré le cheval de son père. Il s'était agenouillé devant, adressant une prière à la Grande Créatrice, pour le repos de son père et de son destrier. Un couinement lui avait fait ouvrir les yeux. Une petite bête aux poils bleus se trouvait sur le milieu de cette même stalle. Il l'avait regardé de plus près et murmuré :

— Une viscache sacrée... Que fais-tu là, petite créature ?

L'animal avait grimpé sur son bras et lui avait gratouillé la joue de ses petites cornes. Il avait souri :

— Allez, viens. Je sais qui sera heureuse de t'adopter !

Il était parti en direction des cuisines et avait trouvé le fils de la chef cuisinière occupé à aider à faire la plonge.

— Martial ! l'avait-il appelé.

Le gamin, à peine plus jeune, que lui avait cessé tout et était venu à sa rencontre :

— Oui, sir Kylian ?

— J'ai un service à te demander. Tu vois cette petite créature ? J'aimerais que tu te débrouilles pour que Cécilia l'offre à sa cousine demain. Je sais que tu es assez proche de la fille du duc. Dis-lui que c'est toi qui l'as trouvé, mais surtout ne révèle à personne que c'est moi qui te l'ai donné. D'accord ?

— Promis ! Je ne dirais pas que c'est vous, sir Kylian !

Le chevalier l'avait gratifié d'un grand sourire et était sorti.

— Pourquoi ne pas lui avoir donné directement ?

Il s'était tourné vers Gwéndal, surpris.

— Je ne sais pas. J'ai trouvé cette viscache, mais je ne veux pas qu'on...

— Qu'on sache que tu n'es pas aussi dur que tu veux le paraître, avait deviné son ami.

— Possible, avait-il grogné. Demain, je me battrai contre la petite agunoise, l'avait-il informé pour changer de sujet.

— Ah ?

— Oui, je veux voir si elle peut endurer un entraînement. Et surtout... si elle est une Elue ou une potentielle. J'ignore si les femmes peuvent en être...

Chapitre 10

S ans s'en apercevoir, des larmes avaient roulé sur ses joues. Il les essuya d'un revers de manches. Il voulait dormir, ne plus penser au passé. Il se retourna, mais d'autres images l'envahirent. Il ne pouvait pas continuer à vivre ainsi. Il allait finir par devenir fou à ressasser sans cesse une époque révolue. Au lieu de partir dans un sommeil profond, tout lui revenait encore et toujours !

Kylian avait mal dormi cette nuit-là et il se sentait d'humeur massacrante. Il avait tendrement embrassé le dos de Gwéndal puis s'était préparé pour l'épreuve de Vangel.

Il s'était posé des questions sur elle, il avait tout de suite remarqué qu'il y avait quelque chose d'étrange avec cette « fille ». Ça n'avait pas pris beaucoup de temps pour l'évaluer. En partant, il s'était retourné et avait dit :

— Bon, je pense qu'on pourra faire quelque chose de toi, Vangel...

Il s'était retourné et avait vu Gwéndal observer le combat depuis les vestiaires. Il l'avait rejoint tranquillement. Arrivé à sa hauteur, il l'avait interrogé :

— Qu'en penses-tu ?

— Tu as vraiment besoin de mon opinion ? Il me semble que c'est évident non ?

— Quelque chose ne va pas avec cette fille... je n'arrive pas à comprendre quoi.

— Entraînons-la, nous le découvrirons. En revanche, il va falloir qu'elle s'habille autrement, avait-il suggéré en l'indiquant du menton.

— Du moment qu'elle n'adopte pas le style fanfreluche de Cécilia, avait-il grommelé.

— Tu es irrécupérable. La petite Cécilia est juste un peu précoce pour son âge.

— Mouais...

Il était reparti aviser l'agunoise de ce qu'il attendait d'elle, ses yeux se posèrent sur la petite comtesse qui avait la viscache sacrée. Il ignorait pourquoi cela lui importait autant. C'était quelque chose qu'il devait faire, sans réellement savoir pourquoi.

Le lendemain, ils avaient commencé les entraînements avec les jeunes recrues. Vangel était habillée en garçon. Avec Gwéndal, ils avaient montré les mouvements de base, puis il leur avait demandé d'en faire autant.

Elle apprend vite...

Un coup d'œil à son ami lui avait permis de savoir qu'il en pensait tout autant. Les différents duos se battaient avec brios. Vangel n'avait pas eu de mal à gagner contre la petite teigne qui lui servait d'adversaire.

Avec Gwéndal, ils s'étaient retournés et avaient vu Eleanor qui était descendue jusqu'à eux. Ses grands yeux vert-bleu étaient assombris par l'inquiétude.

— Comtesse ?

— Non ! s'était exclamé le garçon qui avait combattu Vangel.

Il avait repris son épée et s'était rué sur la fillette qui n'avait plus d'arme. L'Agunoise s'était baissée en protégeant son visage. Au même instant, Eleanor avait saisi une arme au sol et s'était interposée entre son amie et le rival, parant l'attaque du garçon.

Gwéndal avait été surpris.

— Tu as vu ? lui avait-il soufflé.

— Oui... Et c'est bien ça qui m'intrigue. Elle a réagi au quart de tour et a réussi à parer ce coup... comme si elle savait ce qui allait se passer...

— Tu crois que ce serait elle la dernière Elue ?

— Je ne sais pas. C'est peut-être un simple réflexe protecteur, maternel... Elle l'est déjà avec sa bestiole, alors pourquoi pas avec Vangel ?

Bestiole que tu lui as offerte indirectement... avait soufflé Gwéndal par la pensée.

Eleanor s'était tournée vers les deux adolescents et leur avait souri. Il avait froncé les sourcils.

— Encore ce rat bleu ?

La fillette avait rougi et caché la viscache dans sa poche, persuadée qu'il ne pouvait pas supporter l'animal.

Pourquoi es-tu si dur avec elle ?

Elle doit apprendre à s'endurcir, sinon elle ne survivra pas dans ce monde.

Et tu penses que c'est la bonne méthode ? s'était amusé Gwéndal.

Je n'en connais pas d'autres.

Avoue, tu l'aimes bien !

— Bon, on n'a pas que ça à faire... il y a un entraînement à finir ! avait-il coupé rudement. Toi, c'est ta première et dernière infraction.

Gwéndal avait soupiré et repris :

— Ici, il n'y a pas de fille ni de garçon. Il n'y a que des soldats.

Pour conclure l'entraînement, il s'était battu contre Gwéndal avec les enchaînements enseignés. Les coups tombaient plus rapides les uns que les autres.

Les élèves les regardaient, stupéfaits. Quand ils avaient senti la sueur commencer à couler, ils avaient estimé que c'était suffisant.

— On peut partir ? avait demandé l'un des jeunes qui devait avoir faim.

— Va te laver avant. Un chevalier qui reste dans sa sueur est un guerrier qui mourra de maladie, avait répliqué sans faire attention Vangel.

Il l'avait examinée de plus en plus intrigué, ce genre de réflexions était faites par des maîtres d'armes, plus exactement des maîtres d'armes de grands seigneurs. Il avait surpris le regard de Gwéndal, lui aussi avait entendu.

Le gamin ne sachant pas s'il devait écouter ou pas les avait regardés, désemparé.

— Allez vous doucher, avait conclu Gwéndal.

Vangel avait vu que plusieurs soldats avaient pris leurs aises et se changeaient tranquillement pour l'entraînement qui allait commencer dans les prochaines minutes.

— Va te changer dans une des douches. Les plus jeunes qui sont encore pudiques le font souvent, avait dit Kylian tout bas.

Elle avait hoché la tête et était entrée dans l'une des douches individuelles. Il en profita pour aller se laver également. Elle l'avait amusé. Lui aussi avait été pudique au début. Qu'elle le soit était des plus normal. Il entendait d'autres soldats faire des blagues grivoises. Il soupira, il en aurait fait également s'il n'avait pas eu la charge d'être le nouveau capitaine.

En sortant, il l'avait observée.

— Pas très fins, hein ? avait-il lancé, amusé.

Elle s'était retournée en sursautant. Elle le découvrit uniquement vêtu d'une serviette. Dans sa surprise, la fillette l'avait heurté et elle se défit... Elle s'était massé la tête, puis avait ouvert de grands yeux choqués en voyant sa nudité.

Il avait souri et murmuré :

— Je ne pensais pas que tu me déshabillerais déjà...

Non, mais il est pas bien lui !

Il avait récupéré sa serviette avec un sourire et s'était dirigé vers les vestiaires. Il l'avait entendu. Elle possédait bien le don de la parole par la pensée.

Le mage lui avait fourni une carte du royaume avec les différents villages attaqués. Après quelques heures passées dessus, il avait remarqué que ces petits hameaux jonchaient la route qu'il avait suivie avec son père lors de sa première mission. La femme et l'enfant qu'ils avaient accompagnées étaient sans doute bien plus importantes qu'il n'avait voulu leur dire. Seul le Val doré avait été épargné...

Non, le comte et la comtesse ont été tués, et leur fils laissé pour mort... s'était-il corrigé.

Il se doutait à l'époque que le duc devait le savoir. Il avait songé lui demander, en espérant qu'il accepte de lui répondre. Un coup d'œil à la fenêtre lui avait appris que le soleil allait bientôt se coucher. Il avait passé plus de temps qu'il ne le souhaitait sur les divers plans. Il s'était étiré avant de se lever, puis avait filé au lavoir. D'épaisses couvertures devaient être nettoyées et il avait promis de les aider.

Un peu plus tôt, il avait constaté qu'il n'y avait que peu d'évolution dans la guérison du jeune Luca. Ses blessures se cicatrisaient doucement. Même s'il devait se réveiller un jour, il resterait sûrement défiguré.

Quand il était arrivé, les lavandières discutaient gaiement des derniers potins, ce qui l'arrangeait ! Il venait également pour ça !

— Kylian ! J'ai cru que sir chevalier au grand cœur nous avait fait faux bond ! s'était enthousiasmée madame Jo en l'apercevant.

— Jamais je n'oserais vous oublier madame Jo ! s'était-il amusé.

— Tu peux aider Amélie, elle est nouvelle. C'est la fille de la gouvernante de la petite comtesse.

Il avait regardé la fille en question, elle ne devait pas avoir plus de douze ans, blonde avec un visage rond. Des yeux pétillants de malice, elle semblait être de bonne volonté. Il l'avait saluée d'un hochement de tête et s'était mis de l'autre côté du baquet pour prendre une épaisse couverture qui trempait.

Il n'arrivait pas à imaginer que des bras aussi petits puissent arriver à soulever cette chose si lourde ! Pourtant la petite se débrouillait très bien. Elle manquait encore un peu de force, mais elle battait la grosse couverture avec entrain.

— Dis Kylian... La p'tite m'expliquait que Vangel allait devenir chevalier.

Amélie avait rougi d'être ainsi prise à partie et n'osait plus regarder le chevalier.

— Oui. Elle fera un bon soldat, avait-il certifié.

— Mais dans ce cas, ne devrait-elle pas dormir avec les autres gardes ?

— Pourquoi, elle dort où pour le moment ?

— On dit qu'elle a sa propre chambre au palais. Mais que généralement, elle dort avec la petite comtesse.

Il avait haussé les épaules, mais se rappelant que madame Jo, comme les autres filles étaient occupées à laver tout comme lui, ne le voyait pas, il avait fini par rétorquer :

— Peu importe où et avec qui elle dort, du moment qu'elle est à l'heure, j'en demande pas plus et qu'elle ne me rapporte pas le rat bleu dont la comtesse s'est entichée, ça me va.

— Oh, mais c'est une charmante créature ! s'était exclamée Gisèle !

— La comtesse en prend grand soin et l'animal semble déjà éduqué... sir Kylian, avait répondu timidement Amélie.

Il avait entendu madame Jo éclater de rire et reprendre :

— Ne l'appelle donc pas sir Kylian ici ! Il a suffisamment de demoiselles qui lui courent après !

— Ce n'est pas ma faute ! s'était-il plaint.

— Il essaye de se faire passer pour un ours, mais nous, on sait que c'est un petit oiseau inoffensif ! avait ajouté Gisèle.

— Me voilà démasqué, avait-il ri. Un oiseau inoffensif, hein ! Ne va pas dire ça à mes hommes, sans quoi je n'aurai plus aucun contrôle sur eux ! Déjà qu'ils sont pour la plupart plus vieux que moi !

— Tu as la possibilité de venir travailler à temps plein ici, si tu le désires ! avait proposé madame Jo.

Il n'avait pu s'empêcher d'éclater de rire et avouer :

— C'est une excellente idée ! Je pense que le duc en serait ravi !

Ils avaient été interrompus dans leurs plaisanteries par Senga qui était arrivée totalement affolée.

— Est-ce que Kylian est là ? Je...

Elle avait stoppé en le voyant.

— Kylian, je t'en prie, va chercher la sorcière des marais. Il y a eu un accident et...

Elle s'était mise à sangloter, Kylian avait laissé retomber la couverture et avait demandé posément :

— Nicodème n'est pas là ?

— Non ! S'il te plaît, Jared s'est blessé... et Tom... Tom a de la fièvre, il ne bouge plus... Je ne sais plus quoi faire !

— Très bien, j'y vais. Calme-toi, d'accord. Tes enfants ont besoin de toi. Retournes-y, je reviens avec elle.

Il avait talonné sa jument, cette dernière n'aimait pas courir ainsi de nuit. Au loin, il commençait à apercevoir la lumière de la vieille cabane. Il n'avait pas eu à frapper, la vieille sorcière était sortie en entendant le cheval renâcler.

— Kylian Glingal. Il est bien tard pour une visite de courtoisie.

Il était toujours mal à l'aise avec cette femme. Ses yeux pénétrants semblaient lire au plus profond de son être.

— Le fils de Senga est malade et Jared s'est blessé...

Elle avait penché la tête sur le côté, gardant les yeux dans le vague un instant. Enfin, elle était revenue à elle et avait souri.

— Ce n'est rien de bien méchant. Laisse-moi le temps de préparer quelques herbes. Entre, s'il te plaît.

Il avait obéi, ne sachant pas très bien pourquoi.

— Eleanor a eu la chimère ?

— Je... euh, oui, comment le savez-vous ?

Elle avait continué de prendre quelques herbes qui séchaient au plafond. Ignorant sa demande, elle avait poursuivi :

— C'est une étrange vie que tu as... Tu auras des choix difficiles à faire. Dis-moi petit, où va ta loyauté ? A ton cœur ou à ton devoir ?

— L'un ne va-t-il pas avec l'autre ? s'était-il hasardé.

— Oui et non. Contrairement à ce qu'on pense, l'homme est sensible et se laisse trop souvent influencer par son cœur. Hélas, le cœur est aussi fragile qu'une jeune fille, il est souvent aveuglé par ce qu'il croit aimer.

— Qu'essayez-vous de me dire ?

— Rien. Je considère qu'on ne devrait pas se fier à ses sentiments, du moins, pas quand ils sont si purs qu'ils nous aveuglent.

Elle s'était tourné vers lui, plantant son regard dans le sien et avait murmuré :

— Tu aimes Senga comme un fils aime sa mère, tu aimes Eleanor sans la connaître pourtant tu la vois comme ta petite sœur, tu aimes le chevalier Allhayn comme ton âme sœur. L'une de ces personnes te trahira en toute conscience.

Elle avait éclaté de rire devant la mine assombrie du jeune chevalier.

— Allons, ne fais pas cette tête, après tout, je ne suis qu'une vieille sorcière des marais ! Te préoccupes-tu réellement de ce que je pourrais te révéler ? Une dernière chose, pour plus de sécurité pour toi et ceux qui t'entourent... choisis la voix du devoir, ainsi jamais tu ne te perdras.

Aujourd'hui, il se demandait si elle savait déjà qu'un jour il serait amené à tuer celui qu'il aimait...

Elle était sortie de sa cabane, ne prenant pas la peine d'éteindre les chandelles. Elle s'était approchée de la jument et avait posé sa tête contre sa joue.

— Tu es une bonne bête...

Il l'avait aidée à monter et avait grimpé à son tour derrière elle. Ils étaient repartis au grand galop. C'était étrange, il se sentait comme dans un rêve.

En arrivant chez Senga, la sorcière des marais lui avait dit encore quelques mots :

— Rien n'est définitif, la mort d'un proche semble insurmontable et pourtant la vie continue. Il en va de même avec tout.

L'amour d'une personne peut être remplacé, les liens entre personne du même sang sont forts, mais d'autres liens existent.

Elle avait passé la porte et le chevalier avait retrouvé tous ses
sens, comme réveillé d'un profond sommeil. Il allait remonter
sur son cheval, quand la porte se rouvrit. Cette fois, ç'avait été
Senga qui s'était précipitée vers lui.

— Merci ! Je...

— Tout va bien se passer, occupe-toi bien des tiens.

— Kylian, j'espère que mes enfants seront comme toi plus
tard.

Il lui avait souri :

— Ils seront bien mieux que moi, tu es une excellente mère.

Il l'avait embrassée sur le front et était reparti à pied tenant
la bride de sa jument.

Chapitre 11

Encore une fois, il changea de position. Tant qu'il n'aurait pas parlé à la comtesse de la mort de Gwéndal, son esprit ne trouverait pas la paix. Et même si c'était douloureux, se remémorer tout son vécu avec son amant lui faisait du bien. Indirectement, c'était un peu comme le maintenir en vie.

Il laissa sa pensée repartir vers cette époque.

Après quelques mois, Vangel s'était bien adaptée aux entraînements. Les autres élèves s'étaient fait une raison et l'avaient acceptée. Elle progressait vite, trop vite pour une fille de ferme comme elle disait l'être. Il avait pris la décision d'en parler au duc, après tout, il était en droit de connaître la vérité à son sujet.

Philippe faisait les cent pas dans son bureau, le mage restait impassible, attendant sa décision.

— Ecoute Kylian, tu as toute ma confiance, j'avais énormément d'estime pour ton père et j'en ai tout autant pour toi. Cependant, je ne peux te dire qui est Vangel. Oui, il s'agit bien de la fillette que tu as accompagnée, il y a longtemps.

— Quelqu'un veut du mal à cette fille ?

La question avait surpris le duc, mais l'arrangeait. Il avait ainsi pu garder une part du secret de Vangel.

— Oui. Personne ne doit savoir qu'elle est ici. Je pense que les personnes responsables de la mort de ma sœur sont les mêmes que ceux qui veulent la mort de cette enfant.

— Qu'a-t-elle de si important ? Ce n'est pas une Elue. Elle a des dons, c'est indéniable, mais...

Il s'était interrompu et avait demandé :

— Serait-ce une fille illégitime ? La vôtre ?

— Par la Grande Créatrice non ! s'était exclamé Philippe. Elle est tout de ce qu'il y a de légitime.

— Vous ne me direz rien d'autre, n'est-ce pas ? Sait-elle qu'elle est aussi importante ?

— Oui. Elle le sait.

Il avait regardé le mage qui n'avait pas dit un mot.

— Maître Wela ? Tout va bien ?

Le vieil homme avait souri étrangement et dit :

— Oui. Je vais dormir. Bonne nuit.

Il l'avait observé sortir sans vraiment comprendre ce qu'avait le vieillard.

— Je vais vous laisser, majesté. Merci de m'avoir reçu.

— Kylian. Prends soin de Vangel... Elle est très importante.

Il avait hoché la tête et était reparti avec encore plus de questions qu'en arrivant. Il avait manqué de se mettre à hurler en voyant une forme noire se matérialiser devant lui. Lentement, l'entité avait pris une forme humaine. Habillé d'une cape noire, le visage était resté caché par une grande capuche.

— Qui êtes-vous ? avait-il dit en mettant la main à la garde de son épée.

Kylian ? J'ai ... j'ai réussi ?

Posément, l'étranger regardait autour de lui. Il l'examina mieux, plus petit que lui, sa voix avait résonné dans son esprit. Instinctivement, il lui avait répondu de la même manière.

Luca ? C'est vraiment toi ?

Une servante était passée dans le couloir et avait traversé le corps du garçon sous ses yeux médusés.

— Bonsoir, sir Kylian.

Il lui avait adressé un signe de tête et l'avait laissée passer.

Comment fais-tu ça ?

Je ne suis pas vraiment certain, mais j'avais envie de bouger.

Vois-tu ce qui t'entoure ? Le couloir où nous sommes ?

Non, c'est le noir absolu.

Il avait soupiré, il n'avait pas envie de faire de nouvelles expériences pour ce soir, toutefois ça semblait compromis.

Bien, suis-moi dans le bureau du duc, il doit voir ça. Enfin voir, s'il te voit... Enfin, tu as compris ?

Il s'était retourné, Luca ne bougeait pas.

Viens je te dis...

J'ignore comment faire...

Je ne sais pas, marche !

L'ombre s'était déplacée doucement.

Parfait, continue, encore une dizaine de pas puis ce sera à gauche.

Il avait frappé et était entré de nouveau dans le bureau. Philippe l'avait observé surpris et s'était enquis :

— Autre chose Kylian ?

— C'est un peu plus complexe, votre altesse.

Il s'était décalé et avait laissé le passage à la silhouette de Luca. Il n'avait pas eu besoin d'interroger le duc, les yeux qu'il faisait répondaient à sa place.

— Qu'est-ce que... Je...

— C'est Luca, majesté.

— Luca ? Mais on dirait plus un... spectre !

— C'est un peu le cas, votre grâce. C'est son esprit qui est présent. En revanche, il ne voit rien de ce qui l'entoure. J'ai pensé... que si nous devions faire des essais, votre bureau serait le lieu le plus approprié.

Ils avaient essayé toute la nuit de réaliser divers tests pour que le garçon puisse voir ce qui l'entourait. Au final, ç'avait été une idée du duc qui leur avait permis d'y parvenir. Il suffisait à Luca de regarder par les yeux de son oncle ou par les siens.

C'était un peu comme pour la communication, il suffisait de visualiser ce qui les entourait et de lui envoyer l'image. Une fois fait. Il arrivait à voir par lui-même.

Kylian avait eu des difficultés à se lever. Gwéndal l'avait regardé émerger, un sourire taquin aux lèvres.

— Je connais un bon moyen pour te réveiller en douceur.

Tendrement, il l'avait caressé, l'embrassant par intermittence entre les omoplates. Descendant lentement. Il avait poussé un gémissement qui pouvait être aussi bien interprété par : vas-y continue ou bien laisse-moi dormir, ce qui avait amusé Gwéndal.

Il s'était apprêté à continuer quand un bruit dans le couloir l'avait stoppé. Il avait sauté du lit et s'était glissé derrière la penderie quand la porte de sa chambre s'était ouverte à la volée.

— Désolée d'avoir à vous déranger, capitaine. Nicodème demande à vous voir, tout de suite.

— On t'a jamais appris à frapper aux portes ! avait grogné Kylian.

— Pardon capitaine. Mais c'est urgent.

— J'arrive, avait-il soupiré.

Il avait attendu que la porte se referme pour se lever. Gwéndal était sorti de sa cachette, amusé :

— On l'a échappé belle !

— Mouais. Je devrais installer un verrou sur cette fichue porte.

Il s'était éclipsé de la chambre le premier pour retrouver le jeune garde qui était venu le chercher :

— Où est le guérisseur ?

— Dans la tour hantée.

— La tour hantée ?

— Oui la tour carrée, des domestiques affirment y avoir vu un fantôme...

— Ah...

Il avait saisi un petit pain sur la table et avait filé vers la tour.

Tu me rejoins à la tour de Luca.

Bien.

Il était parvenu promptement aux pieds des marches et les avait gravies rapidement. Il avait poussé la porte doucement et s'était aperçu que deux sœurs de la foi recouvraient un corps. Le duc s'était tourné vers lui et avait expliqué :

— C'est le mage Wela.

Il avait senti un pincement au cœur. Il pensait l'homme éternel, il était si vieux qu'il imaginait que la Grande Créatrice l'avait oublié sur Edenalia. Gwéndal était arrivé quand les sœurs de la foi commençaient à emmener le corps.

Le duc avait attendu que les sœurs soient parties pour continuer :

— Ce n'est pas tout. Je n'arrive plus à joindre Lua.

— Lua ? s'était étonné Gwéndal. Qui est-ce ?

Lui, il avait froncé les sourcils, il avait déjà entendu plusieurs fois le mage en parler.

— C'était l'un des Elus de l'Ether que portait ma sœur. Il voyage à travers le royaume pour découvrir d'autres potentiels éventuels.

— Il en trouve ?

— Jusqu'à présent deux. Il devait venir avec l'un d'eux justement. Nous rendrons hommage ce soir à Wela Glingal.

Il s'était figé et avait regardé fixement le duc.

— Pardon ?

Surpris Philippe lui avait avoué :

— Il était un oncle de ton père. Tu le savais, n'est-ce pas ?

Lentement, il avait secoué la tête.

— Je suis sincèrement désolé, Kylian. Je pensais que ton père te l'avait dit.

— De toute évidence, ça ne leur a pas paru utile... s'était-il offusqué. On est certain qu'il est mort de vieillesse.

— Oui.

— Et comment va Luca ? avait demandé Gwéndal.

Je vais bien, merci.

— Tu peux nous entendre sans que nous passions par la pensée ?

Oui.

— Son corps guérit, ses fonctions reviennent doucement, avait expliqué Nicodème.

Il s'était senti étourdi. Dehors le vent s'était levé, un regard vers Gwéndal, lui avait permis de savoir qu'il n'était pas le seul à l'avoir éprouvé. Le vent était retombé et une étrange sensation l'avait habité.

Nicodème avait levé un sourcil et murmuré :

— L'Ether est en possession de ses pouvoirs...

— Je l'ai senti également, avait souri le duc.

— Mais... comment le savez-vous ? avait interrogé Kylian.

— Nous ne sommes pas des potentiels, mais avons la même magie, moi de par le roi Maximilien et Nicodème de par ses ancêtres plus lointains.

— Pourquoi nous faire envoyer des messagers au lieu de communiquer d'esprit à esprit ?

— Je peux entendre, mais pas répondre. Il vous faudra trouver l'Ether.

Gwéndal avait souri et répondu :

— Il suffit de savoir quels sont les enfants nés ce jour.

— Ce n'est pas si simple, beaucoup d'enfants naissent le même jour. Sans compter que l'Ether peut prendre ses pouvoirs dans le ventre de sa mère, à sa naissance, voire après sa naissance.

— Mais, pour votre sœur, vous le saviez pourtant !

— Oui, elle avait les mêmes dons que moi. Je pense qu'ils étaient supérieurs aux miens. Quand l'enfant qu'elle portait a pris possession de ses pouvoirs, elle était toujours enceinte. Si la mère de ce petit ne possède pas de dons, elle ignore sans doute que son petit est exceptionnel.

— Il vous faudra sûrement quelques années avant de le trouver.

Gwéndal était resté méditatif. Il avait dû lui secouer le bras pour le ramener à la réalité :

— Pardon, je...

— Les élèves vont nous attendre. Nous devons y aller, lui avait rappelé son ami.

Il avait hoché la tête. Tous s'étaient salués et les deux chevaliers étaient partis en direction de l'amphithéâtre où ils instruisaient les jeunes.

Les entraînements se succédaient, les jours, les semaines, les mois... L'état de Luca restait le même, en revanche, il avait appris à se déplacer dans les lieux que Kylian visitait. Il n'arrivait pas à en faire autant avec Gwéndal. Le corps spectral du garçon arrivait même à prendre consistance. Toutefois, cet exercice demandait beaucoup d'énergie et demeurait fatigant.

L'Ether restait introuvable, tout comme l'Elu de l'Est. Lua Pele semblait avoir totalement disparu. Personne, depuis la mort du mage, n'en avait entendu parler.

Vangel leur en faisait voir de toutes les couleurs. Elle était douée, mais son caractère plus qu'affirmé les perturbait. Sur le terrain, elle restait attentive et suivait bien les ordres. En dehors, elle devenait plus problématique. Beaucoup avaient oublié qu'elle était une fille. Elle-même semblait l'omettre par moment.

Il lui avait reproché les fréquentations qu'elle entretenait avec la gent féminine. Surtout qu'elle continuait de dormir avec la comtesse. Ce détail ennuyait le jeune homme.

Ses yeux s'étaient reposés sur la carte qu'avait étendue le duc dans son bureau. De nouvelles attaques avaient eu lieu dans les villages frontaliers, certaines dans le domaine même de la jeune comtesse. Philippe s'en était trouvé préoccupé. Il avait la gestion du domaine de sa nièce jusqu'à sa majorité, il ne pouvait pas laisser ses habitants y être en danger. D'autre part, les rares nouvelles que lui donnait son cousin, le roi Guillaume, n'étaient pas des plus rassurantes. La guerre était aux portes du royaume. La paix, si longtemps gardée, n'était plus qu'illusion.

Il avait hésité, il avait une idée de ce qui le dérangeait chez Vangel. Cinq ans qu'elle était arrivée, cinq ans qu'il cherchait à percer ce mystère. La dernière fois qu'il en avait parlé au duc, il ne lui avait pas tout dit. De ce fait, il avait préféré alors détourner le sujet, voir s'il lui en dirait plus.

— Majesté, je pensais faire passer le test à Vangel, afin de la faire chevalier.

— Tu veux dire, le tournoi et tout ce qui va avec ? Comme ton père avait fait avec toi et Gwéndal.

— Non, ce n'était que du folklore, d'ailleurs l'un des chevaliers nous avait laissé gagner. Je parlais juste du test écrit.

Le duc avait ri :

— Celui où nous avons découvert vos talents artistiques ?

Il n'avait pu s'empêcher de rire de bon cœur, il est vrai qu'ils s'étaient lâchés lui et son ami.

— Tu sais ce test est plus pour déterminer si...

— Si la personne est assez mature pour endosser le rôle de chevalier, avait terminé le jeune homme. J'ai mis du temps à le comprendre, en revanche ce que j'ignore, c'est pourquoi vous nous l'avez validé.

— Au vu des dessins, on s'est dit que vous étiez assez mature pour l'être ! Si tu veux t'amuser à lui faire faire, je t'en prie, vas-y.

Gwéndal l'avait observé. Confortablement assis dans un fauteuil, il avait pris un petit sourire qu'il connaissait bien, mais qui ne se prêtait pas à la circonstance.

— Qu'y a-t-il ? avait-il demandé, intrigué.

— Quoi ?

— Ce sourire... ce n'est pas normal... En général, tu n'as cette expression que lorsque tu as trouvé une nouvelle « proie » ...

— Ce n'est pas le cas... Je pense avoir compris ce qui n'allait pas avec Vangel... Je n'en suis pas encore certain, mais... passons. Tu étais très proche de la comtesse à un moment, quand on combattait... qu'est-ce que tu faisais ?

— Rien de mal. On a juste parlé d'avenir.

— Mmh... le courant passe bien... plus tard, elle devrait être mignonne, même si je dois admettre qu'elle l'est déjà.

Gwéndal avait secoué la tête, désespéré.

— C'est une comtesse. Et jamais son oncle ne voudra qu'elle s'unisse à un guerrier. Et puis, qui te dit qu'elle veut de moi, ou que je veuille d'elle ?

— Tu n'es pas qu'un guerrier, oublies-tu que tu es de noble lignage, lignage royal qui plus est !

— Non, je ne l'oublie pas. Peu le savent et je ne compte pas l'ébruiter pour le moment.

Kylian s'était levé et étiré.

— Bon, j'ai un rencard avec une charmante petite serveuse... je n'ai pas l'intention de lui poser un lapin.

— Amuse-toi bien, avait murmuré Gwéndal.

— Ne t'en fais pas pour ça.

Ils s'étaient fixés en souriant, puis s'étaient séparés.

Vangel était entrée dans le donjon et avait grimpé les escaliers en colimaçon.

— On pouvait pas faire ça au rez-de-chaussée...

Toujours aussi discrète, s'était amusé Kylian.

Elle avait bougonné puis frappé à la porte et avait attendu qu'on la lui ouvre.

— Tu ne t'es pas pressée ce matin, lui avait-il reproché en refermant la porte derrière elle. Maintenant, tu vas devoir passer le test.

Il lui avait désigné une feuille posée sur un bureau.

— Installe-toi et réponds aux questions. Je vais te laisser seule un moment...

J'ai cinq minutes de retard... j'espère que cette fille m'a attendue... comment s'appelle-t-elle, déjà ? Christie ? Non... Briggit ? ... Pas ça non plus. Bon, je retrouverai en chemin...

Il était parti et Vangel s'était penchée sur la feuille.

Kylian était revenu, l'air satisfait.

Tant pis, cette fille va pleurer, mais au moins, elle ne se fera plus d'illusions. Hé, hé, c'est que plusieurs vont rentrer au couvent, si ça continue ! Les sœurs de la foi pourront venir me remercier de leur avoir donné de la recrue toute jeune et fraîche...

Il avait découvert Vangel, occupée à rêver.

— Ça t'intéresse à ce point ? avait-il demandé, moqueur.

Il avait chipé la feuille et observé les réponses... absentes. Il l'avait retournée et trouvé quelques petits dessins presque gentillets.

— Joli coup de crayon.

— Merci.

— T'aurais pu prendre la peine de répondre aux questions.

— Ben… c'est que… les mots ne me venaient pas et je recherchais mon plus beau vocabulaire pour y répondre… malheureusement, ce soleil étincelant m'a troublée et je n'ai pu m'empêcher de l'admirer… Je n'ai pas vu le temps passer.

— Tu te fous de moi ? …

— Non, fit-elle avec un sourire. J'ai trop d'estime pour mon vénéré maître…

— C'est bien ce que je dis, tu te fous de moi… Mais bon, tu ne seras pas le premier Chevalier à avoir agi ainsi. En fait, tu es le troisième à ma connaissance.

Vangel pencha la tête sur le côté, cherchant à comprendre.

— Gwéndal et moi, on a fait pareil avec l'ancien Capitaine… sauf que nos dessins étaient moins innocents.

Elle avait émis un sifflement et demandé :

— Bon, je peux partir maintenant ?

— Ma présence te trouble à ce point ?

— Ta présence m'indiffère à un point que tu ne peux imaginer. J'ai vu une fille qui m'avait l'air d'être très intéressée par ma personne. Je ne voudrais pas la décevoir…

Kylian l'avait enlacée par-derrière et avait murmuré :

— Tu sais ? Tu es la première à me résister…

— T'es pas bien ! Lâche-moi !

— Mmh… tu es tentante…

Il avait enfoui son visage dans le cou de Vangel et avait voulu y déposer des baisers, mais elle l'avait repoussé et s'était écartée de lui, folle de rage.

Il l'avait observée avec un sourire.

— La comtesse le sait ?

Vangel l'avait repoussé rudement et il avait éclaté de rire.

— Elle sait quoi ? avait grogné la jeune fille.

— Ton petit secret…

— Je n'ai pas de secret !

Il s'était penché vers son oreille et avait murmuré :

— Sait-elle que ce que tu as entre les jambes n'est pas ce qui porte la vie, mais qui la sème…

Il s'était reculé à temps, avant de se prendre le poing de Vangel dans la figure. Il avait éclaté de rire.

— Va au diable !

— Le duc le sait, n'est-ce pas ? J'ose espérer que la jeune comtesse est toujours vierge.

— Eleanor est la personne la plus pure que je connaisse, je t'interdis de douter de son honneur !

— J'ai donc visé juste... tu n'es pas une fille, et par-dessus tout, tu l'aimes. Te faire passer pour un garçon, prétendant être une fille... tu es sacrément tordu quand même !

Vangel l'avait foudroyé du regard et avait claqué la porte en sortant. Il s'était amusé, mais ça avait été de courte durée... Il avait réfléchi rapidement Vangel était un homme, du moins, il le devenait. Le duc faisait tout pour le protéger et lui donner une bonne éducation.

— Il a quatorze ans...Pourquoi serait-il si important ? Il a des dons, c'est donc un potentiel... avait-il commencé à réfléchir à haute voix.

Il avait frappé quelques coups au bureau du duc et avait été invité à entrer immédiatement. Sans surprise, il y avait trouvé l'esprit de Luca et Philippe penchés sur la carte du royaume. Les dernières nouvelles s'avéraient inquiétantes.

— Kylian ?

— Majesté, Luca, les avait-il salués.

— Tu ne venais pas pour discuter stratégie, avait deviné le duc.

— En effet, votre grâce. Ça concerne Vangel.

Le duc avait soupiré et s'était enquis :

— Qu'a-t-elle fait encore ? Elle n'a pas répondu au test ?

— Oui. Mais ce n'est pas tout...

— Eh bien parle, par la Grande Créatrice ! s'était agacé Philippe.

Il avait jeté un rapide coup d'œil à Luca ne sachant pas s'il pouvait ou non dire ce qu'il pensait avoir deviné.

— Je pense que la véritable identité de Vangel n'est autre que le prince Kalyani. Je pense que vous le saviez, n'est-ce pas ?

Chapitre 12

Le chevalier se réveilla en sursaut, la sueur lui dégoulinant sur le visage. Il fit quelques pas dans sa tente, prit une rasade d'eau et retourna se coucher. Il n'avait pas dormi plus d'une heure, la lune n'était pas encore entièrement levée. Il lui fallait parler à la comtesse.

Tant qu'elle soigne les soldats Sonois... ce n'est pas la peine... pensa-t-il de nouveau.

Ce n'était pas la première fois qu'elle soignait les combattants, il referma les yeux et il se souvint de cette époque moins lointaine...

Ce jour-là, il passait en revue les troupes. Il devait l'admettre, Eleanor avait fait du bon travail avec les soldats. Bien sûr, les hommes amputés ne pourraient pas retourner sur le terrain, mais avec le guérisseur, elle en avait sauvé un bon nombre.

Il avait remarqué l'un de ses soldats qui essayait de se mettre debout. Il s'était approché et lui avait demandé :

— Besoin d'aide ?

— Merci, commandant, mais je dois m'exercer seul, il le faut pour que la comtesse soit fière de moi.

Il avait souri, la comtesse Eleanor avait bien fait des miracles. Pour qu'un gars comme Sean veuille lui faire plaisir, c'est qu'elle avait su gagner son respect.

Il l'avait observé effectuer le tour de l'infirmerie sur ses béquilles. Il avait constaté qu'il y parvenait. Il était ressorti et avait rejoint le duc dans son bureau.

Le commandant n'avait pas été surpris d'y trouver également Gwéndal. À son entrée, le duc s'était arrêté de parler et avait patienté le temps qu'il prenne place autour de la table.

— Bien. Je viens de recevoir un message du prince. Visiblement, Eleanor ne se sent pas en sécurité. Il désire que sa gouvernante et quelques soldats aillent les rejoindre dans les plus brefs délais.

— Je savais que c'était une mauvaise idée de laisser la comtesse y aller.

— Elle y tenait et Kalyani également. Sans compter que nous l'avons mise de côté trop longtemps.

Kylian avait haussé un sourcil, dubitatif. Ça n'avait pas été lui, mais son ami qui avait répondu :

— C'était pour la protéger, sur votre ordre, altesse. Nous ignorions qu'elle puisse être une Elue.

— Non, nous ne voulions pas accepter qu'elle puisse en être une. Moi le premier, avait-il rectifié.

— Le fait que ce soit une femme ?

— Oui.

Philippe avait souri, il avait secoué la tête et s'était enquis :

— Pourtant c'est bien vous, qui avez fait offrir son étrange créature, pourquoi dans ce cas ?

Il avait haussé les épaules :

— Je l'ignore. C'était ce qu'il fallait faire.

— Pourquoi ?

— Parce que la viscache me l'avait demandé. Quant aux raisons qui m'ont poussé à ne pas me faire connaître, ça ne regarde que moi.

— Bon, ce n'est pas le plus préoccupant pour le moment, l'avait interrompu le duc. Vous devez partir au plus vite. Le voyage est long, et qui sait ce qui peut arriver d'ici là.

— Que peut-il lui arriver ? Elle est dans le château le plus sécurisé du royaume. Elle fait sûrement une crise d'angoisse du fait qu'elle ne connaisse personne là-bas, avait suggéré Gwéndal.

— Eleanor est plus forte qu'elle ne paraît, avait-il rétorqué.

Gwéndal ne semblait pas d'accord, mais ces derniers temps ils n'étaient presque jamais d'accord.

Si ma sœur pense qu'elle est en danger, c'est que c'est le cas.

Je me demandais quand tu allais intervenir, s'était amusé Philippe.

Au lieu de palabrer du comment et du pourquoi, vous feriez mieux de vous mettre en route !

— Luca a raison, avait-il convenu. De toute façon, on n'a pas grand-chose d'autre à faire pour le moment.

— La trêve semble se poursuivre. Vous pourrez en profiter pour me faire un rapport sur l'état général du royaume, enfin sur la partie Ouest. Partez dès que la gouvernante de ma nièce sera prête.

Il était ressorti, il avait souhaité discuter avec son ami, mais ce n'était pas le moment. Il devait sélectionner les soldats qui les accompagneraient, ainsi que donner des ordres pendant son absence.

Kylian avait décidé de ne prendre qu'une voiture pour Martha, la gouvernante de la comtesse. Il partirait en éclaireur, il voulait perdre le moins de temps possible. Il partageait l'avis de Luca, la comtesse était en danger.

Gwéndal était venu à ses côtés lui demander si tout était prêt. Il avait hoché la tête.

— J'aurais aimé qu'on puisse passer une soirée ensemble avant de partir, avait glissé son ami.

— As-tu besoin que je te console de ta rupture ? s'était-il moqué.

— Non. Mais on ne s'est pas beaucoup vu ces derniers temps.

— Ce n'est pas moi qui flirtais avec une délicate jeune femme.

— Tu n'as jamais approuvé que je puisse m'intéresser à elle.

— Il ne m'appartient pas d'approuver ou non.

— Mais ?

— Mais, tu ne la mérites pas.

— Tu crois que Kalyani la mérite plus que moi ?

— Elle l'a toujours aimé, même quand elle ignorait qui il était. Ils sont faits pour être ensemble. Crois-moi, ça ne me plaît pas non plus. Bon, partons tant qu'il fait encore jour.

Gwéndal avait repris sa place à l'arrière du cortège. Il lui avait donné le signal et les chevaux s'étaient mis en route. Il avait rapidement pris de la distance avec la voiture.

Malgré toute la meilleure volonté du monde, ils n'avaient gagné que quatre jours sur le trajet. Après deux semaines et demie de voyage, ils avaient enfin aperçu le château du roi. Il s'en voulait d'avoir mené un rythme aussi soutenu pour les chevaux et pour Martha. La gouvernante n'était plus toute jeune, pourtant elle ne se plaignait pas. Elle aussi s'inquiétait pour sa petite protégée.

Il avait jeté un rapide coup d'œil à la voiture. Tout allait bien, il avait lancé son cheval au grand galop pour prévenir de leur arrivée. Il était entré dans la cour, un palefrenier était venu à sa rencontre pour s'informer de quoi il s'agissait.

— Commandant Kylian Glingal de la garde personnelle de la princesse Eleanor Sedna-Anela.

— Le prince Kalyani nous a prévenus de votre arrivée. Le prince est actuellement avec le roi.

— Peu importe. Les autres arriveront dans une heure, merci de prendre soin de mon cheval. Où se trouve la princesse ?

— Sûrement dans les jardins, elle y passe le plus clair de son temps.

— Merci.

Il avait abandonné sa monture aux bons soins du palefrenier et s'était immédiatement dirigé vers les jardins. Il l'avait trouvée rapidement, trop rapidement à son goût. Elle était superbe.

Une fleur parmi les fleurs...

Il avait pris un ton moqueur et déclaré :

— Ce qu'on dit est donc vrai. Vous voici vêtue comme une véritable dame, une véritable princesse.

Eleanor avait relevé les yeux pour l'identifier. Quelque chose avait changé en elle. Elle n'avait plus ce regard d'innocence. Ces quelques semaines passées dans ce lieu lui avaient enlevé sa naïveté. Il le regrettait.

— Sir Kylian ! Je ne vous attendais pas avant deux semaines ! Comment êtes-vous arrivé en un temps si court ?

— Vous oubliez qu'il y a bien des façons d'envoyer des messages, princesse.

— Je suis heureuse de vous revoir, sourit-elle.

— Je vous ai ramené votre rat, j'ai cru comprendre que vous vous sentiez seule.

La petite créature avait surgi de sa besace et avait couru se jucher sur l'épaule de sa maîtresse. Il s'était réjoui de voir son regard s'illuminer en apercevant son petit ami.

— On dit aussi qu'on cherche à vous tuer...

— Vous voilà bien informé, vous êtes arrivés depuis combien de temps ? Le voyage s'est-il bien déroulé ?

— Un peu long. Les autres ne devraient pas tarder, une heure pas plus.

— Qui ? Martha ?

— Oui, Gwéndal, Nataniel et sept autres soldats. Maintenant, je compte, me reposer et prendre mon premier tour de garde dans vos appartements ce soir. Il serait bien qu'un des chevaliers reste dans votre chambre.

— Vous n'y pensez pas !

— Kalyani a bien dormi avec vous cette nuit.

Il l'avait vue se lever d'un bond. De toute évidence, elle n'avait pas apprécié qu'il le sache. Il ne pouvait pas lui dire qu'il avait dit ça au hasard.

— Y a-t-il des choses que vous ignorez à mon égard ?

— Oui, j'ignore comment vous vous êtes débrouillée pour rester en vie si longtemps. Vous, là, seule avec Max, il serait facile de vous occire.

— Serait-ce une menace sir Kylian ?

Il avait éclaté de rire et rétorqué :

— Une mise en garde, vous n'êtes pas suffisamment protégée. Un traître est dans nos rangs et travaille pour la personne qui vous veut du mal. Ce n'est pas moi, je suis là pour vous défendre, même si je préfèrerais passer mon temps à autre chose.

— Vous ne m'avez jamais appréciée, n'est-ce pas ?

Il l'avait bien cherché, pourtant ces simples mots lui avaient fait plus de mal qu'elle ne pouvait l'imaginer. Ce n'était pas étonnant qu'elle pense ça. Depuis toujours, il se tenait loin d'elle, dénigrait la petite chimère. Il ne désirait pas qu'on sache qu'il l'appréciait. Il considérait Eleanor comme sa petite sœur, nul ne le savait. C'était son secret, son point faible. Il s'était repris rapidement.

— Il ne m'appartient pas de vous apprécier ou pas. Étrangement, votre vie m'est précieuse.

— Et pourquoi donc, je vous prie ?

— Parce que contrairement à Kalyani qui est aveuglé par son amour fou pour vous, et à Gwéndal qui vous désire plus que toute autre chose au monde, je ne suis pas certain que vous soyez l'Elue de l'est.

— Je n'en sais pas plus que vous à ce sujet.

Il avait hoché la tête. Avant de s'éloigner, il avait ajouté :

— Ce soir, le prince n'aura pas à coucher auprès de vous, je saurai vous défendre.

Ainsi votre vertu restera sauve...

Il avait tourné les talons et était parti. Il sentait le regard de la jeune femme dans son dos. Il s'était difficilement retenu de se retourner. Il s'était dirigé vers les cuisines. C'était l'endroit parfait pour connaître tous les ragots du palais.

Il avait dévoré une miche de pain avec du pâté et avait écouté patiemment les déboires du dernier marmiton. Il avait éclaté de rire en entendant la cuisinière houspiller le garnement qui venait de mettre les œufs à cuire dans le lait au lieu de l'eau bouillante.

Un soldat était venu s'asseoir près de lui et s'était présenté. Après le partage d'une bière, le soldat s'était enquis :

— Vous êtes à la solde de la princesse Sedna-Anela, c'est bien ça ?

— Il paraît, oui.

— Je vous souhaite bien du courage.

— Ah ? C'est-à-dire ?

— Elle joue de malchance depuis qu'elle est arrivée.

L'homme avait croqué un morceau de viande, il le mâchait bruyamment, il avait pris sur lui et attendu qu'il poursuive son récit.

— Un serpent est venu se tenir au chaud sur son lit ! Je comprends la bestiole ! J'irais bien y faire un tour moi aussi !

— Je ne pensais pas que c'était un coin à serpents ! J'aime pas ces bestioles !

Il avait continué, lui expliquant le malentendu qu'il y avait eu avec sa femme de chambre, le malaise qui s'en était suivi. Le soldat avait conclu en disant que certains des nobles n'arrivaient pas à suivre la vie au palais, puis s'était excusé, devant partir pour son tour de garde.

Il avait attendu qu'il soit sorti pour interroger l'air de rien la cuisinière. Cette dernière était ravie de l'intérêt que lui portait le beau chevalier. Elle avait mis son torchon sur son épaule, et donné quelques ordres à son commis.

— Savez, c'est pas d'la faute de la p'tite. C'est une gentille, c'te fille. Moi j'crois que ça vient d'l'étrangère. La sauvage qui vient de Kharmakel. Saviez qu'il mange les morts chez eux ! J'vous jure que c'est vrai !!

Elle avait ricané de dédain, et avait poursuivi :

— Manger des morts ! J'peux vous dire que ce qu'il y a dans mes marmites, c'est que de la bonne viande de nos fermes !

134

— J'en doute pas un instant, ça sent divinement bon ! Pourquoi une Kharmakel vit ici ?

— Z'allez pas me croire, mais la reine veut la marier avec le prince ! Pour faire la paix. Mais le prince n'a d'yeux que pour la p'tite princesse du Val. Tout le monde le sait ! C'est pour ça. L'étrangère doit être jalouse ! Le serpent, il venait de chez elle !

Il l'avait écoutée religieusement. Il avait achevé son repas depuis un bon bout de temps. Pourtant une chose le surprenait. Il n'y avait pas un mot désagréable pour la reine, tout n'était que compliment sur sa grâce. Même au château du duc où les domestiques étaient bien traités, ils arrivaient à se plaindre de leurs maîtres.

Plus tard, il était entré dans le bureau du prince. Il avait dû patienter, qu'il revienne des appartements de son père. Il avait observé la pièce, luxueuse, bien plus que chez le duc. Un véritable étalage de richesse. Il avait secoué la tête, ça ne ressemblait en rien au Kalyani qu'il avait appris à connaître.

Chapitre 13

Usant de dextérité, la comtesse soignait les soldats et tentait de tout faire pour les sauver depuis déjà trois jours. Kylian ne la voyait que rarement. Il n'avait toujours pas réussi à lui parler de la mort du chevalier. Il fallait qu'il lui parle, il ne dormait presque plus, et le peu de temps qu'il réussissait à partir dans les bras de Morphée, il restait hanté par ses souvenirs.

L'une de ses troupes parvint à déjouer une seconde attaque sur le flanc nord à la frontière du comté d'Odsutan. L'attaque n'avait pas été difficile à repousser. Les hommes de Sonu étaient vite repartis après avoir perdu plus d'un quart de leur effectif.

Kylian relut le rapport et écouta attentivement chaque détail que lui donnait son capitaine. De temps à autre, il l'arrêtait pour qu'il recommence, il prenait quelques notes. Par deux fois, il dut retailler sa plume pour poursuivre.

Les pertes étaient minimes. Kylian reposa sa plume et souffla :

— Ce n'est pas logique. Ils préparent quelque chose, c'est certain !

Il se leva et fit le tour de son bureau pour gagner une table sur laquelle une carte des frontières du royaume était couchée.

— Des nouvelles de vos éclaireurs ?

— Un seulement est revenu. Il n'avait rien à signaler. Un second m'a fait parvenir un oiseau. Il dit avoir vu des troupes, il souhaitait déterminer le nombre avant de me faire parvenir un nouveau message. C'était la veille de l'attaque. Sa première estimation parlait de cinq cents hommes.

— L'attaque en comptait à peine cent, c'est bien ça ?

— Oui, commandant.

— Donc, on peut librement supposer qu'il y en a encore trois cents ici.

Il observait la carte en fronçant les sourcils. Il cherchait à prévoir toutes les possibilités, le manque d'informations fiables se faisait ressentir. Kylian imaginait tous les scénarii possibles. Il congédia le capitaine qui devait retrouver ses troupes.

Luca, tu dois m'aider. Dis-moi ce que tu vois, dis-moi ce que nous devons craindre.

Kylian ? Que se passe-t-il ?

Rien de bon, j'en ai peur. J'ai bien une vague idée de ce que prépare Sonu. J'espère que tu peux me détromper.

Tu sais que je ne contrôle pas mes visions. Elles me viennent sans que je ne demande rien.

Eh bien, demande !

Kylian, donne-moi deux jours. L'Ether est au Val. Nous avons besoin de trouver le nouvel Elu de l'Ouest.

Luca, j'ai une guerre à mener. Ne peux-tu pas le demander à ta sœur ? Elle ne fait que soigner les soldats...

Pour oublier sa douleur, je le sais mieux que personne. Lui as-tu parlé ?

Non ? Je manque d'occasions.

Kylian ! Tu aurais tout le temps dont tu souhaites si nous étions tous les cinq réunis, les guerres cesseraient...

Oui, tout le monde sera heureux dans un monde parfait, je connais la musique, merci.

Kylian... Je vais faire ce que je peux. Mais si possible, fais-en sorte qu'on puisse se réunir !

D'accord...

Kylian ferma les yeux un instant. Ses problèmes étaient loin d'être réglés, lui qui pensait être tranquille un moment maintenant que l'on connaissait l'identité et le lieu de l'Ether, voilà qu'on devait trouver le dernier Elu.

— Je ne vais tout de même pas passer ma vie à réaliser une quête que personne n'entend !

Il sortit pour faire quelques pas. Il voulait se changer les idées. Les soldats paraissaient trop relâchés. Il devait leur trouver une occupation en attendant la prochaine manœuvre. Kylian entra dans l'infirmerie de ses hommes, certains commençaient à partir pour retrouver leur famille. Leur carrière militaire était terminée en perdant l'un de leurs membres. Il fit ses adieux à ceux qui étaient prêts, puis rendit visite aux blessés prisonniers.

Il fut heureux de constater qu'Eleanor et les sœurs de la foi avaient fait du bon travail. L'odeur était bien moins saturée, il n'y avait plus ces relents de mort et de putréfaction.

Que vais-je faire de ces soldats ?

Son regard se posa sur Eleanor qui souriait en changeant le bandage d'un garde. Plus jamais ce dernier ne pourrait se servir de sa main, cependant il ne semblait pas attristé et riait avec la jeune femme. Kylian chercha Kalyani du regard, il le trouva de l'autre côté fixant la comtesse. Cette dernière passait de patient en patient, elle vérifiait les bandages, prenait des nouvelles, refaisait de nouveaux pansements.

— Comtesse ?

La jeune femme se tourna vers le commandant, surprise de le voir.

— Un problème, sir Kylian ?

Elle s'approcha, évitant gracieusement les lits de fortunes.

— Comtesse, pourrez-vous me dire quels sont les soldats, ici présents, qui ne pourront plus reprendre les armes.

Eleanor l'observa un instant, surprise. Elle fronça les sourcils et demanda plus sèchement qu'il ne s'y attendait :

— Que voulez-vous leur faire ?

— Rien, comtesse. Seulement les renvoyer chez eux, mais je n'aimerais pas me retrouver à me battre contre un ennemi qu'on aurait fait prisonnier puis relâcher après l'avoir soigné.

— Bien, je comprends. Je vous ferai parvenir une liste rapidement. Est-ce tout ?

— Non. Je dois vous parler de Gwéndal.

Le regard de la jeune femme s'assombrit, Kylian devina qu'elle ne souhaitait pas réellement revenir là-dessus.

— Est-ce vraiment nécessaire ?

— Je le crains, votre altesse.

Eleanor jeta un bref regard aux soldats. Des sœurs de la foi tournaient autour des hommes vérifiant et exécutant les mêmes tâches qu'elle précédemment. Elle fit un petit signe de tête à Kalyani qui vint les rejoindre, il arborait toujours un visage grave. D'être ici, l'ennuyait de toute évidence.

— Eh bien, parlons-en, puisque ça vous tient tant à cœur.

— Pas ici.

Kalyani se contenta de hausser un sourcil d'agacement. Ils suivirent Kylian qui retourna dans sa propre tente, encore une fois. Il sentait la tension qui habitait Kalyani et Eleanor. Elle était encore plus présente chez la jeune femme. Elle ne voulait pas revivre son agression, et ce n'était pas ce qu'il souhaitait faire en lui parlant.

Eleanor n'attendit pas que Kylian commence, à peine avaient-ils franchi le seuil qu'elle questionna :

— Bien, que vouliez-vous m'apprendre sur la mort de cet être infâme ?

— Gwéndal n'était pas un traître.

Il vit Kalyani se raidir, Eleanor accusa le coup et attendit qu'il continuât :

— Il a été contraint d'agir de la sorte.

Kylian prenait garde aux réactions de Kalyani, il le voyait jouer compulsivement avec sa main. Le regard que le prince lui jetait était sans équivoque.

— La reine le contrôlait.

— On sait que Caroline lui a demandé de s'en prendre à Eleanor. Il n'y a rien de nouveau... grogna Kalyani.

— Non, ce n'était pas une demande, mais un ordre. S'il n'agissait pas, la reine s'en serait prise à ce qu'il avait de plus précieux. Sa fille.

— Nevina ? s'enquit Eleanor.

Kylian hocha la tête. Il continua :

— Quand nous sommes arrivés, il a vu Nevina, il avait déjà des doutes. Il a tout de suite compris ce qui se passait, mais c'était déjà trop tard. La reine avait déjà pris l'ascendant sur lui. Il a accepté de se laisser manipuler, si elle laissait la petite.

— Que veux-tu dire ?

Le regard sombre de Kalyani cherchait à comprendre, à trouver une explication logique. Il ne voulait visiblement pas accepter qu'un homme tel que Gwéndal puisse se laisser contrôler par quelqu'un d'autre aussi facilement.

Eleanor posa sa main délicatement sur celle du prince et murmura :

— C'est ce que nous expliquait Nevina, Caroline entrait dans sa tête. Elle n'était plus maîtresse de ce qu'elle disait ou faisait.

— Oui mais ce n'est qu'une enfant ! Contrairement à ce traître !

— Ce n'est pas aussi simple. Regarde, quand vous êtes arrivés, tu as clairement entendu Eleanor ordonner « d'obéir », admets qu'à ce moment précis tu n'aurais rien pu lui refuser.

La comtesse les regarda, intriguée et s'enquit :

— J'ai fait quoi ?

— Tu as lancé « Obéissez » au commandant Elpida, mais de telle façon que nous l'avons tous entendu, et comme l'a si bien dit Kylian, nous avions tous cette envie de t'obéir quoiqu'on veuille ou non faire.

— Je ne m'en suis pas aperçue, ce n'était pas volontaire. J'en suis désolée.

Kalyani lui sourit tendrement tout en lui caressant la joue.

— Ce n'est rien.

Il se tourna vers le commandant et s'enquit :

— Où veux-tu en venir, Kylian ?

— La nuit où j'ai tué Gwéndal, la reine l'avait enfin laissé. Il est redevenu lui-même.

— Alors, pourquoi l'avoir tué ? demanda Eleanor, la voix étranglée.

— Parce qu'il ne voulait plus vivre, il ne voulait plus que la reine se serve encore de lui, il ne pouvait pas affronter votre douleur. Il ne supportait pas l'idée d'avoir trahi tous ses principes, de vous avoir trahi, comtesse. Il était conscient, mais ne pouvait rien faire, il a tenté d'entrer en contact avec vous, mais votre esprit lui était inaccessible. Il essayait de repousser la reine, mais il n'y est pas parvenu.

— Mais...

— Et tu l'as cru ? Il voulait seulement te manipuler pour échapper à sa sentence.

Kylian secoua la tête et expliqua :

— Non, j'ai toujours su dire s'il mentait ou pas. Il ne cherchait pas à se trouver une excuse. La reine a abandonné sa contrainte sur son esprit pour en faire autant avec le roi de Sonu. Elle ne peut pas prendre le contrôle de plusieurs personnes simultanément.

— Je ne comprends pas. Pourquoi avoir accepté de le tuer ?

Le commandant prit une grande inspiration avant de répondre :

— Pour rompre notre lien.

Devant le regard interrogateur de la jeune femme, il termina :

— Gwéndal et moi nous nous aimions. Notre amour était assez grand pour créer un lien. Avec ce lien, il était possible à la reine de prendre possession de mon esprit.

Les yeux d'Eleanor s'agrandirent d'horreur.

— Vous… mais pourquoi ?

Le regard qu'elle lança à Kalyani en disait long : jamais elle n'aurait réussi à survivre à un tel sacrifice. Des larmes se mirent à couler sur le visage d'Eleanor. Kalyani plus pragmatique demanda :

— Comment se débrouille-t-elle pour contrôler les gens ? Comment savons-nous que nous ne risquons rien ?

— Elle doit avoir un lien de parenté avec la personne qu'elle veut contrôler. Nevina est sa fille, elle n'a eu aucun mal, Gwéndal était le père de Nevina. Le roi de Sonu est l'oncle de Gwéndal. Elle aurait pu se servir du lien qui nous unissait… il valait mieux le couper tant qu'il était encore temps. J'étais obligé de le faire. Il ne voulait pas que je vous en parle. Il estimait que vous aviez subi assez d'épreuves, comtesse. Mais, je ne pouvais pas laisser sa mémoire salie, alors qu'il a passé sa vie à la cause de l'Ether et à défendre le royaume Sedna.

Eleanor méditait les paroles du commandant. Ses yeux étaient emplis de larmes qui roulaient doucement sur ses joues. Jamais Kylian n'avait imaginé qu'un jour on puisse le regarder avec autant de peine. Il n'avait pas souhaité faire pleurer la comtesse, il ne souhaitait pas non plus être pris en pitié. Il désirait simplement que la mémoire de celui qu'il avait aimé soit honorée comme il se devait. Il espérait qu'ainsi Eleanor reprendrait plus facilement goût à la vie et pardonnerait au chevalier son acte odieux.

Il ne pouvait pas savoir si cela était le cas. Kalyani restait de marbre, il finit par prendre le bras de la jeune femme et lui dit doucement :

— Tu devrais venir te reposer.

Elle acquiesça et le suivit. Avant de sortir, elle se tourna vers le commandant et le remercia de lui avoir parlé. Kylian les observa disparaître dans l'entrée. Il se sentit vidé de toute énergie, il prit l'une des rares bouteilles qu'il avait mises de côté depuis quelques années, il n'avait pas souhaité l'entamer. C'était un cadeau que lui avait fait Gwéndal.

Il fit tourner le liquide ambré dans son verre. Il prit une première gorgée, l'alcool était fort, il sentit sa gorge chauffer à son contact. Immanquablement, il repensa à l'homme qu'il avait tant aimé. Ils avaient toujours été d'accord sur le fait qu'ils puissent courtiser d'autres femmes, même s'ils étaient ensemble.

Kylian ne se sentit pas partir dans un profond sommeil. Il se souvenait vaguement avoir aperçu la bouteille à moitié vide. Il ne fut pas étonné de se retrouver dans sa chambrée au grand-duché Sedna. Gwéndal était là, dans un triste état. C'était toujours ce même rêve, plus exactement, ce même jour fatidique...

— Kylian... Non, ne leur parle...

— Gwén, ce n'était pas toi ! Ils doivent le savoir, ce n'est pas de ta faute !

— Reste avec moi. Je veux passer une dernière nuit avec toi. Juste toi et moi, s'il te plaît.

Gwéndal l'embrassa plus passionnément que jamais. Kylian répondit avec délice à son amant. Toutefois, son sentiment était partagé, il sentait que quelque chose clochait. C'était une scène qu'il avait de trop nombreuses fois rêvée, ou plutôt revécue.

Il se laissa tomber sur le lit, Gwéndal le chevaucha tout en se déshabillant. Kylian accompagnait chacun de ses gestes. Il caressa le corps de son amant, laissant glisser ses mains sur son torse jusqu'à trouver sa virilité.

Gwéndal poussa un soupir de satisfaction, son désir grandissait, il bascula sur le côté se retrouvant en face de Kylian. Ce dernier n'y tint plus et l'embrassa, lui caressant la langue de la sienne, il aimait s'amuser à le tourmenter de la sorte. Il termina son baiser en lui mordillant légèrement la lèvre. Ils se sourirent se comprenant d'un regard, chacun devina ce que l'autre désirait.

Leurs jambes s'entremêlèrent dans une danse où la seule musique était le rythme saccadé de leur respiration, ponctuée par des gémissements plus ou moins rauques de la part des deux hommes. Leur étreinte était passionnelle et tendre à la fois.

Kylian regardait Gwéndal dormir contre lui, il paraissait si jeune ainsi. Il oubliait qu'il était plus âgé que lui. Comment pouvait-il imaginer un seul instant qu'il puisse le tuer ? Il sentit quelqu'un tenter de s'insinuer dans son esprit. Gwéndal ouvrit les yeux.

— Tu dois le faire... avant que ça ne soit trop tard.

— Non, je ne peux pas.

— Maintenant !

D'où son amant avait-il tiré la dague qu'il avait placé dans sa main ? Kylian ne le sut pas. Il fixait ce visage d'ange qu'il avait tant de fois embrassé, des larmes coulaient sur ses joues, pourtant il restait le plus bel homme qu'il ait rencontré.

— Dis à Eleanor que je regrette sincèrement...

— Je le sais, sir Gwéndal

Kylian se retourna, saisi d'entendre la voix de la jeune femme. Non, c'était impossible, il avait fait trop souvent ce rêve pour savoir qu'elle ne devait pas y être présente.

Chapitre 14

S/ ouhaitant pourtant tout oublier, Kylian désirait revivre ces instants avec celui qu'il avait toujours aimé. Il se réveilla en sursaut, il regarda autour de lui pensant y trouver son ami, sa chandelle était presque entièrement consumée. Il remarqua qu'il était bel et bien seul. Dehors, il entendait la pluie s'abattre doucement sur le domaine. Le froid s'insinuait par toutes les petites ouvertures qui subsistaient.

Il frissonna. Le vent, pourtant faible, gémissait une longue complainte triste.

Eleanor...

Kylian voulait en avoir le cœur net, il attrapa sa grande cape et s'enveloppa dedans. Il marcha quelques minutes avant d'arriver à la tente de la comtesse. Il n'hésita pas longtemps avant d'entrer.

En passant le seuil, il remarqua tout de suite la jeune femme en pleurs dans les bras du prince.

— Que se passe-t-il ?

— Rien de grave, Eleanor a fait un rêve.

Doucement, Kylian s'agenouilla devant la comtesse. Il fut surpris d'entendre sa propre voix enrouée :

— Comtesse... vous étiez là, cette nuit, n'est-ce pas ? Je ne comprends pas... Comment ?

Eleanor releva la tête, les yeux emplis de larme. Kalyani la devança et interrogea :

— De quoi parles-tu ?

— J'ai vu comment Gwéndal est mort... Comme pour mes parents... Je pensais, j'étais sûre que c'était Yuki qui m'envoyait ces images...

— Non, comtesse. C'est vous qui venez...

Kalyani scruta le visage de la jeune femme. Il voulait comprendre.

— Ela, raconte-moi...

Elle jeta un bref coup d'œil à Kylian, le commandant hocha la tête comme pour lui donner son accord.

— Sir Gwéndal bloquait la reine... elle essayait d'entrer dans l'esprit de sir Kylian... Je ne sais pas comment l'expliquer... je... je voyais le lien... sir Gwéndal, il retenait Caroline... Il... Il a protégé sir Kylian... Il a... il s'est jeté sur la dague, s'empalant dessus... Oh, sir Kylian... J'ai vu votre souffrance, je la vois encore... J'ignore ce qu'il convient de dire...

— Il n'y a rien à dire, comtesse.

Elle se défit doucement de l'étreinte de Kalyani pour prendre Kylian dans ses bras. Il ne s'y était pas attendu. Une douce chaleur s'épanouit en lui, comme une onde de bien-être. Il l'avait déjà ressenti, quand le cheval de son père était revenu mourir au palais du duc. Il avait à l'époque pensé que c'était la jeune sauvageonne.

Dehors, la pluie avait cessé, le vent était retombé. Kylian se doutait que la comtesse y était pour quelque chose. Il préféra le garder pour lui. Il se doutait que Kalyani l'avait compris également.

Elle le relâcha doucement. C'était étrange, Kylian avait toujours ce déchirement dans la poitrine, cependant il avait l'impression qu'on y avait déposé un baume apaisant dessus. Un peu comme s'il avait le droit de passer à autre chose.

— Merci, comtesse. Je n'avais pas l'intention de vous faire vivre ses derniers instants.

Elle lui rendit un petit sourire.

— Au contraire, je suis heureuse de l'avoir entendu exprimer ses regrets. De l'avoir revu tel qu'il était vraiment.

Kalyani passa un bras protecteur autour de la jeune femme. Kylian se sentait de trop, il n'y avait rien à ajouter. Il les salua et repartit dans sa tente terminer sa nuit. Il fut surpris de partir dans un sommeil réparateur, sans rêve, sans image du passé, sans oppression.

Les jours passèrent, les blessés qui s'étaient rétablis rentrèrent chez eux. Les prisonniers qui ne pourraient pas reprendre les armes furent renvoyés à Sonu. Les vivres diminuaient dangereusement et le rationnement devenait plus drastique. La neige avait remplacé les pluies, les sols gelaient. Le gibier se faisait plus rare. Le moral des soldats tombait en chute libre, il fallait leur trouver une activité.

Luca reprit contact avec le commandant une dizaine de jours après sa demande. Il avait réussi à obtenir une vision dans les flammes. C'était celle de soldats débarquant de plusieurs navires. C'est ce que craignait Kylian. Restait à savoir s'ils viendraient par l'est ou par l'ouest. Ce dernier étant des plus probable.

Le commandant observait encore une fois la carte. Il avait de nouveau interrogé le commandant Elpida. Il disait ignorer les mouvements des autres garnisons. Ses seuls ordres étaient de prendre le duché d'Aranya et de le tenir.

Kalyani vint le rejoindre. Kylian fut surpris de le voir seul. Il attendit que le prince parle le premier, mais celui-ci se taisait, fixant obstinément la carte. Après plusieurs minutes de silence, il affirma plus qu'il ne demanda :

— Ils vont nous attaquer par l'océan. Ils arriveront sur la côte du domaine Sedna. C'est ce que je ferais à leur place.

— Je ne sais pas, c'est tellement évident que...

— Tu penses qu'ils peuvent nous tendre un piège ?

Kylian hocha la tête. C'était compliqué, une mauvaise décision et tout pouvait être perdu. Il finit par expliquer ce qu'il craignait :

— Ils lancent une attaque dans le sud, là où nous sommes. Puis plus rien. Pendant ce temps, on élabore différentes stratégies possibles. Eux, pendant ce même temps, font des provisions, des armes et forment leurs soldats. Ils lancent une petite attaque pour voir comment on réagit...

— La dernière attaque serait une mission suicide en clair ?

— Oui. Et nous, toujours pendant ce temps, on hésite à bouger nos troupes. Puis, ne voyant rien venir, on se dit qu'ils vont attaquer par la mer. Le plus facile pour eux est d'attaquer par l'ouest. On y déplace nos troupes. Et là...

— Ils attaquent de nouveau dans le sud...

— Pire, par l'est... Et si on décide de séparer les troupes, la moindre grosse attaque et c'est foutu.

— On ?

Kylian ricana :

— Tu es le prince, c'est ton royaume. Tu as bien voix au chapitre !

Kalyani eut l'air mi-amusé, mi-contrarié.

— J'oublie parfois que j'en suis le prince, c'est vrai.

— C'était plus simple quand tu n'étais que Vangel ?

— Oui. Je n'étais personne et seule l'amitié d'Eleanor m'importait.

— Tu as bien plus que son amitié, aujourd'hui.

— Et bien plus de responsabilités. Nous ne sommes plus des enfants. Eleanor n'est pas une simple femme et je ne suis plus une sauvageonne sans attache.

— Étonnant qu'elle ne t'accompagne pas, où est-elle ?

— Avec les prisonniers blessés restants.

Kylian haussa un sourcil, le ton réprobateur de Kalyani l'avait surpris.

— Un souci avec eux ?

— Non... enfin si. Je ne sais pas. Je ne suis pas jaloux, enfin je ne crois pas. Mais...

— Tu n'aimes pas le temps qu'elle passe avec eux.

— Surtout avec Elpida.

— Elpida ? Le commandant ? Il n'était pas blessé pourtant.

— Il veut être près de ceux qui restent. Soi-disant pour être certain que les sœurs de la foi ne fassent pas de gestes déplacés.

Kylian parut amusé. Il se retint de faire un commentaire grivois devant la mine sombre du prince.

— Eleanor est folle de toi. Rien ne pourra la détourner de toi. Pas même ton absence de cinq années.

— Ce gars est imbuvable, je ne comprends pas comment elle fait pour lui parler. Sans compter la façon de la regarder, on dirait qu'il va la dévorer vivante.

Kylian pencha la tête, cette fois, il ne cacha pas son amusement. Il offrit un verre à son ami et déclara :

— Tu ne supportes pas qu'un autre homme que toi puisse la désirer. Pourtant il va falloir t'y habituer. Elle est magnifique, nombreux sont ceux qui aimeraient la posséder.

— Dis que tu en fais partie et tu prends mon poing dans la figure.

Le commandant éclata de rire :

— Non, je crois que je ne la verrais jamais comme une femme. Elle me fait bien trop penser à ma petite sœur !

Le prince le regarda, étonné. Il n'avait pas connaissance que Kylian ait une sœur. Ce dernier but une longue gorgée avant d'expliquer :

— Avant que la comtesse n'arrive chez le duc, je l'ai rencontrée au Val Doré. Elle ne s'en souvient certainement pas. Elle ne devait pas avoir plus de trois ans. C'est quand nous t'avions emmené au village d'Aguna. Elle m'a rappelé ma petite sœur au même âge.

— J'ignorais que tu as une sœur.

— J'avais. Elle est décédée l'année de ses huit ans. Elle avait contracté une maladie pulmonaire. Beaucoup d'enfants sont morts cette année-là... Ma sœur n'a pas eu la chance d'y survivre. Ma mère y a également succombé. Quand Eleanor est arrivée, j'ai cru voir un fantôme.

— Aujourd'hui, elle te rappelle sans cesse la sœur que tu n'as plus. C'est pour ça que tu l'as toujours mise à l'écart. Je comprends. Le fait de la voir fricoter avec Gwéndal n'a pas aidé, je présume.

Kylian ne répondit pas tout de suite. Il finit par simplement dire :

— Protège-la. Sans quoi ce n'est pas de Luca dont tu devras te méfier.

Les deux hommes eurent un sourire entendu. Ils se reconcentrèrent sur la carte du royaume. Il leur fallait prendre une décision. Ils ne pouvaient pas laisser les soldats continuer de jouer au paysan en attendant que quelque chose se produise.

Kylian trouva le commandant Elpida dans la tente des blessés, comme le lui avait indiqué le prince. Il vit rapidement le rapprochement qui s'était effectué entre lui et la comtesse. Son discours avait légèrement changé, il y avait une sorte de respect dans ses paroles pour la comtesse, pourtant on sentait toujours son mépris vis-à-vis des femmes. Les yeux qu'il portait sur elle étaient clairement calculés. Il comprit ce qui dérangeait le prince. Le regard qu'elle lui rendait était le même que celui qu'elle avait pour Gwéndal. Cet homme lui plaisait.

— Comtesse Eleanor ?

La jeune femme se tourna vers lui, elle lui sourit et attendit qu'il poursuive.

— Puis-je vous emprunter le commandant Elpida ? J'ai des questions à lui poser.

Elpida lui glissa quelques mots à l'oreille, ce à quoi elle répondit par un grand éclat de rire. Elle jeta un rapide coup d'œil amusé vers Kylian, puis reprit son sérieux :

— Oui, sir Kylian. Évidemment que vous pouvez disposer du commandant.

L'homme se leva, Kylian fronça les sourcils en remarquant qu'il n'était pas attaché, pas même aux chevilles. Il y avait bien trop de relâchement ces derniers jours. Il était grand temps que les choses évoluent.

Eleanor sortit de l'infirmerie de fortune. Il restait peu d'hommes dedans. Il trouva un coin, loin des oreilles des autres, pour parler avec le Sonois.

— En quoi puis-je vous aider, commandant Glingal ?

— Nous allons vous déplacer. On ne va pas vous garder sous ces tentes pendant toute la durée de la guerre. Sans compter que vous n'allez pas rester à ne rien faire.

Le regard de Sofiane s'étrécit, visiblement il n'avait pas prévu que Kylian les déplace. Le commandant en tira une certaine satisfaction.

— Je peux savoir où vous pensez nous mettre ?

— Dans les mines de Kalnas.

— Vous ne craignez pas de laisser ce duché sans défense ?

— Qui dit que je vous accompagne ? Mes hommes sont capables de maintenir une poignée de soldats. Ce ne sont pas les faibles renforts qu'on vous envoie partout sur le territoire qui vont nous faire obstacle.

Il avait vu juste, les yeux d'Elpida avaient changé brusquement. L'armée de Sonu allait bien se déployer dans tous les sens sur le royaume Sedna.

— Pourquoi m'expliquer tout ça ?

Kylian fit une mimique amusée, il tourna les talons et repartit.

— Commandant Glingal ! Attendez ! Expliquez-moi pourquoi ! Vous avez réellement un comportement étrange !

Le commandant se retourna et répondit simplement :

— Un comportement étrange ? Si vous le dites.

Il repartit sans rien ajouter de plus. Il croisa la comtesse dans le camp. Elle s'occupait en ramassant des herbes médicinales. Il s'approcha et s'enquit :

— Comtesse, puis-je savoir de quoi vous parlez avec le commandant Elpida ?

— Sir Kylian ! On parle de tout et de rien. De sa façon de vivre, de la nôtre, des différences culturelles entre eux et nous.

— Sa vision des femmes ne vous dérange pas ?

Eleanor fit un petit geste d'impuissance.

— Il a été élevé de cette façon, il n'a jamais connu de femme cultivée. Il ignorait qu'on puisse avoir la capacité d'apprendre à lire, par exemple. Je connais des hommes dans notre propre royaume qui m'ont déjà dit être étonnés que je puisse penser !

Kylian éclata de rire se souvenant de l'idiotie qu'il lui avait dite une année plus tôt.

— Vous vous doutez bien, comtesse, que je ne le pensais pas réellement !

— En êtes-vous certain ?

— Oh oui ! Je ne me risquerais pas à déclencher les foudres de la douce Eleanor. Plus sérieusement, j'ai toujours été en admiration pour votre faculté à faire la différence entre toutes ces herbes. Pour moi, elles se ressemblent toutes !

La jeune femme sourit au compliment. Une ombre passa pourtant sur son visage. Kylian s'en aperçut et demanda :

— Vous savez, même si nous n'avons jamais été très proches, vous pouvez me parler si vous avez un problème.

Eleanor, surprise, le scruta, comme si elle cherchait une quelconque fourberie de sa part.

— Si je vous dis une chose que je pense avoir devinée, vous ne me mépriserez pas ?

— Je vous promets de ne pas me moquer.

— Je pense avoir trouvé l'Elu de l'Ouest.

— En la personne du commandant Elpida ?

Elle hocha la tête. Elle fut soulagée de le voir réfléchir à ce qu'elle disait. Il finit par demander :

— Qu'est-ce qui vous fait dire ça ?

— Il peut me parler par la pensée. Il sent quand la pluie arrive. Et plus étrange, alors que la couche des autres est imbibée d'eau, la sienne reste toujours sèche.

— En effet, c'est possible.

— Et puis... il me rappelle sir Gwéndal... murmura-t-elle gênée.

Kylian l'observa, surpris à son tour. En quoi ce bellâtre pouvait rappeler son ami à la comtesse ? Le commandant Elpida était blond aux yeux bleus, il n'était pas spécialement grand. Sans compter qu'il devait approcher de la quarantaine.

— Restez prudente en sa présence. Elu ou pas, il n'en reste pas moins un ennemi.

Eleanor acquiesça. Kylian fit demi-tour pour rejoindre Kalyani. Il lui rapporta les soupçons de la comtesse, mais aussi les petits signes qu'il avait décelés sur le visage du commandant.

— Il ne manquerait plus que ce soit un Elu, grogna Kalyani.

— De tout ce que je te dis, il n'y a que ça qui te pose problème ?

Le prince haussa les épaules, impuissant. Ils se repenchèrent sur la carte.

— Tu penses qu'Oraps pourrait entrer en guerre ?

— Je ne sais pas. Ils n'ont jamais vraiment fait attention à ce qui se passait chez leur voisin. Du moment qu'on ne les ennuie pas sur la mer...

— Ce qui veut dire que les Sonois pourraient passer par leur pays pour accéder à l'océan, voir même leur acheter des bateaux, soupira Kalyani.

— Si c'est le cas, leur déclareras-tu la guerre ?

— J'ai une tête à déclarer des guerres ? Tant qu'ils ne les aident pas, je ne compte rien faire.

— Toi oui, mais ton père ?

— Mon père est loin de souhaiter une guerre. Celle contre les Kharmakel n'était pas de son chef. Sans compter qu'on a pu prouver avec Kamana qu'ils n'étaient pas les agresseurs. Ce sont des soldats isolés de Sonu. Caroline a bien mené son jeu. Elle a placé ses pions. Maintenant, elle n'a plus la main et c'est à nous de jouer.

Kylian releva la tête, une idée avait germé :

— Mais bien sûr ! Les Kharmakels ! Ils comptent plus de possesseurs de la magie de l'esprit que l'ensemble de Sedna ! Ne peux-tu pas demander à Kamana de nous servir d'éclaireur ?

— Demande-le-lui, toi. Pourquoi serait-ce à moi de quémander ?

Kylian se croisa les bras pour le regarder avec une lueur amusée.

— Eh bien, tout d'abord, parce que tu es le prince héritier de Sedna, qu'en cette qualité, tu es plus à même de faire ce genre de demande. Ensuite, désolé de te le rappeler, mais tu as, me semble-t-il, déjà partagé plus qu'un repas, sa couche serait plus exacte. Eleanor le sait-elle, d'ailleurs ?

Kalyani le foudroya du regard :

— Si tu viens à lui apprendre, je t'embroche sur mon épée.
Avec Kamana, on a trouvé préférable d'omettre ce détail pour la
protéger.

— Tu n'as donc pas retenu la leçon ? Je n'aimerais pas être à
ta place le jour où elle l'apprendra. Et compte sur moi, je ne souhaite absolument pas être le messager... Tout le monde sait que
le messager paye un tribut plus cher que l'émetteur.

Kalyani restait de marbre. Il se concentra sur la carte et finit
par gronder :

— Bien, je contacterai Kamana pour lui demander son aide.
Mais je ne te garantis rien. Elle n'a aucune raison d'accepter.

Kylian préféra se taire, il savait pertinemment que la princesse Kharmakel accèderait à sa requête. Après plusieurs minutes de silence, Kalyani reprit la parole :

— Kamana est d'accord. Elle va contacter quelques-uns de
ses « sentries ». Ils navigueront sur les deux mers et nous pré-
viendront dès qu'ils verront un navire autre qu'un de ceux de
Sedna.

— J'avais raison, elle ne peut rien te refuser...

— Je ne t'ai jamais jugé de tes aventures. Alors, pourquoi venir me faire la morale d'une manière des plus traîtres, d'autant
plus ?

— Je ne te juge pas. Je ne veux pas que tu fasses souffrir Eleanor.

— Je n'ai jamais eu l'intention de la faire souffrir. Je veux la
protéger, je l'aime plus que ma vie ! Tu le sais parfaitement !
Alors, pourquoi venir me faire la morale sur ce que je devrais lui
dire ? Lui révéler ça, serait lui faire du mal inutilement !

— Commandant !

Les deux hommes se retournèrent vers le nouvel arrivant.

— Je t'écoute Gary.

— Nous avons reçu un message de Nataniel. Il dit avoir
aperçu des traces dans la forêt d'Oraps. Elles mènent à l'est.

— Les sentinelles n'ont pas vu de soldats ?

— Non.

— Ils voyagent de nuit, émit Kalyani.

— Ce que nous craignons se précise. Il nous faut prendre une
décision maintenant. C'est tout ce que Nataniel dit ?

— Oui, commandant.

— Bien, tu peux nous laisser.

Une fois sorti, Kalyani décréta :

— On doit envoyer des messages à tous les seigneurs de
Sedna. Ils vont tous devoir fournir des hommes sur leur territoire.

— Je n'ai pas confiance dans les hommes que j'ai ici.

— Demande au duché central. Il porte bien son nom, ce sera
plus rapide, et plus prudent.

Kylian acquiesça. Il se mit directement en relation avec Philippe.

*Votre altesse. Vous devez faire parvenir des messages aux
seigneurs du royaume.*

*La situation est si désastreuse que le royaume entier doit se
préparer au pire ?*

*Je le crains, votre grâce. Avec le prince Kalyani, nous pen-
sons que Sonu va attaquer par les mers.*

Bien. Dites-moi exactement ce que vous désirez.

En quelques mots, Kylian expliqua son plan. Il soupira, puis
observa la carte et déclara :

— La guerre ne sera pas aussi longue qu'avec Kharmakel,
mais bien plus sanglante.

— Tu sais toujours être aussi optimiste. Je retourne voir
Eleanor.

Kylian laissa partir le prince. Après tout, l'essentiel avait été
dit. Il lui restait la charge de répartir les troupes restantes et de
choisir qui les commanderait sur place.

Les soldats commencèrent à défaire le campement. Kylian
avec l'aide et l'accord du duc d'Aranya avait mis au point leur
nouvelle politique militaire et tenait à ce que tout se déroule
parfaitement. Nataniel mènerait les prisonniers avec une poignée de soldats vers les mines d'Odsutan et non pas de Kalnas.
Seul le commandant Elpida serait séparé des autres : d'un par
sa qualité de chef, deux, si par le plus grand des hasards, il
s'agissait bien du nouvel Elu.

Kylian tenait à ce que la comtesse retourne chez son oncle
pour sa sécurité. Il décida de passer par la forêt des saules dans
la baronnie de Madhya avant de les laisser elle et Kalyani prendre le chemin du duché central. Leur petit groupe de quatre pré-
cédait une troupe d'un millier de soldats.

Le capitaine Elpida regardait d'un mauvais œil le fait
qu'Eleanor montait à cheval comme un homme. Kylian garda

pour lui l'injure qui ne demandait qu'à franchir ses lèvres. Il se contenta de soupirer et de grimper derrière le Sonois.

— N'en profitez pas pour me faire vos bougreries sur moi !

Kylian se retint de le frapper et préféra ne pas répondre. Eleanor passa près d'eux et gourmanda :

— Apprenez commandant Elpida, qu'ici les femmes savent monter à cheval aussi bien que les hommes, si ce n'est mieux !

Elle talonna sa jument qui partit dans un grand galop.

— Elle porte une épée ! s'insurgea-t-il.

Cette fois, ce fut Kalyani qui répondit, sarcastique :

— Et elle sait s'en servir, ne vous en déplaise.

Il suivit sa fiancée qui avait déjà pris une bonne avance. Kylian déclara :

— Si vous ouvrez encore une fois la bouche pour dire ce genre d'ânerie, je vous bâillonne afin d'être tranquille pour les semaines à venir !

Il le sentit prêt à répliquer, mais s'abstint. Kylian éperonna enfin son cheval pour rattraper ses deux compagnons. La chance leur souriait, le temps restait froid, mais sec, et les chevaux gardaient une bonne allure.

Le premier soir, ils durent camper à la belle étoile. Ils étaient encore à plusieurs jours de la forêt de saules. Kalyani s'absenta dans la forêt pendant que Kylian allumait le feu. Eleanor se tenait près d'un grand chêne, emmitouflée dans une couverture. Le commandant Elpida avait les mains attachées devant lui, il observait, étonné, cette jeune femme qui ne se plaignait pas de la situation.

Une fois le feu allumé, Kylian se tourna vers Eleanor et s'enquit :

— Où est passé votre chevalier servant ?

— Chercher de quoi manger. Il n'avait pas envie de viandes séchées.

Kylian haussa un sourcil amusé. Il retourna vers les chevaux s'assurer qu'ils ne manquaient de rien. Les bêtes étaient calmes, ce qui rassurait le commandant. Un bruit de branche fit baisser les oreilles de son cheval, Kylian portait déjà sa main sur la garde de son épée. La faible lumière de la flambée lui permit d'apercevoir le visage de Kalyani.

— La chasse a été bonne ?

— Deux lapins. Ça ira bien pour ce soir.

Kylian le regarda s'installer près du feu, Eleanor le rejoignit à peine quelques secondes après. Le sourire qu'elle lui dédia était magnifique, non feint, sincère, amoureux. Il comprenait ce que le prince lui trouvait, tout comme ce qui attirait Gwéndal. Lui-même si elle ne lui rappelait pas sa sœur aurait facilement pu fondre, elle avait une telle candeur, et en même temps, une telle force.

Il revint à la réalité et alla s'asseoir avec les autres. Il joua un instant avec les braises, puis prit un morceau de bois et commença à le tailler en attendant que ce soit prêt. Il se perdit dans son passé, quand son père l'emmenait à la chasse lorsqu'il était tout petit. Kylian ne souhaitait pas devenir militaire, il rêvait d'être sculpteur. Toutefois, quand sa mère et sa sœur étaient décédées, il n'avait plus eu voix au chapitre. Ce désir restait profondément gravé en lui. Il espérait encore le devenir quand tout serait terminé... Cependant, il savait que ça resterait un rêve qu'il ne pourrait jamais réaliser.

Chapitre 15

Sans se préoccuper du froid qui les mordait au plus profond de leurs entrailles, ils poursuivirent leur chemin. Après deux semaines de ce traitement, ils finirent par se résoudre à voyager de village en village pour plus de commodité. Ils perdaient un peu de temps, mais le confort qu'ils obtenaient en échange en valait la peine.

Kylian put négocier avec certains fermiers de laisser les soldats qui arriveraient à leur suite, dormir dans les étables, granges et autres édifices agricoles.

Le commandant Elpida restait un prisonnier exemplaire. Il était étonné de voir tant de femmes parler librement avec des hommes, travailler dans les auberges, les servir... Eleanor masquait tant bien que mal son agacement à le voir ainsi diminuer le rôle des femmes. Étrangement, il semblait la placer au-dessus des autres, ce qui amusait secrètement Kylian.

Il entra dans la nouvelle auberge, elle était bruyante. Des hommes buvaient et se congratulaient, des femmes riaient et s'amusaient comme des gamines écervelées. Le regard du commandant Elpida se fit directement réprobateur, Kylian, lui, haussa les épaules, il se doutait déjà de ce qui se tramait.

— Bien le bonsoir, étrangers ! Je vous offre une tournée !

— Que fête-t-on, aubergiste ? s'enquit Kalyani, amusé.

— Le mariage de ma fille avec un grand guerrier du village !

— Toutes nos félicitations ! sourit Eleanor.

Ils s'installèrent dans le fond de la salle afin de ne pas déranger la noce. Les villageois étaient trop occupés pour remarquer les liens du prisonnier. Dans les villages précédents, beaucoup de questions avaient fusé. On sentait leur inquiétude croître, la guerre venait à eux, ils le sentaient. Ici, c'était différent, la noce leur permettait de s'échapper de la réalité.

Quatre bières arrivèrent bientôt et on leur proposa du ragoût de cerf pour le souper. Sofiane Elpida observait les danses et les jeux. Sa surprise allait de l'agacement à la répugnance, Eleanor rompit le silence qui s'installait à leur table :

— Commandant Elpida, ne faites-vous jamais la fête dans votre royaume ?

— Nos manières ne sont pas aussi frivoles ! Regardez cette femme qui se laisse embrasser sans pudeur ! Ce n'est pas une chose qu'on fait dans un lieu public !

— Je ne vois pas où est le mal.

— Venant d'une femme qui partage sa couche en dehors de la bénédiction de la Grande Créatrice...

Il fut coupé par une gifle retentissante. Kylian regarda la comtesse, il était rare de la voir dans une telle fureur. Quelques noceurs regardèrent la tablée, tous aussi surpris que le commandant par la réaction de la jeune femme.

— N'oubliez pas qui vous êtes ! Votre vie peut être écourtée à tout moment ! Je vous interdis, à vous et quiconque de vos semblables, de me porter un jugement !

— Laisse-le, Ela. Il ne peut pas comprendre, ce ne sont pas des hommes, mais tout juste des animaux qui savent manier une arme.

Kylian se taisait observant la scène d'un regard absent. Il ne s'était jamais posé la question de savoir si oui ou non, ils partageaient plus qu'un lit.

Est-ce vrai, comtesse ?

— Sir Glingal ! Comment pouvez-vous ne serait-ce qu'imaginer que...

— Sir Glingal ?

La jeune femme fut interrompue par un homme d'une cinquantaine d'années. Il resta fixer le commandant quelques secondes avant de demander une nouvelle fois :

— Vous êtes Kylian Glingal ? Fils du capitaine Glingal ?

— Oui.

— Vous venez de la frontière du royaume de Sonu...

L'homme blanchissait à vue d'œil, au point que le commandant se demanda un instant s'il n'allait pas devenir transparent. Son regard passait sur lui, puis sur Kalyani, pour s'arrêter sur Eleanor. Il se demanda intérieurement ce qui allait encore leur tomber dessus.

— Vous, ma Dame, vous êtes la comtesse guérisseuse ? Ce qui fait de vous monseigneur...

Il se tourna prestement vers les noceurs qui continuaient de festoyer gaiement.

— Silence ! Mathilde apporte ton meilleur vin !

Le bruit cessa et tous regardèrent avec un nouvel intérêt la tablée des quatre étrangers.

— Eh bien, Mani, que se passe-t-il ? On dirait que tu viens de voir un fantôme !

— C'est la femme qui a sauvé Sean ! Ramenez-le, ici !

Deux hommes partirent dans les étages de l'auberge. Ils ne furent pas longs à revenir avec un homme vêtu à la va-vite et traînant une jambe de bois. Il marchait en claudiquant, mais ne semblait pas souffrir de cet état. Il arriva devant le petit groupe.

Eleanor le reconnut aussitôt et se leva pour le prendre dans les bras.

— Oh Sean ! Je suis ravie de vous revoir !

— Comtesse ! Je...

Des larmes montèrent aux yeux du jeune homme. Quand la comtesse s'écarta enfin de lui, il s'aida d'un de ses camarades pour poser un genou à terre et déclarer :

— Comtesse, c'est un réel bonheur de vous savoir ici, le jour de mon mariage. Majesté, votre présence dans cette humble auberge est pour nous tous un grand honneur.

— Voyons Sean, relevez-vous !

Elle l'aida à se remettre debout avec le soutien du cinquantenaire. Kylian soupira, ce n'était rien de bien grave finalement. Il se doutait déjà des longues explications que chacun allait se donner. Cette idée l'ennuyait. Il n'aimait pas ce genre de longs monologues où tous donnaient des détails inutiles de leur vie.

Il reprit sa chope et but une longue rasade en attendant d'écouter les histoires des uns et des autres. Ce fut Sean qui débuta son récit, expliquant son retour au village et la rencontre avec Cléa. Il lança un sourire à la comtesse et tout en riant déclara :

— Vous aviez raison ! J'ai réussi à attraper une femme qui veut réellement de ma personne !

— J'en suis sincèrement heureuse pour vous, Sean !

Il continua un temps interminable pour Kylian à expliquer sa joie, son bonheur, sa fervente reconnaissance vis-à-vis d'Eleanor. Kylian partit chercher d'autres bières, la soirée promettait d'être longue et ennuyeuse. Un coup d'œil à son homologue lui apprit qu'il en pensait tout autant.

Kylian n'écoutait que d'une oreille, il ne prêtait attention à la conversation qu'à la mention de certains noms ou lieux. Kalyani expliqua la raison de leur présence, puis ce fut au tour de la comtesse d'exprimer sa joie de retrouver Sean.

Le commandant en était à sa quatrième bière, son regard fut attiré par un homme qui l'observait depuis un bon moment. Il le salua d'un hochement de tête, il fut arraché à ses pensées lubriques par l'homme qui l'avait reconnu.

— Votre père était un grand guerrier. Quand j'ai appris sa disparition, j'ai été mortifié.

— Vous le connaissiez ?

Les yeux noirs de l'homme se plantèrent dans ceux de Kylian.

— Oui, nous avons fait nos classes ensemble. Ça fait une éternité maintenant. Nous étions proches jusqu'à ce que nos chemins se séparent.

— Qu'est-ce qui s'est passé ?

— Oh, rien de particulier, il a fait sa vie, j'ai fait la mienne. Il est parti servir le duc et moi le baron Madhya. Il m'a transmis un message pour vous.

— Comment est-ce possible, il était dans le vicomté de Bahari quand il a disparu...

Il existe de nombreuses manières de délivrer un message...

Kylian le scruta, étonné. Rares étaient les gens maniant la voix de l'esprit, encore plus rares étaient ceux qui osaient l'employer. Il jeta un coup d'œil à ses compagnons de voyage, personne ne semblait leur prêter attention. Il remarqua un petit froncement de sourcil chez Elpida, mais cela pouvait être tout aussi bien dû à son verre qui était à présent vide.

Que vous a dit mon père ? Il ne possédait pas la voix de l'esprit... comment ?

Doucement. Je vous donne déjà son message : Vous deviez avoir vu la mort, l'avoir donnée, la voir vous prendre quelqu'un de proche. Il en va de même pour l'Ether, à ceci près qu'il doit mourir, et vaincre la mort. Ainsi, il pourra déployer sa magie.

Je ne comprends pas. Comment l'Ether peut déployer sa magie s'il meurt ? C'est insensé !

Vraiment ? Vous avez pourtant connaissance d'une servante qui devrait être morte, ainsi que d'une certaine comtesse qui s'est elle-même donné la mort !

Kylian jeta un bref regard à Eleanor qui éclatait de rire. Il savait que ce n'était qu'une façade, qu'elle avait encore des démons en elle. Il l'avait plus d'une fois entendu se mettre à crier au beau milieu de la nuit. Il surprit le regard songeur du commandant Elpida. Il se demanda un instant s'il se doutait de quelque chose.

La comtesse semble pourtant bien vivante pour quelqu'un qui s'est donné la mort.

Si vous en doutez commandant. Posez-lui la question.

Le petit sourire narquois qu'affichait l'homme commençait à agacer sérieusement Kylian.

Qui êtes-vous ?

Qui suis-je ? Je suis ce que vous êtes. Ou plus exactement, j'étais ce qu'est actuellement la comtesse. Contrairement à elle, je n'étais pas le plus puissant de mes camarades.

Comment mon père a pu vous transmettre ce message, des plus alambiqués ?

Il était avec Lua Pele quand il est tombé au combat. Lua était également un Elu, celui du Nord, tout comme vous. Ils sont morts à quelques minutes d'intervalle.

Kylian jetait des regards à la tablée, personne ne semblait s'occuper de son long silence. Il voulait en apprendre davantage. Cependant, l'alcool et la fatigue accumulée déclenchèrent d'affreuses migraines.

Cette conversation ne devrait pas être menée ce soir.

Vous éprouvez déjà des maux de tête ? J'en ressens également. Il est inutile de poursuivre, je vous ai appris ce que vous deviez savoir.

J'ai encore beaucoup de questions !

Vous l'avez dit, ce n'est pas le bon soir. Demain est un autre jour.

Demain, je devrais reprendre la route.

L'homme se levait déjà et commençait à s'éloigner.

— Attendez !

— Je dois partir, nous nous retrouverons plus tard, commandant Glingal.

Kylian abasourdi mit un petit temps avant de se lever et d'aller à la porte, quand il l'ouvrit, l'homme avait disparu.

Tout va bien, Kylian ?

J'ai mal au crâne, c'est tout.

Il retourna auprès du groupe. L'ambiance s'était quelque peu calmée, la nuit était avancée. Il croisa les yeux de Kalyani, il s'interrogeait de son attitude. Le commandant ne se sentait pas la force de continuer de parler par la pensée. Il s'épuisait rapidement ainsi. D'autant plus qu'il avait à réfléchir.

La noce s'éternisait, Elpida continuait inlassablement à vider ses verres. Kylian se rapprocha de lui et lui annonça :

— Vous m'accompagnez. C'est l'heure d'aller se coucher.

— Et pourquoi vous suivrais-je ? Je peux bien dormir avec la demoiselle, si le prince n'est pas fichu de lui faire son affaire.

Le silence tomba sur la tablée, Sean qui n'avait pas cessé de sourire depuis qu'il était arrivé, prit un visage grave et déclara :

— J'ignore qui vous êtes monsieur, mais encore une insulte à l'encontre de la comtesse et vous goûterez de ma lame.

— Avec une jambe de bois ? ricana Sofiane.

Il n'eut pas le temps de faire le moindre geste que le poing du jeune marié s'écrasa sur sa mâchoire. Eleanor fut la plus rapide à retenir le second coup.

— Sean, mon ami, il est ivre. C'est un Sonois, nous savons tous que chez eux, les hommes n'ont que le verbe pour remplacer ce qui leur fait défaut entre les jambes.

Kylian prit le parti de ne pas laisser le commandant plus longtemps, il l'attrapa par le coude et l'obligea à le suivre. Le blond qu'il avait observé plus tôt dans la soirée vint lui proposer son aide. Il déclina poliment. Le martèlement dans son crâne était si fort qu'il ne sut si l'homme lui avait répondu par la pensée ou par la parole.

Il aurait aimé laisser Sofiane Elpida attaché dans la chambre et partir prendre du bon temps avec cet homme qui semblait partager les mêmes goûts. Il referma la porte et passa la clef sur une chaîne qu'il mit autour de son cou. Comme tous les soirs, il patienta le temps que son comparse se mette à l'aise pour dormir, et l'attacha aux montants du lit.

— Je suis surpris que vous n'ayez toujours pas profité de ma personne.

Las de cette journée, Kylian lui lança un regard noir et grogna :

— Vous êtes surpris ou déçu ?

Elpida éclata de rire :

— Seulement surpris, ne vous en déplaise.

Kylian l'ignora, il ne souhaitait pas débattre de ses préférences ni des coutumes des deux royaumes. Son prisonnier ne semblait pas se satisfaire de son silence et désirait de toute évidence en apprendre davantage.

— Comment reconnaissez-vous les hommes de votre accointance ?

— Je l'ignore, je n'ai jamais cherché à attirer des hommes dans mon lit. Si vous voulez tout savoir, je n'ai jamais couché qu'avec un seul homme contre plusieurs dizaines de femmes. Peut-on dormir à présent ?

— Donc je ne vous attire pas ?

Kylian poussa un profond soupir et plongea ses yeux dans les siens.

— Je vous sens vraiment désireux d'éveiller mon envie pour votre personne.

— Non. Ce n'est que de la curiosité.

— Vous êtes bien curieux pour un Sonois qui a en horreur les hommes de ma condition. Pour la dernière fois, fermez-la ou je me verrai contraint de vous bâillonner.

Elpida lui lança un regard torve. Il ne le croyait pas. Kylian souffla la bougie et reposa sa tête sur l'oreiller. Il n'eut pas le temps de fermer les yeux que le prisonnier reprit :

— Comment ça se passait ? L'un de vous jouait le rôle de la femme ?

— Si nous cherchions à coucher avec une femme, nous prendrions une femme. Ce que vous demandez est stupide.

Sofiane avait visiblement l'alcool bavard et ne s'arrêta pas là. Il continua de poser des questions, de faire ses propres réponses. Kylian fit de son mieux pour ne pas réagir, pourtant les insinuations du commandant devenaient de plus en plus claires.

— Dois-je vous libérer une main pour que vous vous soulagiez ? Peut-être qu'ainsi j'aurais la paix !

— M'aideriez-vous ?

Kylian céda à son envie, il se leva et assena un coup de poing dans sa figure. L'homme éclata de rire :

— Est-ce donc là vos préliminaires ?

Kylian sortit en prenant soin de refermer à clef derrière lui. Il tomba nez à nez avec Kalyani qui l'observa, étonné.

— Un problème ?

— Si tu tiens un tant soit peu à la vie de cet homme, tu es prié de le garder cette nuit.

— Dormons dans sa chambre, ainsi le commandant Elpida aura la certitude que vous ne me touchez pas pendant mon sommeil, sourit Eleanor.

Kylian donna la clef à Kalyani et descendit reprendre une ou deux bières afin de calmer ses nerfs. Il fut heureux de constater que les noceurs étaient moins nombreux. Il retourna à la même table et interpella l'une des serveuses. Quand elle revint, il trouva que le bruit était encore trop présent. Il prit sa chope et sortit.

L'air de la nuit était froid, mais sec. Il se laissa glisser contre la bâtisse, pour se retrouver sur le sol. Il plongea la main dans la terre, elle était sèche en surface et légèrement humide en dessous. Son contact l'apaisa quelque peu.

Il ressentait toutes les âmes vivantes qui touchaient la terre même. À cette heure de la nuit, il s'agissait essentiellement d'animaux. Lentement, ses maux de tête s'estompèrent. Une nouvelle présence se révéla, elle se rapprochait de lui.

Kylian releva la tête pour voir qui venait dans sa direction. Toutefois, la personne s'arrêta à quelques pieds de lui, il restait caché dans l'ombre. Le commandant était persuadé qu'il s'agissait du beau blond.

— Pourquoi ne pas vous approcher plus ?

— Vous m'avez entendu venir ?

L'homme se rapprocha pour entrer dans le halo de lumière de l'auberge. Kylian ne s'était pas trompé, c'était bien le beau blond.

— Seriez-vous saoul, Sir Glingal ?

— Non. Seulement fatigué.

— Mon père pense que ce serait bien que je devienne votre messager.

— Votre père ?

L'homme ricana :

— Je suis le frère aîné de Sean. L'homme avec qui vous avez parlé est notre père. Il a envoyé Sean chez le duc pour qu'il y fasse ses armes.

— Et pourquoi votre père veut faire de vous mon messager ?

— Car tout comme lui, j'ai la faculté de parler d'esprit à esprit. Admettez que ce serait pratique.

En effet. Et vous, le souhaitez-vous ?

164

Ma seule envie est de découvrir le pays, de voyager. Je peux faire office de messager.

— Bien. Je verrai ça demain matin avec le prince. Pour le moment, je dois aller me reposer. Quel est votre nom ?

— Youkè Shuï.

Kylian retira la main qu'il avait gardée dans la terre. Il termina sa bière et annonça :

— À demain, Youkè Shuï.

Il se releva et partit en direction de la porte.

— Vous ne souhaitez pas rester en ma compagnie ?

Kylian s'arrêta, la main posée sur la poignée. Il hésitait, c'était clairement une proposition bien plus intime que l'homme sous-entendait. Youkè s'était avancé et avait posé sa main sur son épaule.

— Je présume que votre prisonnier est sous bonne garde cette nuit.

Le commandant se tourna vers lui, le visage à quelques pouces du sien. Il se noya un instant dans ses yeux bleus, il ne devait pas avoir plus d'un ou deux ans de plus que lui. Youkè s'arma d'un sourire resplendissant, Kylian finit par hocher la tête.

Kalyani vit le commandant entrer dans l'auberge et les rejoindre. Il n'eut pas à poser de questions, à sa tête il comprit que la nuit avait été plus sympathique que la leur. Le regard torve que lui lança Kylian ne le détrompa pas.

— Vous avez passé une nuit agréable sir Kylian ?

— Excellente, merci comtesse. Et vous ?

— Le commandant Elpida s'est révélé être un homme extrêmement bavard ! Toutefois, nous avons eu confirmation de ce dont nous nous doutions, quand le prince Kalyani ne pouvant supporter davantage ses causeries, lui lança un seau d'eau à la tête.

Kylian ne put retenir un sourire amusé et demanda plus d'explications. Sofiane Elpida se tenait toujours la tête comme si elle menaçait de tomber.

— Vous ne devriez pas boire autant commandant. L'alcool peut vous faire dire et faire des choses graves.

Le regard morne de l'homme découragea Eleanor de l'aider davantage. Kylian s'imaginait très bien la scène, il regretta un court instant que ça ne soit pas lui qui ait eu l'idée de le faire.

— J'ose espérer que la prochaine auberge sera un peu plus calme, entre lui et le couple de jeunes mariés. Je crois que je préfère encore dormir dehors malgré le froid ! On peut savoir où tu as passé la nuit ?

— Dehors. J'avais besoin de calme.

— T'appelles ça comme ça, toi ?

— Youkè va partir au-devant des troupes, il nous servira de messager.

— Qui est Youkè ? interrogea Eleanor, surprise.

— Le frère de Sean.

Il expliqua subrepticement qu'il possédait également la magie de l'esprit. Le commandant Elpida les regarda et finit par demander :

— Vous parlez en silence ?

— Pardon ?

— Oui, vous parlez dans votre tête.

— Possible.

Kylian absorba rapidement son déjeuner. Il ressortit préparer les chevaux. Il essayait de remettre ses idées au clair. La nuit passée avait été merveilleuse. C'était la première fois qu'il partageait la couche d'un autre homme que Gwéndal. C'était différent, pas moins bon, pas meilleur... juste différent. Il avait comme un regret au fond de lui, une sorte de culpabilité. Avait-il encore le droit d'aimer ? D'en aimer un autre que lui.

Il soupira en serrant la dernière sangle, il devait se concentrer sur le trajet à effectuer, pas sur ses états d'âme.

Chapitre 16

Obnubilés par leur envie d'arriver au plus vite, ils traversèrent la forêt et durent se résoudre à passer deux nuits de suite entre les saules. Youkè avait réussi à retrouver les soldats qui les suivaient, ça n'avait pas été difficile. Le plus contraignant avait été de convaincre le capitaine qui les conduisait qu'il devenait bien un messager pour Kylian.

Le commandant n'avait pas fait aveuglément confiance au beau blond, même s'il avait passé une nuit torride avec. Il avait joint un message cacheté et en avait laissé un second à l'auberge. Le père de Youkè et de Sean n'avait pas repris contact avec Kylian. Mais ce dernier ne pouvait pas attendre plus longtemps pour repartir.

En installant leur dernier campement en commun avec Eleanor et Kalyani, il se demandait s'il était prudent de se séparer. La route pour le duché central ne comportait pas beaucoup de danger, même s'il existait toujours des bandits qui pouvaient croiser leur chemin. Lui-même, seul avec Elpida pour rejoindre la côte Est, risquait des rencontres déplaisantes.

Le feu créait des ombres inquiétantes sur les troncs des saules, leurs feuilles basses les mouvaient dans une danse sinistre. Ça lui donnait une impression de déjà vu, mais il n'arrivait pas à remettre la scène exacte que ça lui rappelait. C'est un cri perçant d'Eleanor qui lui donna la réponse : le village d'Aguna en proie des flammes.

Kylian n'avait pas eu le temps de se redresser que déjà Kalyani s'occupait de la jeune femme, il comprit rapidement qu'elle avait été surprise par une araignée des saules. Son corps imposant, mais plat et munie de ses huit longues pattes qu'elle repliait, l'arachnide se confondait avec les feuilles des arbres qui les entouraient.

— Elle vous a mordu ? s'enquit Sofiane.

— Oui. Ce n'est rien, j'ai été surprise. C'est de ma faute, je ne l'ai pas remarqué dans les feuilles.

Eleanor approcha sa morsure des flammes qui continuaient de danser. Kylian, rassuré qu'il ne s'agisse de rien de grave, reporta son attention sur le spectacle funèbre que le feu offrait. Il posa distraitement sa main sur le sol, pour s'assurer que d'autres bestioles ne viennent pas les importuner pendant la nuit.

Il se releva d'un bond sous le regard médusé des trois autres.

— On change d'endroit ! C'est infesté d'araignée ici ! Regardez autour de vous !

Ils se levèrent et inspectèrent plus soigneusement les lieux, ce qu'ils prenaient pour des feuilles qui dansaient sous la légère brise, était des centaines d'araignées des saules qui tournaient entre elles

— C'est quoi cet endroit ! s'exclama Kalyani.

Un long frisson parcourut Kylian quand il aperçut une de ces bêtes cheminer le long de sa jambe.

— Elles se nourrissent de quoi ? s'inquiéta Elpida.

— De petite mouche, d'insecte, d'œufs et de charogne, répondit Eleanor d'une voix mal contenue.

— C'est la chaleur du feu qui les attire, réalisa Kalyani.

— Laissons le feu brûler, nous irons un peu plus loin, décida Kylian.

— Nous allons geler...

Kylian ne prêta pas attention au grognement de Sofiane. Il prit la bride de son cheval et le mena plus loin dans la forêt obscure. Il entendit les autres ramasser leurs affaires et le suivre. Elpida dont les mains restaient attachées marmonnait. Kalyani le bouscula quelque peu, fatigué de ses jérémiades.

Ils s'éloignèrent jusqu'à ce que le feu ne soit plus qu'un petit point lumineux dans la nuit. Le commandant avait pris soin de placer un cercle de pierre haute autour afin qu'il n'y ait pas de propagation. Il fut décidé qu'il tiendrait le premier tour de garde.

Kylian s'ennuyait et il était difficile de se maintenir éveillé à ne rien faire. Pas de feu pour se réchauffer, pas de feu pour s'éclairer, pas de feu pour lui rappeler les flammes qui avaient dévoré le village d'Aguna. Comment avait péri son père ? Pourquoi Lua n'avait pas contacté le Duc au lieu de ce vieil homme ? Malgré l'heure tardive, il tenta de communiquer avec l'homme.

Après plusieurs minutes, il se dit que ce n'était pas pour cette nuit qu'il arriverait à le joindre. Il fut étonné d'entendre l'homme enfin lui répondre :

Lua était un ami très proche. Il devait revenir avec un potentiel... cependant, tout ne s'est pas passé comme prévu.

Vous en savez beaucoup. Plus que moi j'ai l'impression... Comment cela se fait-il ?

Je te l'ai déjà dit, j'étais l'Elu de l'Est.

Oui, mais pourquoi, nous ? Nous ignorons tout ! Je comprends ce qu'a ressenti Eleanor, cette sensation de toujours être mis à l'écart, de recevoir les informations au comptegouttes.

Vous n'avez jamais été rassemblés tous les quatre, quand vous le serez, vous aurez une sorte d'illumination.

Mais l'Ether que vous deviez protéger...

Il est mort lors de sa naissance. Cependant, les quatre Elus avaient été réunis.

Kylian médita de longues minutes sur ce qu'il venait d'apprendre, ils devaient se réunir... Luca le réclamait depuis longtemps... Dire qu'ils auraient déjà pu se réunir... Il ne servait à rien de regretter ce qui était déjà fait. Il fallait aller de l'avant, et parer au plus pressé.

Je ne peux pas rejoindre l'Elu du Sud pour le moment. Je dois mener une guerre.

La guerre n'est rien... plus vous attendrez, pire ce sera. Ce n'est pas une simple histoire de grand-mère pour endormir les enfants. La légende de l'Ether est vraie. Il vous faut accomplir le rituel, rien d'autre ne ramènera la paix dans nos contrées.

Si seulement c'était si simple...

Croyez-moi commandant, ça l'est... Je dois vous laisser maintenant. Je ne puis parler ainsi trop longtemps.

Merci...

Kylian observait la petite lueur qui commençait peu à peu à s'amoindrir. Il écoutait les bruits nocturnes de la forêt, au loin une chouette poussait un hululement strident, dans les fourrés des petits rongeurs s'amusaient entre eux. Il se leva pour se dégourdir les jambes. La fatigue et le froid l'éreintaient et le poussaient à vouloir dormir. Il entendait la respiration régulière de ses camarades, malgré l'inconfort de la situation tous avaient réussi à trouver le repos.

Kylian ouvrit les yeux, quelque chose n'allait pas. La lumière du soleil baignait la forêt d'une lueur spectrale. Il jeta un coup d'œil autour de lui, Kalyani dormait toujours, Eleanor serrée contre lui. Elpida était recroquevillé sous sa couverture. Pourtant, quelque chose clochait. Il se morigéna de s'être endormi comme un enfant. Au loin, il entendit un craquement, comme si quelqu'un courait. Il tourna la tête, mais ne vit personne. Il se leva, ankylosé de sa nuit inconfortable. Il voulut réveiller le prisonnier, mais en touchant sa couverture, il s'aperçut qu'il n'y était plus.

— Merde !

Kalyani ouvrit les yeux et l'observa, étonné de voir que le jour s'était levé.

— Que se passe-t-il ?

— Il s'est tiré !

Le commandant regarda autour de lui, les chevaux n'avaient pas bougé. Il monta le sien et partit en direction du bruit qu'il avait entendu un peu plus tôt.

Je vais le rattraper, je te laisse faire le paquetage.

Il ne pouvait aller aussi vite qu'il l'aurait souhaité, la lumière était encore trop basse pour y voir correctement, après quelques centaines de pieds, il ralentit l'allure, attentif au moindre bruit, à la moindre agitation des feuilles. Rien. Il descendit de sa monture et toucha le sol du plat de sa main. Après quelques secondes, il fut rassuré. Sofiane ne se cachait pas très loin.

— Je sais où vous êtes commandant Elpida. Sortez de votre cachette !

Il se doutait que l'homme n'en ferait rien. Il lâcha la bride de l'animal et partit dans la direction supposée du Sonois.

— Vous savez très bien que je vais vous retrouver.

Un lapin sauta de l'endroit supposé abriter le fugitif, Kylian eut subitement un doute. Etait-ce l'animal qu'il avait ressenti ? Impossible ! Il continua d'avancer, ce fut au tour de Sofiane de sortir de derrière un buisson pour tenter de courir. Kylian l'intercepta sans problème, mais c'était sans compter l'envie de s'échapper du prisonnier. Les mains toujours attachées, Sofiane lui décocha un coup de coude dans la mâchoire. Quelque peu sonné, Kylian se reprit et lui rendit la pareille.

Un sourire narquois éclaira le visage de Sofiane :

— Tu veux finir ce que nous avions commencé la nuit de la bataille ?

— Eleanor ne viendra pas entre nous cette fois, grogna le commandant.

Malgré ses liens, Elpida se battait bien, les coups pleuvaient, aucun des deux ne prenait le dessus sur l'autre. Le soleil finissait de se lever, réveillant le reste de la forêt. Les deux hommes continuaient inlassablement à se battre se rendant coup pour coup. Sofiane réussit à se glisser derrière Kylian. Il passa ses chaînes autour de son cou, bloquant le commandant et l'étouffant.

— C'est triste de mourir ainsi...

— Je... ne... suis pas... encore mort...

L'air venait à manquer à Kylian, son premier réflexe avait été de porter ses mains à son cou, toutefois Elpida serrait trop fort pour espérer s'en dégager. Il ferma les yeux et se concentra. Il devait se dépêcher ! Il trouva enfin l'objet de ses désirs, là près d'eux se trouvait une pierre d'une bonne taille. Il usa de son pouvoir et la roche heurta violemment la tête de son agresseur. Ils tombèrent ensemble, roulèrent, s'égratignèrent contre la végétation pour finir leur course contre un arbre, Sofiane à califourchon sur Kylian. Leur visage à quelques centimètres l'un de l'autre, ils étaient tout aussi essoufflés. Chacun attendant de voir ce que l'autre allait faire.

Un petit sourire espiègle éclaira le visage de Kylian et murmura :

— Je savais bien que tu mourrais d'envie de faire une partie de rodéo avec moi.

Il accompagna ses paroles d'un petit coup de reins suggestif. La réaction d'Elpida ne se fit pas attendre, il leva son poing et l'écrasa à côté de la tête de Kylian.

— Raté, se moqua-t-il.

— Vraiment ?

Sofiane se pencha jusqu'à ce que ses lèvres rencontrent celles du commandant. Kylian ne se fit pas aussi hésitant, insinuant sa langue entre ses lèvres chaudes, caressant sauvagement celle de Sofiane. Leur sang s'échauffait, leur souffle si durement récupéré se saccadait. Leur baiser enfiévré devint de plus en plus passionné. Kylian glissa sa main sur la nuque de l'homme pour lui agripper les cheveux, l'écrasant un peu plus sur lui. Par un mouvement du bassin, il le fit basculer pour se retrouver au-dessus du Sonois. Il quitta la bouche brûlante de désirs inavouables pour le menacer de sa dague.

Elpida éclata de rire :

— Allons commandant Glingal... Tu t'offusques alors que tu me faisais des propositions !

— Je ne m'offusque pas ! Je ne comprends rien à vos agissements !

— Oh, on se revouvoie, alors ! Pourtant...

Il donna à son tour un petit coup de reins :

— Je nous croyais plus intimement liés, à présent !

Kylian sentait son corps le trahir, cet homme si méprisable l'attirait. Il s'y refusait ! Le pouvoir des Elus, il savait que ça les rapprochait, il savait qu'un lien se créait, il savait que ce serait de plus en plus difficile de résister... il savait qu'il avait envie de lui et que lui également. C'est d'une voix plus rauque, empreinte du désir qu'il refusait d'avouer, qu'il grogna :

— Je vous pensais plus intéressé par la gent féminine. Etre désireux de mon corps fait de vous un impur, un être méritant le châtiment suprême...

Il n'arrivait pas à se relever, sa volonté faiblissait, il observait Sofiane caresser sa lèvre inférieure de sa langue, le narguant d'un petit sourire facétieux. Ses yeux brillant d'une concupiscence obscène, c'est d'une voix plus grave également qu'il lui susurra :

— Je vous l'ai dit, nous n'avons pas tous la même façon de voir les choses...

Kylian sentait la virilité de son prisonnier se tendre sous lui, il ne mentait pas, il ne jouait pas. Il continuait néanmoins de le menacer de sa dague :

— Pourquoi vous être échappé ?

Sofiane éclata de rire, un rire spontané, un rire si sincère qu'il se surprit à sourire à son tour.

— Sérieusement ? Je suis votre prisonnier depuis bien trop longtemps déjà ! Il est de mon devoir de tenter de m'échapper, ce matin fut la première fois où j'ai eu l'occasion d'essayer !

— Alors, pourquoi ne pas avoir pris l'un des chevaux ? Même attaché ainsi, vous auriez pu monter.

— Un cheval laisse plus de traces qu'un homme. Et je ne voulais pas rendre plus difficile le voyage de la jeune Dame.

La surprise se lut sur le visage du commandant, ainsi cet homme qui considérait que les femmes n'étaient bonnes qu'à la reproduction, s'inquiétait du bien-être de la comtesse.

— En revanche, j'ai longuement hésité à occire votre prince. Ça a été mon erreur, je suis resté trop longtemps debout à côté de lui à tergiverser. J'aurais dû mettre ce temps au profit de ma fuite. Alors chevalier... je suis à ta merci à présent...

S'il avait fait moins froid, Kylian aurait sûrement moins hésité à arracher ses vêtements pour le posséder ici même. La brise qui venait lui fouetter le visage le ramena à la réalité. Il se releva feignant ne pas avoir compris le sous-entendu plus qu'explicite de Sofiane.

Il remarqua son air frustré, cependant il fut assuré d'avoir fait le bon choix, en entendant le renâclement d'un cheval qui n'était pas le sien.

— Il t'en a fallu du temps pour le récupérer, gronda Kalyani.

Le commandant le fusilla du regard, il rengaina sa dague et répondit simplement :

— Il sait se défendre.

Il retrouva sa propre monture un peu plus loin, occupée à manger de jeunes pousses d'herbe. D'un geste rageur, il s'essuya de la main le sang qui coulait de son arcade sourcilière. Il devait donner un triste spectacle à voir. D'un coup d'œil en arrière, il remarqua que Sofiane se mettait debout avec quelques difficultés, il ne l'avait pas raté non plus.

— Sir Kylian, vous devriez vous asseoir une minute que je puisse vous soigner.

Eleanor lui adressait un sourire de compassion. Qu'avaient-ils vu de leur petit jeu ? Il l'ignorait, il se sentait pris en faute. Tous deux connaissaient son amour pour Gwéndal, et jusqu'à présent ça ne l'avait pas plus gêné que ça. Là, c'était différent, c'était un ennemi. Il n'avait pas l'excuse d'avoir grandi avec, il n'avait pas le droit de le désirer.

Il haussa maladroitement les épaules et répondit :

— Ça peut attendre. Nous devions faire route à part, mais il serait peut-être plus avisé que je vienne avec vous chez le duc Sedna.

— Non. On te suivra jusqu'au vicomté de Bahari.

La réponse avait retenti sans possibilité d'émettre la moindre opposition. Kalyani l'observa longuement avant de décréter :

— Laisse Eleanor te soigner, sans quoi nous serons dévisagés dans le prochain village.

Il était froid et l'espace d'un instant Kylian ne reconnut pas l'homme qui se dressait fièrement sur sa monture. Il sortit de son trouble en l'entendant par la pensée :

Kamana m'a fait savoir que ses « sentries » ont aperçu plusieurs navires Sonois sur l'Océan Rusalka, mais le double sur la mer Sairen.

Plusieurs ? C'est-à-dire ?

Près d'une cinquantaine sur l'océan... au moins cent sur la côte Ouest.

On peut aisément supposer qu'il y a au moins six cents soldats à bord de chaque... soit un total de trois mille à l'Est et six à l'Ouest.

Eleanor s'était approché de Kylian et patienta qu'il prenne place sur un vieux tronc d'arbre tombé, la mine grave, il s'y contraignit. Il se laissa soigner sans rien dire, plongé dans ses pensées. Il regardait sans voir ce qui se passait autour de lui. Puis ses yeux s'accrochèrent à quelque chose de plus particulier, il fronça légèrement les sourcils ce qui fit râler la jeune femme :

— Sir Kylian, si vous ne voulez pas finir borgne ne bougez plus !

— Mais... votre main, comtesse.

— Oh ce n'est rien, c'est l'araignée d'hier soir. Les morsures d'araignée sont toujours impressionnantes. Dans quelques jours, il n'y aura plus rien.

La jeune femme savait de quoi elle parlait après tout. Il se reconcentra sur la guerre qu'il avait à mener.

Luca, débrouille-toi, mais il faut que tu nous rejoignes à Bahari.

Rien que ça ! Bien le bonjour, Kylian !

Oui, bonjour ! Le temps presse, on repassera pour les mondanités !

Mauvaise nuit ?

On peut dire ça ! Débrouille-toi, mais viens ! Je dois te laisser. Si besoin, passe par Kalyani ou par ta sœur, je dois me reposer.

La nuit qu'il avait passée, cumulée à l'effort pour soulever la pierre et les trop nombreuses communications malmenaient la tête du commandant. La migraine qui arrivait serait longue et douloureuse et toutes les herbes de la douce Eleanor n'y feraient rien, il le savait. Elle finissait de lui panser les mains, ainsi que toutes les autres contusions que lui avait occasionnées le prisonnier. Puis, la jeune femme partit soigner Sofiane qui n'avait pas bougé de l'arbre qui avait stoppé leur chute. Il s'y était adossé et ne disait rien, observant la comtesse promulguer ses soins.

La journée était déjà bien avancée quand ils se remirent en route. Ils finirent de traverser la forêt alors que le soleil descendait déjà sur l'horizon. Ils n'avaient fait qu'une courte pause pour laisser les chevaux se reposer un peu, puis étaient repartis sans avoir pris, eux, le temps de se restaurer.

Chapitre 17

Nuits et jours se suivaient et se ressemblaient, Kylian se perdait par moment dans ses réflexions. Il avait été plus troublé du baiser du commandant qu'il n'avait bien voulu l'admettre. Plus il se refusait d'y réfléchir, plus ça le tourmentait. Pourtant, il y avait plus urgent, plus grave à penser. Il avait convenu avec Kalyani que huit mille hommes protégeraient la côte Ouest, trois mille devraient venir les rejoindre sous peu, sur la côte Est. Des navires Sedna commençaient à arpenter la côte pour faire barrage aux Sonois, le palais se trouvait près de la mer et de bons canons pouvaient l'atteindre.

Le cheval du commandant fit une embardée, Sofiane qui montait derrière lui, raffermit sa prise. Aussitôt, des images de leurs corps enlacés surgirent devant ses yeux. Il secoua la tête pour échapper à sa vision lubrique. Il se concentra sur les paysages qui défilaient, des vallées boisées de pins essentiellement, puis des dunes de galets, de sable. Une végétation presque désertique, des bruyères et d'autres plantes dont il ignorait tout.

Le château du vicomte était enfin en vue. Il était temps, Eleanor montrait des signes de faiblesse, Kalyani devenait de plus en plus irritable, lui-même se sentait à fleur de peau ! Seule l'humeur de Sofiane Elpida semblait s'améliorer, il réussissait à tenir une conversation sans insulter les femmes. Il ne les regardait plus comme des êtres démoniaques, il avait par deux fois réussi à rire avec des serveuses dans les dernières auberges.

Le Sonois n'avait pas refait la moindre allusion à ce qui s'était passé, il était évidemment bien plus surveillé. Kylian souhaitait savoir pourquoi il avait agi ainsi, par ruse ? Par désir ? Par curiosité ?

Des chevaliers vinrent à leur rencontre. Méfiant, Kylian ralentit, il avisa leur nombre. Huit cavaliers, armés et en pleine possession de leur moyen.

Il n'y a pas de raison d'être méfiant, grogna Kalyani. *Ils ont dû recevoir un oiseau, pour prévenir de notre arrivée. Je te rappelle que je suis le prince héritier, il est normal d'être escorté.*

Si tu le dis...

Il leur fallut presque une heure pour se rejoindre. Malgré l'insouciance de Kalyani, Kylian, lui, maintenait sa vigilance. Les soldats de Bahari alignèrent leur monture et présentèrent leurs hommages au prince. D'un signe de tête, ce dernier les en remercia. Le commandant consentit seulement à baisser un peu sa garde.

Je vous sens bien tendu commandant, s'amusa Sofiane. *Ne faites-vous pas confiance à vos frères d'armes ?*

Quand des chevaliers arrivent armés devant vous, il y a toujours de quoi rester méfiant...

L'un des gardes se détacha du groupe et se présenta :

— Capitaine Oufsen, je vous prie de nous laisser vous accompagner jusqu'au château du Vicomte, des appartements sont déjà préparés. Voulez-vous que je m'occupe de votre prisonnier ?

— Merci. Ça ira.

Tous se remirent en route. Kylian ne savait pas trop quoi penser de cette petite troupe venue les accueillir. Il avait déjà fait des missions similaires, d'aller au-devant de tel ou tel noble, généralement, c'était pour laisser traîner une oreille ou découvrir quelque chose. Il n'était pas dupe.

Les salles d'eau n'avaient rien à voir avec le château du duché central. De simples baquets mis à la disposition des soldats près d'une cuisine remplie de courant d'air.

Kylian s'apprêtait à sortir quand une jeune femme d'une vingtaine d'années arriva, vêtue seulement d'une grande chemise. Elle patienta près de lui, le regard baissé sur le sol.

C'est quoi ça encore ?

Après quelques minutes de silence gênant, il finit par demander :

— Je peux faire quelque chose pour vous ?

— Messire, le vicomte a pensé que vous désiriez peut-être la compagnie d'une maîtresse des charmes, afin de vous libérer de la tension de la guerre.

Le commandant manqua de s'étrangler. La surprise l'empêcha de répondre sur le moment. Jamais encore un seigneur ne lui avait proposé la compagnie d'une maîtresse des charmes ! Une maîtresse des charmes, il ignorait même si c'était différent des filles de joie.

Kalyani, c'est quoi une maîtresse des charmes ?

Pardon ?

J'ai une maîtresse des charmes mise à ma disposition, pour me libérer des tensions de la guerre !

Petit veinard !

Mais c'est quoi, bordel ?

C'est moi qui vais t'apprendre ce que c'est ! Disons que ce sont des femmes qui te sont entièrement soumises.

Comme une catin, donc !

Non. Elles acceptent vraiment tout... vois ça, comme une esclave sexuelle. Et si ton bon plaisir est de la tuer, tu as légalement le droit de le faire.

Quoi ? Tu vas y avoir droit ?

Je pourrais en demander une si l'envie me prenait, mais non. On les réserve généralement aux grands guerriers pour les contenter pour éviter qu'ils violent les femmes des villages avoisinants.

Mais je ne suis pas un barbare !

Et bien saute là comme une fille de joie et passe à autre chose, c'est un cadeau. Si tu refuses, il peut se vexer. Ça va aller ? Ou veux-tu que je demande à faire libérer le commandant Elpida pour qu'il t'aide ?

Va te faire foutre, majesté !

Kylian cessa toute communication avec le jeune homme, sa dernière remarque l'avait agacé et vexé. Qu'avait-il vu et entendu lors de la pseudo-évasion du Sonois ? Et c'était quoi son problème ? Eleanor semblait se remettre, alors pourquoi pas lui ?

Il essaya de contenir la colère qui montait en lui. Il ne demandait rien à personne, alors pourquoi venait-on lui chercher des noises ? Il se décida à sortir, ruminer pendant des heures dans une eau froide ne le tentait pas plus que la demoiselle qui attendait.

Il se redressa laissant paraître sa nudité sans aucune pudeur. Ce n'était pas la première, ni la dernière fois, qu'il se forcerait pour la bonne cause.

— Vous plairait-il que je vous aide à vous sécher, messire ?

Elle gardait la tête baissée et n'avait fait que murmurer ses paroles. Il poussa un petit soupir silencieux et interrogea :

— Quel est ton nom ?

— Celui qui vous plaira, messire...

Il était partagé entre l'agacement et la pitié. De quel droit pouvait-on soumettre quelqu'un de la sorte ! Sofiane saurait bien profiter de la situation lui ! C'est bien ainsi qu'il devait se représenter la femme parfaite ! Toujours nu et dégoulinant d'eau, il insista :

— Je veux connaître ton vrai prénom et regarde-moi quand je te parle.

Aussitôt, elle releva son visage, éclairé par les bougies, son teint d'albâtre semblait être fait de porcelaine. Des yeux bleu-gris en amande et ses cheveux auburn, nattés d'une manière qu'il n'avait encore jamais vue, lui donnaient tout à fait l'air d'une poupée fragile. Jamais il n'avait vu une femme aussi belle, si délicate comme un pétale de rose. Jusqu'à sa voix qui était une mélodie à elle seule.

— Iris. C'est le nom que ma mère m'avait donné.

Il s'approcha d'elle et lui caressa doucement la joue, comme pour s'assurer qu'elle était bien faite de chair et n'était pas le fruit de son imagination.

— C'est très joli.

Quelques gouttelettes d'eau s'attardèrent sur la joue de la jeune femme, donnant l'illusion de petites larmes brillantes.

— Je ne tiens pas à t'obliger à faire quoi que ce soit que tu ne veuilles.

— Ce serait un honneur, messire...

Il remarqua ses pommettes rosir légèrement. C'était un crime que faire de cette fille une fille de joie, pire, une esclave ! Il ne fit aucun mouvement, quand elle prit la serviette pour délicatement le sécher comme il se devait. Elle rougit de nouveau quand elle passa le linge sur sa virilité, le contact fut si doux, si tendre, si sensuel qu'il s'éveilla contre toute attente. Pouvait-il réellement avoir envie d'elle ?

Non, bien des filles avaient su réveiller son membre sans pour autant qu'il eut envie d'elles. C'était mécanique après tout.

Tout comme les filles de joie qui se trouvaient humides alors qu'elles n'avaient fait que feindre leur plaisir. Il avait discuté bien des fois avec certaines quand il était encore jeune, pour savoir que le corps répondait aux actes sexuels même non consentis.

Elle finit par lui passer la serviette autour de la taille et là lui nouer de façon à ce qu'elle ne tombe pas. Aussi légèrement qu'une aile de papillon, elle posa sa main sur la sienne, pour l'emmener à sa chambre. Kylian se laissa conduire comme un enfant, ne sachant toujours pas ce qu'il allait faire. Sa seule pensée se résumant à : pourvu que personne ne soit dans les couloirs.

Quand le capitaine Oufsen lui avait dit que quelqu'un viendrait lui indiquer sa chambre, il ne s'était pas douté que ce serait une femme comme Iris qui l'y mènerait. Fort heureusement, ce n'était pas si loin et surtout il n'avait croisé personne !

La chambre était aussi particulière que son cadeau de bienvenue, ce n'était pas tant son mobilier bien plus luxueux que ce dont il avait l'habitude qui le choqua, mais les divers objets disséminés un peu partout. Il aurait pu comparer cette chambre à une salle de torture décorée de soies et de velours, des fers étaient fixés aux murs, mais de la fourrure les entouraient, une sorte de martinet trônait fièrement, mais à défaut de lanières de cuir de longues plumes de paon l'ornaient. Il ne comprenait rien à cette décoration, tout lui paraissait décalé. Il préféra ne pas montrer son étonnement et agir comme si de rien n'était.

Iris retira alors sa chemise et se tint droite, la tête baissée, les mains jointes au niveau de son pubis. Elle attendait. La seule chose qu'il trouva à dire fut :

— Combien de temps t'ai-je à ma disposition ?

— Autant qu'il vous plaira. Ma vie vous appartient, jusqu'à ce que vous vous lassiez de moi.

Kylian se retint d'éclater de rire, non c'était inadmissible, on ne pouvait pas lui offrir la vie d'une femme ainsi, sous prétexte qu'il était commandant des armées ! C'était impossible, ça allait contre tout de ce que promulguait la Grande Créatrice. Son envie de rire passa rapidement, pourtant la situation était des plus invraisemblables.

Il aurait aimé lui faire l'amour, la désirer, mais ce n'était pas le cas. Pourtant, elle était belle, merveilleusement belle, un corps de rêve, mais ça n'éveillait rien en lui. Il se demanda un instant comment faisaient toutes ses filles qu'on payait pour quelques instants de plaisir, indubitablement, elles devaient être rebutées devant certains de leurs clients, cependant elles n'en laissaient rien voir. Iris, ressentait-elle la même chose ? Il ne servait à rien de le lui demander, elle dirait ce qu'il souhaiterait entendre. Ça ne l'empêcha pas d'essayer toutefois :

— Si je te demande de me dire la vérité, tu le feras ?

— Quelle vérité souhaitez-vous entendre, messire ?

— Veux-tu que je te fasse l'amour ?

— J'en serais honorée, messire.

— Il n'y a rien d'honorifique à ça !

Son ton était plus dur qu'il ne l'avait souhaité, et la jeune femme avait légèrement tressailli. Il se ressaisit, mais elle le devança :

— Souhaitez-vous que je sois plus entreprenante ?

Elle commençait déjà à se mettre à genoux en avançant dangereusement les mains du seul vêtement qui le recouvrait. Elle n'avait pas atteint la serviette qu'il la saisit par les épaules pour la remettre debout, sans brutalité, avec une douceur qu'il ignorait posséder. Sa peau était fraîche, pas froide juste fraîche, douce, agréable...

— Je souhaite connaître ta façon de penser ! Connaître, tes envies, ton désir, tes craintes, ce que tu aimes, je souhaite te connaître.

Elle fronça à peine les sourcils, il le remarqua, l'avait-il déstabilisée ? Peut-être ne pouvait-on pas demander ces choses à une maîtresse des charmes.

— Je... j'ai peur de votre sexe, il est... impressionnant...

Kylian se retint d'examiner son membre pour vérifier ses dires. Il en avait vu de toutes les tailles et presque de toutes les formes, certes il avait été gâté par la nature, mais sans aucune exagération pourtant ! Face au silence du commandant, elle crut bon d'ajouter :

— J'ai jamais vu d'homme nu avant vous...

— Vous êtes toujours vierge !

— Bien sûr ! Je ne suis pas une vulgaire catin !

Sa réponse avait été spontanée, un petit sourire étira les lèvres de Kylian. Ainsi, elle se plaçait au-dessus des prostitués. Il chassa les questions de plus en plus nombreuses qui venaient chatouiller son esprit. Il devait prendre une décision, ils n'allaient pas rester ainsi tous deux dévêtus ou presque, tout

182

l'après-midi. Il lui prit la main pour l'entraîner vers le lit. Il se figurait avoir de nouveau quatorze ans et vivre sa première fois. C'était un peu le cas, c'était bien la première fois qu'il escomptait réellement donner du plaisir à une femme, pas seulement la prendre.

Il ne pouvait plus reculer, tendrement il passa une mèche de cheveux qui tombait sur le visage délicat d'Iris. Il laissa glisser sa main sur son épaule, il fit appel à ses souvenirs des conversations grivoises auxquelles il avait assisté. Qu'est-ce que les hommes désirant les femmes aimaient leur faire, qu'aimaient-elles par-dessus tout ?

Lentement, il étreignit un premier sein, alors qu'il se penchait pour cueillir sa bouche. Il sentit un doux frisson envahir le corps de la jeune femme. Aussi tendrement qu'il put, il effleura ses lèvres roses pour y déposer un baiser. Elle n'attendit pas pour répondre à cette invitation et tout aussi obligeamment, elle infiltra sa langue pour caresser celle de Kylian d'une façon plus que sensuelle. Il ferma les yeux espérant retrouver le visage de celui qu'il aimait depuis toujours, mais c'est celui de Sofiane qui apparut.

Surpris, il quitta la chaleur des lèvres d'Iris pour se reprendre.

— Ai-je fait quelque chose qui vous a déplu, messire ? Vous pouvez me corriger, si vous le souhaitez...

— Non. Une jolie créature comme toi ne mérite pas d'être corrigée, mais seulement aimée.

— Alors, aimez-moi comme vous le désirez, messire.

Il se pencha de nouveau sur elle, pour l'embrasser plus passionnément, fourrager sa bouche délicate de sa langue. Kylian lâcha son sein pour la maintenir plus fermement contre lui et l'empêcher par la même occasion de laisser les mains d'Iris se promener sur lui. Il ne voulait pas qu'elle le touche. Il n'était pas digne d'une femme pareille. C'était à lui de lui offrir mille plaisirs.

Il s'établit un plan de ce qu'il devait faire, et espérait que ça fonctionnerait. Il quitta sa bouche devenue luisante pour continuer de l'embrasser le long de son cou, il s'attarda sur son lobe d'oreille avant de se décider de poursuivre sa descente. S'il lui était impossible d'imaginer que c'était le corps de Gwéndal dans ses bras, autant mettre à exécution les nombreuses histoires qu'il lui racontait.

Kylian malaxa l'un de ses seins et prit l'autre en bouche. Il s'amusa à jouer avec ce petit téton rose qui durcissait à mesure qu'il le torturait de sa langue. A moitié couché sur Iris, sa seconde main entreprit de continuer la découverte de ses formes. Là, où il aurait préféré trouver un pénis, il sentit un pubis glabre s'ouvrant sur son intimité déjà humide de désir.

Il fit un effort considérable pour cacher sa répugnance de ce contact poisseux. Du bout de son doigt, il traça des sillons, effleurant son bouton de rose, flattant sa vulve. Il fut surpris de l'entendre pousser un petit gémissement de bien être dans un soupir discret.

Kylian continua de se remémorer les dires de Gwéndal. Il abandonna ce sein rebondi, pour goûter cette partie du corps qui le repoussait tant. Il n'avait plus qu'une hâte, que tout ça cesse rapidement. Quelle idée s'était-il mis en tête de vouloir la faire jouir à tout prix ! Il ne lui devait rien et pourtant, c'était comme une petite voix intérieure qui le suppliait d'être doux.

Iris se cambra quand la tête de Kylian vint embrasser sa féminité la plus intime. Ses mains se crispèrent sur les draps, sa respiration se faisait plus rapide, ses gémissements couvraient les bruits de succions que produisait cet étrange baiser que lui offrait Kylian. Doucement, lentement, elle le sentit s'introduire en elle. Instinctivement, elle se contracta, mais ce n'était pas douloureux, c'était étrange, agréable. Très vite, elle en souhaita davantage, elle désirait savoir ce qu'on ressentait quand un homme était entièrement entré.

Kylian n'avait jamais rien fait d'aussi écœurant, alors que ses doigts glissaient dans le corps de la jeune femme, il essaya de réveiller son membre viril. C'était loin d'être gagné, il s'évertuait à le revigorer depuis un moment, mais rien n'y faisait, c'était toujours aussi mou.

Il quitta l'entrejambe d'Iris pour reprendre sa bouche avec voracité, il ne voulait plus de ce goût dans la bouche, il changea de main pour se raffermir. Enfin, il sentit son membre durcir entre ses doigts humides.

Délicatement, il se glissa en elle. Il patienta un instant en fermant les yeux, autant pour qu'elle s'habitue à sa présence que pour lui, réussir à rester au meilleur de sa forme. Il lui fit l'amour tendrement, l'embrassant, la caressant.

— *Plus fort !*

La voix avait résonné tant dans la pièce que dans son esprit. Il s'exécuta, obéissant aveuglément au désir d'Iris. Il allait plus vite, plus fort s'abandonnant totalement. Il finit par laisser échapper un grognement rauque et se laissa retomber sur le corps haletant de cette femme étrange.

Kylian roula sur le côté, il fixa le plafond du lit à baldaquin réalisant ce qu'il venait de se passer. Il attendit de reprendre une respiration normale avant de l'interroger, pour confirmer sa découverte.

Vous m'entendez, n'est-ce pas ?

Oui.

C'est vous qui m'avez incité à vous faire l'amour ?

Oui.

Pourquoi ?

J'ignorais que vous possédiez cette magie. Je craignais que vous me fassiez du mal.

Kylian ne répondit rien. Il méditait seulement sur le fait, qu'elle avait réussi à lui faire faire des choses qui lui étaient impossibles à réaliser. Elle s'était jouée de lui, mais l'avait fait pour sa propre sécurité. Il ne savait pas ce qu'il convenait ou pas de faire. Devait-il en parler à Kalyani ? Il soupira, rien ne pouvait être simple !

Chapitre 18

Toujours plus nombreux étaient les plats à se succéder, le vin coulait à flot, ce qu'il pouvait détester ce genre de repas, où chaque mot devait être savamment pensé avant d'être dit à haute voix. Kylian reprit une coupe de vin. Son après-midi tumultueuse avait du mal à passer. Il y avait trop de déférences, trop de mets, trop d'alcool et il commençait à être trop imbibé. Ce n'était pas le seul, le vicomte de Bahari, petit homme malingre à la chevelure clairsemée de mèches blanches, chantonnait des chansons grivoises. Sa femme décochait depuis leur arrivée des regards meurtriers. Elle était à l'image de son mari, frêle, petite, un visage émacié et des cheveux blancs qui trahissaient son âge.

Rien à propos de la guerre n'avait encore été dit. La première chose avait été de lui envoyer cette maîtresse des charmes. Kalyani et Eleanor avaient hérité des plus beaux appartements du château, d'après les dires des serviteurs.

Eleanor semblait soucieuse, mais il n'était pas en état de se préoccuper d'autre chose que de lui-même. Avant le dîner, il était allé rendre visite au commandant Elpida. Celui-ci restait bien sagement dans sa cellule, l'air serein. C'était son visage qui lui était apparu, pas même celui de Youkè et encore moins celui de Gwéndal, non c'était le sien !

Kylian leva son verre, pour qu'on lui resserve du vin. Il fut surpris de voir le regard noir de la comtesse se diriger vers lui :

Cesserez-vous bientôt de boire, sir Kylian ? Que s'est-il donc passé aujourd'hui pour vous aviner de la sorte !

Il reposa sa coupe plus brusquement qu'il ne l'avait souhaité. Voilà que la douce Eleanor venait le sermonner. Kalyani avait-il eu le droit aux mêmes mots ? Cela expliquerait son air revêche. Ce dernier leva un sourcil étonné en le regardant, mais il ne dit rien, souriant face à la nouvelle chanson du vicomte. Il avait vraiment plus l'impression de se trouver dans un bordel qu'à la table d'un grand seigneur. Leur hôte ne cessait de peloter tout ce qui bougeait, tout, sauf sa femme. Ce qui pouvait fortement expliquer l'air colérique de sa tendre épouse.

— Dites-moi, commandant. Votre petit cadeau vous a-t-il plu ?

Kylian afficha un large sourire et répondit cordialement :

— Infiniment, monsieur !

L'homme partit dans un grand éclat de rire avant de reprendre :

— Je vous avoue l'avoir choisie moi-même et aussitôt mon choix fait, je l'ai regretté, j'aurais bien aimé tâter de son pucelage !

Kylian n'eut pas besoin de regarder dans la direction d'Eleanor pour savoir que celle-ci devait le foudroyer des yeux.

— Monsieur mon époux, il n'est pas bien séant de...

— Tais-toi donc, femme !

— Comtesse Val Kalnas, dites-moi, comment se porte votre frère ? interrompit Eleanor.

La femme lui avait lancé un regard d'effarement, lui donner son titre de jeune fille et non pas d'épouse pouvait passer pour un affront à son mari. Le sourire candide qu'affichait Eleanor ne trompait personne, elle savait pertinemment que seul Kalyani pouvait la reprendre sans créer d'incident diplomatique. Il se garda bien de dire quoi que ce soit. C'est d'une voix chevrotante que l'épouse du Vicomte répondit :

— Aux dernières nouvelles, il se portait très bien ! Merci de le demander, majesté.

Kylian les observait tous, chacun à leur tour. Une guerre venait d'éclater et étrangement c'était Eleanor qui avait porté l'offensive. Le vicomte eut la décence de cesser de chanter, et de reprendre une attitude plus adéquate à la situation. Il était presque déçu qu'il ne réponde rien.

L'atmosphère restait tendue, des silences gênants s'installaient régulièrement. Oubliant la remarque d'Eleanor, Kylian reprit un verre de vin, il espérait ainsi que la soirée se termine plus rapidement.

De retour dans sa chambre il ne pensait plus à cette maîtresse des charmes. Il se déshabilla et se coucha. Il commençait à s'endormir quand il sentit un corps venir le rejoindre. Non, il ne pourrait pas renouveler son exploit de l'après-midi même.

— Pas ce soir, j'ai trop bu.

— Comme il vous plaira, messire.

Il ne pourrait pas supporter cette situation encore longtemps. Avant de s'endormir, il demanda :

— Que se passera-t-il pour toi, quand je me serai lassé de ta présence ?

— Libre à vous de me tuer, pour que je ne révèle aucun de vos secrets les plus intimes. Ou bien me revendre... Peu de seigneurs prennent à leur service, une maîtresse des charmes déflorée, messire.

Il se retourna pour la regarder. La lumière de la cheminée lui donnait des teintes dorées, elle n'en était que plus belle. Sans s'en rendre compte sa main s'égarait sur son corps, quand il atteignit sa féminité il réagit :

— Arrête cette emprise !

— Mais je...

Tu contrôles bien ton pouvoir, mais si tu agis encore une fois de la sorte, tu ne contrôleras plus rien.

Pardonnez-moi, messire ! Je tenais à goûter au plaisir charnel avant qu'il ne soit trop tard.

— Nous en parlerons demain, je suis trop fatigué pour ce soir.

— Dois-je dormir avec vous, messire ?

— Du moment que tu me laisses dormir, dors là où il te plaira.

Il lui tourna le dos et ferma les yeux. Elle se colla contre lui et ne bougea plus.

Les deux jours qui suivirent se passèrent différemment de cette arrivée étrange. Le vicomte se montra fort ingénieux dans ses idées de défense. Kalyani écoutait et prenait peu la parole. Eleanor restait dans ses appartements la plupart du temps. A son grand soulagement, les autres repas se passèrent mieux, avec pour discussion principale la guerre. Il venait à penser que le premier soir n'était qu'un dérapage dû à l'alcool. Le vicomte s'était repris et se montrait des plus courtois vis-à-vis de la comtesse et de son épouse. Il se demanda même si ce n'était pas lui qui ayant abusé du vin avait imaginé cette soirée.

Kylian regardait une dernière fois les plans avant d'aller se changer pour le repas du soir. Ils avaient à peine mille soldats pour défendre la côte Baharienne. Ce n'était pas suffisant, si les navires vus par les « sentries » de Kamana décidaient d'attaquer, ils ne tiendraient pas plus d'une journée. Il ne pouvait rien faire de plus, les plans étaient dressés, chacun savait ce qu'il devait faire en cas d'attaque. Les oiseaux étaient partis, prévenant de la menace. Youkè avait fait accélérer la garnison qui les suivait, mais ils n'étaient toujours pas là.

Je serais là, demain, prévint Luca
Bien.

Au moins une nouvelle qui pouvait arranger les choses. Si le fait de se réunir, leurs pouvoirs devenaient plus puissants, alors ils auraient peut-être réellement une chance de survivre.

Il ne pourrait rien faire de plus maintenant. Il sortit et heurta une jeune femme.

— Désolée je... Iris ! Que fais-tu là ?!

Elle pencha la tête, étonnée par cette question.

— Je venais vous chercher, messire. Il est bientôt l'heure du dîner.

Vous auriez pu me le dire d'une autre façon. Nous ne sommes pas promis l'un à l'autre que je sache. Que va-t-on dire si l'on vous voit ici ?

Rien, messire. Si ce n'est que vous êtes fier de ma personne.

Kylian la fixa longuement, fier de sa personne. Quelle sorte de cadeau empoisonné lui avait-on fait ! Désappointé, il se remit en chemin, il remarqua cependant qu'elle se tenait à trois pas derrière lui. Il passa par une porte latérale et s'apprêta à traverser la petite cour quand il y rencontra Eleanor.

— Comtesse.

— Sir Kylian, quelle rencontre... importune.

Kylian n'eut pas besoin d'explication. Les yeux d'Eleanor parlaient d'eux-mêmes. Mal à l'aise, il se demanda comment faire les présentations, devaient-ils seulement les faire. Il se morigéna de ne pas s'être renseigné sur le statut des maîtresses des charmes. Le silence s'installait, gênant, pesant.

— Ela ! Je te cherchais...

Kalyani s'arrêta observant ce qu'il se passait ou plutôt ce qu'il ne se passait pas !

— Chevalier Kylian, vous voilà en charmante compagnie !

Kalyani s'inclina et fit un rapide baisemain à la maîtresse des charmes. Kylian aperçut le regard colérique d'Eleanor, alors que Kalyani s'approchait d'elle pour la saluer à son tour.

Qu'attendez-vous pour faire les présentations, sir Kylian ?

Le ton dédaigneux d'Eleanor se faisait nettement sentir, il se sentait de plus en plus mal à l'aise. Que ses protocoles pouvaient être ennuyeux !

— Vos altesses, je vous présente, Iris, maîtresse des charmes.

La jeune femme exécuta une petite révérence, alors qu'Eleanor hochait la tête. Quant à Kalyani, le sourire qu'il affichait était sans équivoque. Le malaise de cette rencontre s'attardait.

Votre frère arrive demain, comtesse.

C'est une heureuse nouvelle.

Comtesse, je n'ai jamais demandé à obtenir Iris. J'ignore quoi faire d'elle !

Un fin sourire naquit sur les lèvres d'Eleanor. Elle retint un petit rire et d'un air plus doux qu'elle n'avait jusqu'à présent murmura :

— Maîtresse Iris, je crois qu'il serait bon d'enseigner à sir Kylian, comment il convient d'agir en votre présence.

Eleanor sourit de plus belle et passa son chemin, suivie par Kalyani qui était tout aussi amusé. Kylian reprit son chemin, pressé de cacher cette femme dont il ne savait que faire.

Arrivés dans la chambre, Iris lui demanda :

— Voulez-vous que je vous fasse du bien, messire ?

— Je veux savoir comment il convient d'agir avec toi ! D'où viens-tu ? Qui es-tu ? Que fais-tu de tes journées ? Pourquoi passes-tu toutes les nuits avec moi ?

— Je vous ai déplu messire, pardonnez-moi !

Elle n'avait pas fini sa phrase qu'elle était déjà agenouillée face à lui.

— Mais relève-toi !

Kylian la saisit par la taille et la porta à son lit pour l'y asseoir, il tira une chaise et s'installa en face d'elle.

— Parle-moi sans crainte, je ne veux plus être humilié à revivre une scène comme tout à l'heure. Explique-moi, s'il te plaît.

— Je suis née à Moeru taiyo, dans le pays d'Oraps. Ma mère était la grande prêtresse de notre village. Très jeune, j'ai développé mon pouvoir de la parole des songes, c'est ainsi que nous l'appelons quand on peut se parler d'esprit à esprit. C'est pour cette raison qu'on m'a élevée pour devenir une maîtresse des Charmes.

Iris continua son explication en baissant les yeux :

— Les maîtresses des charmes sont rares, onéreuses. Elles possèdent une éducation digne des plus grands seigneurs. Les langues de la Grande Créatrice doivent être maîtrisées à la perfection, tant à l'écrit qu'à l'oral. Les plaisirs charnels sont étudiés sous toutes leurs formes, afin de satisfaire les hommes comme les femmes. La soumission est l'acceptation de son état, la dévotion pour un unique possesseur. C'est un très grand honneur et un gage de loyauté absolue que d'offrir une maîtresse des charmes.

Elle rosissait à certains moments, Kylian en était troublé. Elle poursuivit :

— Il n'est pas inconvenant que de se promener ou aller à un dîner avec sa maîtresse des charmes. C'est montrer sa puissance, sa force, sa richesse. Il est d'usage qu'on me présente par mon titre « maîtresse » et le prénom qu'on m'a choisi. Je passe mes journées en votre absence à continuer de me cultiver, d'apprendre tout ce qui est bon à savoir, l'histoire de la personne qu'on sert, sa généalogie, ses habitudes. Mais aussi tout ce qui peut être utile, les plantes, les soins, la cuisine, les arts...

— Vous pourriez tout autant être une espionne alors ?

— Par la Grande Créatrice, non ! Ce serait faire injure à tout ce que je suis !

— Je ne comprends pas pourquoi le vicomte t'a-t-il offerte, à moi ? Tu devrais plus appartenir au prince Kalyani. Je ne comprends pas un tel... cadeau !

— Je l'ignore messire, ses raisons lui appartiennent.

— Mais, ne souhaiterais-tu pas faire autre chose ? Devenir libre d'aimer, libre de mener ta propre existence.

— Mais je vous aime, messire.

— Non. Tu ne peux m'aimer.

— Mais...

— Non ! Aimer quelqu'un ce n'est pas lui obéir. Aimer n'est pas une obligation, c'est faire passer les désirs de l'autre avant les siens, c'est une confiance absolue, c'est...

— Alors vous m'aimez, messire. Vous avez fait passer mon plaisir avant le vôtre.

— Non, tu ne sais pas ce que c'est que d'aimer. On t'a contrainte à m'aimer. On ne peut aimer quelqu'un en trois jours de vie commune.

Il soupira, comment pouvait-on expliquer ce qu'était le véritable amour ? Peut-être, la comtesse consentirait-elle à parler avec Iris, entre femmes elles arriveraient certainement mieux à se comprendre, surtout sans ce rapport de soumission.

Kylian fit un détour par les geôles, s'assurer que le commandant Elpida restait correctement traité. Ce dernier lui fit un sourire chafouin en l'apercevant et s'exclama :

— Bien le bonsoir, commandant Glingal.

Kylian le salua d'un hochement de tête examinant la petite cellule grise. Elle n'avait rien de particulier, mais les locaux semblaient propres.

— Vous traite-t-on bien ?

— Eh bien, ça manque de fenêtre. Et les journées sont longues. Si vous y consentez, j'irais bien faire un petit tour.

Kylian ricana :

— Nous verrons ça plus tard. Pas de nouvelles de votre pays ?

— Non, les oiseaux et les messagers se font rares.

— Oh, personne dans votre pays n'a donc le don de communication ?

Sofiane se contenta d'un petit rictus suffisant, mais préféra demander à son tour :

— Peut-être pouvez-vous me dire ce qui se passe à la surface ? J'ignore presque quel jour nous sommes.

— N'exagérez rien, commandant, ça ne fait que deux jours que vous êtes ici. Vous êtes certainement l'un des prisonniers de guerre les mieux traités qu'il soit. Mais si cela peut vous rassurer, nous partirons bientôt.

— Vraiment, et pour quelle destination ? Le duché central ?

Kylian eut un instant d'hésitation, il n'était pas dans ses intentions de lui dévoiler quoi que ce soit. Cependant, nier aller au duché paraissait ne pas être la meilleure solution et feindre de ne pas encore avoir connaissance des plans de Kalyani, non plus.

Il resta quelques minutes encore avec Elpida, il se doutait bien que les journées du prisonnier devaient être longues. Il ne souhaitait pas que ce dernier perde l'esprit à être ainsi seul. Il lui promit que dès le lendemain, il lui trouverait de quoi s'occuper.

Chapitre 19

Éclaireurs, fantassin, cavalier... inlassablement, il se re-mémorait les différents types de soldats. Après une bonne heure, Kylian leva la tête vers le soleil qui faisait une petite apparition entre deux nuages. Les beaux jours arri-veraient bientôt, du moins l'espérait-il. Il reporta son attention sur sa lame qu'il aiguisait.

Tu n'as pas de nouvelles des navires avec Kamana ?

Non. Quand ils ont vu les bateaux, ils sont rentrés aux pays. Ils peuvent arriver n'importe quand. Je pense que les tours de guet nous avertiront.

Bien.

Il continua de longues minutes à inspecter son arme. Le bruit crissant entre la pierre et la lame tintait comme un réconfort aux oreilles de Kylian.

— Pourquoi ne pas laisser faire le forgeron, messire ?

Il sourit, cette question, il l'avait lui-même posée à son père quand il était petit. Il regarda Iris s'avancer d'un pas hésitant. Il se leva, pour la rejoindre. Toujours en souriant il lui tendit la garde de l'épée.

— Tenez-là.

Iris fut surprise par sa demande, mais aussi par la nouvelle façon dont il s'adressait à elle. Elle empoigna l'arme, bien plus lourde qu'elle ne l'imaginait. Elle dut la tenir à deux mains et attendit que Kylian s'explique. Celui-ci était amusé, il se plaça derrière elle et l'aida à maintenir l'épée.

— Regardez...

Sa main passa sur les siennes et lui indiqua :

— Pour porter des coups plus puissants, il est parfois néces-saire de la prendre à deux mains... Seulement la garde n'est pas assez grande. Je l'ai voulue ainsi, pour la rendre la plus légère possible...

Tout en expliquant, il l'aidait à la manier, puis sa seconde main se posa à même la lame, pas très loin de la garde :

— Voyez, ici elle ne tranche pas, elle me permet de mettre plus de force dans mon attaque. Cependant, je ne suis pas le seul à le faire, d'autres chevaliers en font tout autant, sachant cela, il arrive que lors d'un combat, l'adversaire tente de s'emparer de l'épée, sachant qu'il ne craint rien... Je connais mon épée, comme si elle faisait partie intégrante de mon corps, je lui connais toutes ses aspérités, là où elle est dangereuse, là où elle me protège. Si je la donne à un forgeron, elle sera soit aiguisée trop loin, soit pas assez.

— M'apprendrez-vous à me battre, messire ?

— Pourquoi ?

— La comtesse Eleanor suit des cours tous les jours avec le prince Kalyani. Je sais manier la dague, mais pas les épées, on ne nous l'enseigne pas chez nous.

— Les femmes doivent donner la vie, pas la prendre... C'est un vieux précepte Sonois. Je ne vois pas pourquoi, seules les femmes donnent la vie, sans hommes, elles ne le pourraient pas. Donc pourquoi ne pourrait-elle pas la prendre ?

Iris l'observait, étonnée. Rares étaient les hommes qui considéraient une sorte de statut égalitaire entre les deux sexes. Quelque chose se passait en elle, un long frisson la parcourut, elle n'y prêta pas attention, étant toute dévouée à ce qu'il disait.

— Il y a eu un incident avec la comtesse. De ce jour, enfin un peu après, elle a décidé de ne plus jamais être une victime. Elle veut savoir se défendre par elle-même. Je l'admire énormément, elle paraît fragile, mais c'est une femme d'une rare force de caractère, elle sait ce qu'elle veut, elle sait prendre des décisions difficiles. Si nous vivions en Kharmakel, elle pourrait être une grande meneuse d'hommes.

— Pas ici ?

— Ce serait plus compliqué. Nous avons des femmes chevaliers, mais ça reste rare. On oublie souvent que les femmes sont autre chose que des mères. Moi le premier. Longtemps, je les ai considérées comme faibles, je me trompais.

Tout en reprenant sa lame, il lui raconta l'histoire du bois à ramasser, ainsi que celle des lavandières. Il se confiait sur sa jeunesse passée au milieu des femmes les plus courageuses, les plus fortes qu'il connaissait. Il lui raconta la vie dans le duché central, l'arrivée d'Eleanor, celle de Kalyani, il passa sous silence la période de Vangel. Il était en train de lui raconter comment Eleanor avait sauvé la plupart des soldats blessés.

— Vous êtes amoureux de la comtesse ? C'est pour ça que vous ne m'aimez pas...

Kylian éclata de rire et regarda Iris dans les yeux pour affirmer :

— Non. Eleanor m'est plus précieuse que tout, mais jamais je ne pourrais développer de sentiments amoureux à son égard. Elle et Kalyani sont faits pour être ensemble, tenter de les séparer serait criminel. Cependant, j'ai une très grande estime pour elle. Je vous l'ai dit, on ne tombe pas amoureux en trois jours, l'amour ne se commande pas.

Il garda pour lui que jamais il ne pourrait la désirer. Soudain, il releva la tête en fronçant les sourcils. Quelque chose n'allait pas.

Kalyani, il y a un problème avec Luca !

— Désolé, maîtresse Iris, mais je dois partir !

Il l'abandonna sans rien ajouter de plus. Il rengaina son épée et se précipita dans les écuries. Il ne prit pas le temps de seller son cheval et sortit de l'enceinte du château au grand galop.

Que se passe-t-il ?

Des cavaliers s'en prennent à Luca. Je le sens.

Après deux lieues, il trouva Luca encerclé de six hommes armés. Un cercle de feu l'entourait et semblait plus le protéger que le mettre en danger. Kylian s'approcha dangereusement des agresseurs, qui eux, contrairement à lui, étaient revêtus d'armures.

Il avait foncé tête baissée sans réfléchir. Il sauta de sa monture et plongea sa lame entre les interstices au niveau des omoplates d'un premier homme.

Pourquoi ne pas nous avoir appelés ?

Luca ne répondit pas, Kylian comprit qu'il était trop concentré sur son cercle de feu. L'homme s'effondra, alors que les autres se tournaient vers lui. Il comprit que c'était des hommes du vicomte et s'exclama :

— Vous agressez souvent les visiteurs !

— Ce n'est pas votre affaire. Nous obéissons aux ordres.

— Je le connais. Je vous ordonne de le laisser tranquille.

L'un des hommes abaissa son épée, prêt à obéir, toutefois les quatre restants ne semblaient pas du même avis.

— Les ordres sont clairs, se borna l'homme. Vous devrez répondre du meurtre de notre camarade.

— Je n'ai à répondre d'aucun crime contrairement à vous !

Kalyani, tu fous quoi ?

J'arrive.

Les hommes du vicomte ont pour ordre de tuer Luca !

Ne fais rien d'inconsidéré...

Je ne fais que nous défendre, un homme est à terre.

Il sentit l'agacement du prince, mais ne dit rien. Il n'avait que son épée et sa dague. Il avait l'avantage de la rapidité, ne portant pas d'armure, mais ça pouvait s'avérer dramatique si un mauvais coup était donné.

Pour le moment, personne ne bougeait, les gémissements de l'homme à terre et le crépitement des flammes étaient le seul bruit qui venait troubler la scène.

— Tout va bien Luca ?

— Je fatigue, mais ça ira. Tu peux faire confiance à ta maîtresse des charmes.

— Ne parlez pas ! Sorcier !

Kylian esquissa un geste pour tenter d'approcher. Le soldat qui se montrait si virulent prit ça pour une attaque de sa part. Il engagea le combat contre toute attente. Kylian para le coup sans problème.

L'un des abrutis m'agresse, je fais quoi ? Je le laisse me tuer ? grogna Kylian.

Evidemment que non... J'arrive vite.

Kylian se montrait plus agile que les soldats en armure, il bougeait plus rapidement, mais manquait de poids pour les faire tomber. Il effectua une roulade, lâcha sciemment son épée pour prendre sa dague. Il la planta dans l'aine de l'un d'eux. Il ne lui restait plus que trois gardes à contrer. Le dernier, visiblement, hésitait à prendre parti.

Le hennissement d'un cheval se fit entendre au loin. Kylian s'en trouva rassuré.

— Il ne rime à rien de nous battre ! gronda Kylian. Cet homme est un prince du royaume !

Un autre des soldats se mit à hésiter. Deux restaient prêts à en découdre. Le cercle de feu s'éteignit et Luca se retrouva à genou, visiblement épuisé. Les deux gardes abandonnèrent alors Kylian pour se tourner vers lui.

— Vous, si vous ne voulez pas voir votre tête tomber en même temps que celle de vos camarades, aidez-moi à protéger, le comte du Val Doré, Prince de Sedna !

Les deux soldats hésitaient et d'un regard se mirent d'accord pour se poster devant leurs camarades.

— Attendons le prince, murmura le premier qui avait baissé son arme.

— Traître, le vicomte vous le fera payer !

— Alors, ils serviront quelqu'un de plus honorable ! contesta Kylian.

— Qu'est-ce que tout cela veut dire ?

Kylian nota que Kalyani avait pris le temps de faire sceller son cheval. Les gardes mirent un genou à terre et patientèrent. Luca de son côté se remettait difficilement debout, s'aidant de la bride de son cheval pour garder un semblant d'équilibre.

— Nos ordres sont de tuer cet homme, altesse. Le commandant Glingal, a tué deux de mes hommes pour nous en empêcher.

— Le commandant Glingal est le commandant en chef des armées du Royaume. Vous lui devez obéissance. De qui émanait cet ordre absurde ?

— Du vicomte, Altesse.

— Quand deux ordres sont contradictoires, on attend ! Surtout quand la vie d'un homme est en jeu !

Kalyani se tourna ver Kylian et interrogea :

— Je m'occupe de ces guignols. Tu peux aider Luca à rejoindre la comtesse.

Son ton était froid, sec. Kylian le trouvait de plus en plus étrange, un doute dérangeant venait s'insinuer en lui.

Tout va bien, Kalyani ?

Oui. Occupe-toi de Luca.

— Tu vas pouvoir tenir en selle jusqu'au château ?

— Oui. Kylian, fais confiance à Iris.

C'était la deuxième fois qu'il le lui disait, Kylian l'observa se remettre droit sur sa monture, il jeta un coup d'œil à Kalyani, qui attendait manifestement qu'ils s'éloignent pour réprimander les soldats. Il récupéra son cheval qui était parti brouter l'herbe plus loin. Une fois dessus, il attendit que Luca l'ait rejoint.

Le retour fut plus long, allant au pas, pour ne pas fatiguer plus Luca. Kylian voulait comprendre cette nouvelle obsession qu'il avait pour sa maîtresse des charmes.

— Pourquoi te préoccupes-tu tant d'Iris, et comment sais-tu son existence et son nom ?

— Je l'ai vu dans les flammes, elle est digne de confiance.

— J'ai cru le comprendre. Mais pourquoi insister sur cette confiance ?

— Tu devras faire des choix, tu peux lui faire confiance.

Il n'en saurait visiblement pas plus, ce qui avait le don de l'agacer plus qu'autre chose. Le silence retomba entre eux jusqu'au château. Par précaution, Kylian préféra laisser les chevaux aux palefreniers pour emmener Luca dans sa chambre. Il prévint aussitôt Eleanor que son frère était bien arrivé, il omit l'attaque des soldats aux abords de la demeure du vicomte.

Elle ne fut pas longue à les rejoindre. Kylian la vit toujours vêtue de ses habits d'entraînements, il remarqua une estafilade sur son bras gauche, un bleu près de la tempe, et ses mouvements semblaient plus douloureux que d'ordinaire. Eleanor regarda son frère, les larmes aux yeux. Ce dernier lui sourit, ému de la retrouver, d'être debout face à elle.

Luca ouvrit ses bras alors que la comtesse avançait, hésitante, visiblement, elle craignait de lui faire du mal. Il n'y avait qu'un an à peine qu'il avait réussi à se réapproprier son corps. Kylian les laissa se retrouver, ici, ils ne craignaient rien. Il désirait mettre les choses au clair avec le vicomte.

Kylian commençait à sentir l'impatience le gagner quand le vicomte l'invita à entrer dans son bureau.

— Commandant Glingal ! Des nouvelles des éclaireurs ? Ou des navires ennemis ?

— Rien, monsieur. Je souhaitais vous voir pour une tout autre raison... Nous attendions un ami proche, en provenance du duché central. Cet homme est arrivé, mais il y a eu un léger souci...

— Oui, le prince Kalyani m'a prévenu avant de partir vous rejoindre.

Kylian fronça les sourcils, ainsi Kalyani avait pris le temps de seller son cheval, de prévenir le vicomte... Il n'avait pas compris l'urgence de la situation ?

— J'ai expliqué à sa majesté, que mes hommes seront châtiés comme il se devait. Jamais je n'ai ordonné le meurtre d'un civil sur mes terres. J'ignore d'où ils ont tiré cette idée saugrenue.

— Etrange, en effet.

Kylian n'était pas dupe, il était possible que le vicomte soit de bonne foi, même s'il en doutait fortement. Kalyani entra dans le bureau sans même se faire annoncer, il l'observa, étonné. Son comportement devenait de plus en plus étrange.

— Bien, est-ce que d'autres de vos soldats risquent de nous poser problème ?

Pour une fois, le vicomte parut mal à l'aise. Kylian scrutait tour à tour chacun des deux hommes.

Qu'as-tu fait de ses gardes ?

Ils sont morts.

Les huit ! Mais deux d'entre eux avaient baissé leurs armes ! Comment as...

Le regard que lui jeta Kalyani lui glaça le sang. C'était impossible. Ça ne pouvait être lui !

— Veuillez me pardonner, j'ai encore des choses à faire. Vicomte, votre altesse.

Kylian fit une rapide courbette et sortit avant de faire quelque chose d'inconsidéré. Un doute le taraudait et ce doute grandissait d'heure en heure. Il ne prit pas la peine de repasser par sa chambre, préférant laisser encore un peu de temps à Eleanor et Luca.

Il descendit rapidement dans les geôles et remonta aussi vite, fou de colère. Il apostropha le premier garde qu'il vit et aboya :

— Où est le Sonois ?

— Euh, dans sa cellule...

— S'il y était, je ne serais pas à demander où il se trouve !

Elpida s'est échappé !

Quand ?

J'en sais rien moi !

— Avez-vous vu le prisonnier quand vous avez pris votre garde ?

— Euh, non. On ne descend jamais.

— Qui avez-vous remplacé ?

— Euh, je sais plus... si, c'était Manuel...

— Alors, trouvez-le !

Il ne resta pas plus longtemps pour retrouver les deux autres Elus. Jamais il n'avait ressenti autant de solitude s'abattre sur lui. Il perdait peu à peu confiance en chacun de ceux qui l'entouraient.

Qui vous a aidé ?

J'aurais aimé faire plus ample connaissance avec vous commandant.

Alors, revenez.

Imaginez l'inverse. Reviendriez-vous ?

Tout en marchant, Kylian sourit. Malgré la colère qu'il ressentait, il devait avouer que Sofiane n'avait pas tort.

Vous n'êtes pas encore très loin, nous pouvons vous reprendre.

Peut-être que la prochaine fois, c'est vous, commandant Glingal, qui serez mon captif...

Kylian sentit un long frisson le parcourir. Il continua d'avancer quand son nom retentit dans la cour. Il se retourna, Kalyani avançait d'une démarche hautaine. Le prince avait toujours eu cet aspect sûr de lui, mais quelque chose était différent, jamais il ne lui avait vu un regard si noir, si méprisant.

Quand les deux hommes furent côte à côte, le poing de Kylian s'abattit avec force. Il n'avait pas prévu de le faire. Kalyani, surpris, vacilla sous le coup. Il se redressa en observant le commandant, un petit rictus narquois étirant ses lèvres. Ils restèrent un moment sans rien dire, se toisant l'un l'autre, s'évaluant, patientant qu'un des deux baisse le regard.

Kalyani le rompit le premier en essayant de faire tomber Kylian en lui fauchant les jambes de son pied. Ce dernier recula d'un pas et tenta de frapper de nouveau son ami. Les coups s'enchaînèrent, sans qu'aucun mot n'ait été prononcé. Les quelques soldats qui arpentaient la cour s'arrêtèrent les regarder, ignorant ce qu'il convenait de faire.

Kylian sentit sa lèvre se fendre, laissant échapper un filet de sang. Kalyani se plia un instant en deux après avoir reçu le coude du commandant dans l'estomac. Des gouttelettes de sueurs et de sang les éclaboussaient, ni l'un ni l'autre ne prenait le dessus.

— Mais que vous prend-il ? s'exclama une voix derrière eux.

Kylian n'eut pas à se retourner pour reconnaître le doux timbre d'Eleanor. Il continua de taper, d'esquiver. Il était hors de question qu'il le laisse ainsi ! Du coin de l'œil, il aperçut la comtesse se rapprocher dangereusement. Ce n'était pas la seule, d'autres soldats arrivaient. Il ne lui restait pas beaucoup de temps, quoi qu'il puisse dire, Kalyani était le prince héritier aux yeux de tous. Il devait le rendre inconscient.

— Arrêtez !

Il ne pouvait pas. Kalyani continuait de tenir bon. Kylian se concentra, il n'avait que le choix d'user de son pouvoir pour avoir le dessus. À l'instant où il allait lui faire un crochet du pied, le prince tomba à genou, le regard vide d'expression. Le cri d'Eleanor retint Kylian dans son action. Elle se précipitait déjà sur celui qu'elle aimait. Au passage, elle lui lança un regard colérique qui dans d'autres circonstances l'aurait certainement amusé.

Il l'entendait parler doucement à Kalyani. Cependant, ce dernier ne réagissait pas, les yeux toujours ouverts, il ne faisait aucun mouvement. Toujours à genou, Eleanor le maintenait contre elle, lui chuchotant des paroles apaisantes. Le brouhaha des cancans des gardes commença à se faire entendre, Kylian n'avait pas beaucoup de temps avant que l'un d'eux, plus zélé que les autres, ne le mette aux arrêts.

— Comtesse, croyez-moi, ce n'est pas Kalyani... c'est...

— Je sais très bien que ce n'était pas lui ! Depuis des mois, ce n'est plus lui !

Elle se désintéressa de lui pour reporter son attention sur le Prince.

— Kalyani... revenez-moi. Je sais que vous êtes toujours présent. Vous y parvenez d'ordinaire. S'il vous plaît...

Kylian restait l'observer sans rien comprendre.

— Princesse, nous devrions l'emmener autre part, avant que...

Eleanor tressaillit à son titre, oui elle était aussi princesse et Kylian ne l'appelait que rarement ainsi. Le commandant fut soulagé de voir qu'elle se relevait en aidant Kalyani à en faire de même. Il restait fixé sur le vide. Il suivit Eleanor sans rien dire, Kylian leur emboîta le pas, espérant vite disparaître de la vue des autres soldats.

Chapitre 20

Naturellement, Iris s'affola en les voyant arriver en sang. Elle se précipita chercher de l'eau chaude, ainsi que les herbes que lui réclamait la comtesse. Elle revint rapidement dans la chambre où le silence continuait de régner.

Kylian patientait, il prenait sur lui, regardant Eleanor s'occuper de son beau prince. Luca restait en retrait, silencieux comme toujours. Il n'avait pas été étonné en voyant Kalyani arriver d'une démarche incertaine. Tout comme il n'avait pas été surpris d'entendre Eleanor dire qu'il n'était plus lui-même depuis quelque temps.

— Comtesse...

— Pas maintenant. Laissez-moi soigner ses contusions. Je m'occuperai des vôtres ensuite et seulement après, nous parlerons.

Il l'observa un instant, puis se résolut à s'asseoir. La tête lui tournait, il avait encaissé les coups sans broncher. Maintenant que la tension était redescendue, il se rendait compte des douleurs qui le meurtrissaient.

Eleanor se tourna vers Iris, elle semblait l'évaluer. Après quelques secondes d'hésitation, elle lui demanda :

— Vous est-il possible de commencer à nettoyer les plaies de sir Kylian ?

— Bien sûr, altesse.

La maîtresse des charmes ne se le fit pas répéter deux fois. Elle prit un linge propre et s'exécuta. Kylian n'avait pas réagi, la laissant procéder à sa guise. Le linge chaud rougit rapidement, elle dut en changer deux fois avant de commencer à passer des onguents. Kylian sursauta presque, quand il entendit Luca se racler la gorge. Les soins d'Iris étaient si doux qu'il s'endormait sans s'en rendre compte. Un autre bruit lui fit subitement tourner la tête.

— Ela ?

— Chut, tout va bien. Vous êtes dans la chambre de sir Kylian.

— Je... j'étais...

— Je sais. Ce n'est rien... On va trouver une solution.

Kylian la vit passer tendrement sa main sur la joue de Kalyani. Elle se tourna vers lui et reprit :

— Je vais vous recoudre, sir Kylian. Puis, je vous dirai tout.

Elle lança un petit sourire à Kalyani et se leva pour prendre la place d'Iris. Ses gestes furent aussi doux que ceux de la maîtresse des charmes. Eleanor émit un petit rire et s'expliqua :

— Tous deux, vous aurez la même cicatrice. J'aurais aimé que ça ne se produise pas.

Tout en parlant, elle passait l'aiguille de façon habile. Kylian ressentait les petites piqûres, néanmoins il resta parfaitement immobile, sans laisser le moindre gémissement s'échapper de ses lèvres. Elle posa un pansement sur l'arcade sourcilière comme elle avait fait avec le prince. Une fois satisfaite des soins apportés, elle rangea le matériel et rassembla les linges souillés. Elle se releva et jeta un rapide regard autour d'elle.

Kylian suivit ses yeux, il y avait Luca, assis à même le sol contre le mur du fond de la chambre. Iris attendait qu'on lui dise quoi faire, éclairée par la lumière du soir, lui donnant un teint joliment doré. Eleanor s'arrêta un instant sur les chaînes dans le mur, elle fronça les sourcils. Il se sentit rougir, il avait envie de lui dire qu'il n'avait aucune intention de les utiliser, que jamais il ne lui avait traversé l'esprit de s'en servir pour quoi que ce soit. Toutefois, aucun mot ne sortit de sa bouche. Finalement, leurs yeux arrivèrent sur Kalyani, toujours allongé, le teint pâle, l'air perdu. Elle revint sur Iris. Kylian ne fut pas le seul à comprendre.

— Tu peux parler devant Iris, Léa. Elle ne présente aucun danger pour nous. Contrairement à Kalyani.

Ce dernier tourna la tête à la mention de son nom. Il ne répondit rien, hochant simplement la tête. Son attitude désarçonnait Kylian, jamais il ne l'avait vu aussi abattu.

— Je n'ai pas tout de suite compris ce qu'il se passait avec Kalyani. Lorsque vous nous avez expliqué pour Gwéndal, j'ai alors fait le rapprochement.

Il réfléchissait à toute vitesse, oui il s'en doutait, pourtant il se refusait d'y croire.

— C'est impossible. Il n'y a aucun lien entre Kalyani et Caroline !

— Elle avait un lien intime avec son père.

— Mais le roi n'a jamais possédé le don. Il est dépourvu de la magie de sa famille.

— Oui, mais elle pouvait s'infiltrer en lui tout de même, intervint Luca. C'est ainsi qu'elle a pu accéder à Kalyani, sans qu'il s'en rende compte.

— Si je n'ai rien voulu vous dire, sir Kylian... c'est que je craignais que...

— Que je le tue. Comme je l'ai fait pour Gwéndal...

Sa voix se cassa sur son nom, il se moquait qu'on le remarquât. Il l'avait perdu. Il l'avait tué pour protéger Eleanor et cette maudite quête de l'Ether. Et ça n'avait servi à rien ! Un rire nerveux lui échappa. Le bon sens voudrait qu'il les tue tous les trois, Kalyani, Eleanor et Luca... Et encore, serait-ce suffisant ? Non.

Tous l'observaient, il se figurait être devenu un dément. Rien n'allait. Tout n'était que trahison autour de lui. Déception. Désillusion. Il n'avait jamais souhaité autre chose que devenir sculpteur. La Grande Créatrice avait un sens particulier de l'humour ! Pourquoi n'avait-elle pas choisi quelqu'un qui rêvait d'aventures, de batailles et de quêtes mystiques ? Que devait-il faire ? Il l'ignorait. Il cessa de rire aussi soudainement qu'il avait commencé et affirma :

— C'est toi qui as libéré le commandant Elpida, et c'est toi qui as ordonné qu'on tue Luca ?

— Non ! Ce n'était pas lui ! C'était la reine ! Il n'y pouvait rien. Vous le savez, sir Kylian. Vous savez mieux que quiconque qu'il n'y pouvait rien...

Les yeux d'Eleanor étaient suppliants, il sentit une boule se former dans sa gorge. C'était si injuste.

— Kylian... Tu dois dire à Youkè d'emmener les troupes au duché central. Vite.

— Pourquoi le ferais-je ? grogna Kylian.

— Je l'ai vu dans sa tête. Les soldats sont passés par une tour de guet non surveillée, ils sont en marche sur le duché. Je le sais.

— Qui me dit que ce n'est pas elle qui parle en ce moment ? Comment puis-je me fier à l'un d'entre vous ?

Kylian ne s'était pas attendu à entendre Iris prendre la parole, c'est d'une voix mélodieuse qu'elle demanda :

— Comment avez-vous su que ce n'était plus le prince, votre altesse ?

Eleanor surprise, elle aussi, mordilla son pouce avant de répondre :

— A sa façon de me regarder et de me parler. Les mots qu'il employait, sa façon de se comporter.

— Peut-être existe-t-il une manière pour que tous puissent faire la différence, en attendant que le prince puisse rejeter cette reine de son esprit. Messire Kylian, ce matin on m'a fait longuement converser, sous couvert de prendre de mes nouvelles. M'est avis, qu'on m'a offerte à vous pour vous espionner et si possible vous éloigner des devoirs de la guerre.

Kylian la trouva perspicace, pourquoi n'y avait-il pas pensé ? Certainement parce que les femmes ne lui faisaient rien éprouver, les tracas de la guerre, des machiavélismes des uns et des autres. Il ne comprenait pas un tel cadeau, mais il ne s'était pas figuré que c'était pour le soustraire à ses occupations militaires.

— Ce qui voudrait dire que soit le vicomte est un traître, soit il s'est fait manipuler. Dans les deux cas, nous devons nous en méfier, conclut-il.

— Tout comme tu dois te méfier de moi, reprit Kalyani.

— Déjà, je pense qu'on doit continuer, feignant ne pas savoir que Caroline prend possession de Kalyani. Nous chercherons une solution, Iris a raison. Il est fort probable qu'on puisse l'empêcher d'agir de la sorte. Du moins, rester fermer à son emprise. Léa, sais-tu dire quand Kalyani est sous l'influence de la reine ?

Lentement, elle acquiesça de la tête, elle chercha comme une approbation dans les yeux de celui qu'elle aimait, puis étant sûre d'elle, elle dit :

— Oui, je suis certaine de savoir faire la différence.

Il faut s'assurer qu'elle ne prenne pas possession de votre esprit, comtesse.

Je crois qu'elle a déjà essayé de le faire, mais n'y est pas parvenue.

Votre pouvoir est immense, votre altesse.

Kylian se tourna vers Iris, étonné. Comment pouvait-elle le savoir ? Eleanor ne répondit pas, mais le rose qui teintait ses joues parlait pour elle. Il se demanda un instant si elle se sentait flattée ou si elle avait conscience de son pouvoir. Il repensa à l'ordre qu'elle avait donné sous la tente, pendant la bataille... les tempêtes qu'elle avait déclenchées. Oui, son pouvoir était bien plus puissant que ceux des autres Elus.

— Comtesse, vous me certifiez qu'actuellement il s'agit bien de Kalyani ?

— Oui, sir Kylian.

— D'accord.

Si Kalyani avait dit vrai, il ne pouvait pas se permettre de perdre du temps. Il contacta rapidement Youkè lui expliquant le changement de programme. Toutefois, craignant que Nataniel accepte aussi facilement qu'un homme dont il ne savait rien envoie les troupes ailleurs que ce qui était prévu initialement. Kylian insista sur le fait que l'ordre venait de Vangel, détail que ne comprenait pas Youkè.

Messire Kylian, je continuerai de jouer les ingénues. Les domestiques du vicomte vont continuer de m'interroger. Il serait peut-être bon de partir. Vous devez retrouver l'Ether.

Mais comment savez-vous que...

L'Elu du Sud, messire Luca, m'a parlé... Mais je le savais déjà. Je suis la prochaine Elue du Sud.

· *Stop !*

Il n'avait pas voulu l'arrêter elle, mais arrêter ce qui se passait autour de lui. Tout allait trop vite. Il ne pouvait pas prendre des décisions sans réfléchir aux conséquences. Jamais il n'avait douté, jamais il n'avait eu peur, jamais il n'avait voulu de tout ça ! Il devait faire le point, il en avait besoin. Il ne demandait pas des semaines, juste une heure. Une heure de tranquillité, seul avec ses pensées.

— Veuillez me pardonner, vos altesses, messire... Mais, vous avez certainement d'autres choses à vous dire. Je préfère vous laisser.

Iris n'attendit pas d'avoir l'assentiment des autres et s'en fut. Tous l'avaient observée sans dire un mot. La maîtresse des charmes était vraiment étrange. A croire qu'elle voyait des choses qu'il leur était impossible de percevoir, seul Luca semblait ne pas douter d'elle. Il répétait sans cesse qu'il fallait lui faire confiance.

Luca...

Je sais, elle t'a dit qu'elle est la prochaine Elue du Sud. Je vais mourir.

— C'est totalement stupide !

— Non, mon ami. Je le sais, elle le sait.

Eleanor et Kalyani les observaient, sans avoir compris de quoi ils parlaient. Kylian ne se sentait pas le courage de dire quoique ce soit, déjà une douleur lancinante venait s'insinuer dans sa tête, l'empêchant d'émettre le moindre raisonnement.

Alors, pourquoi dire qu'on me l'a offerte pour me déconcentrer, si en fait elle est là pour te remplacer.

Tu n'as pas encore remarqué, les potentiels et les Elus finissent toujours par se retrouver, que ce soit dans des circonstances heureuses ou malheureuses.

Et ?

On peut parler de destinée, de hasard ou de volonté divine. Peu importe. Nous devons nous unifier pour que l'Ether fasse ce qui doit être fait.

C'est-à-dire ?

Je l'ignore. Je ne suis pas l'Ether.

Kylian poussa un long soupir.

Et si Nevina ne parvient pas à réussir ?

Eh bien, un nouveau cycle commencera. Les guerres continueront, le bonheur disparaîtra peu à peu pour laisser la place à la jalousie, la haine et la destruction. Jusqu'à ce que les quatre Elus se retrouvent et que l'Ether accomplisse son devoir.

— Sir Kylian, en attendant de savoir ce qu'il convient de faire. Je devrais emmener le prince dans sa chambre. Si nous restons trop longtemps ici, je crains que les gens du château ne se posent des questions. Sans compter que les aménagements de votre chambre peuvent prêter à confusion.

— Ils ne sont pas là de mon fait !

Il remarqua le petit sourire narquois de Kalyani, oui là c'était bel et bien lui. Kylian secoua la tête, s'expliquer ne servirait à rien. Et puis, libre à elle de penser ce qu'elle souhaitait, il avait d'autres chats à fouetter pour le moment.

Kylian observait le plafond, ses idées venaient et repartaient tout aussi vite. Que devait-il faire ?

Rester et chercher Elpida ? Pour la forme, il avait envoyé quelques troupes du vicomte, il savait pertinemment que ça ne servirait à rien. Le commandant Sonois s'était totalement coupé de lui.

Partir vers le duché central ? Le vicomte serait alors libre de les trahir sans la moindre gêne.

Kalyani était un problème à lui seul. Eleanor semblait suffisamment résistante pour ne pas se laisser manipuler par la reine.

Iris... Iris revenait souvent dans ses pensées. Elle restait une énigme pour lui.

Il tenta de fermer les yeux, après tout, ne disait-on pas que la nuit portait conseil ? Le sommeil le fuyait, tout comme ses réflexions. Aucun sujet ne restait assez longtemps en place pour qu'il trouve une solution adéquate. Il tournait en rond, revenait sur des évidences et trouvait de nouvelles questions sans réponses.

Il se redressa dans un sursaut, il n'avait pas prévenu le duc Philippe ! Comment pouvait-il avoir oublié un détail d'une telle importance ?

Votre altesse ?

... Kylian ? Ne dormez-vous jamais ?

Il fit part de ce qui s'était passé et des complications que ça entraînait. Face au mutisme du duc, Kylian craignit un instant que celui-ci se fût rendormi. Il hésita à reprendre la communication quand Philippe interrogea :

Quand dites-vous que Kalyani vous a annoncé l'arrivée des navires ?

Il y a deux jours.

La princesse Kamana m'affirme que ça fait six jours que les Sonois ont débarqué sur la côte de Bahari.

Eleanor m'a dit que ça fait quelque temps déjà qu'il a changé...

Prenez soin d'elle, chevalier. Je m'en vais préparer nos défenses et accueillir nos troupes.

Que convient-il de faire avec le vicomte ?

Je vais lui faire parvenir une invitation pour célébrer la naissance de mon petit-fils ou petite fille. Il ne pourra refuser une telle offre sans se compromettre.

Kylian abandonna sa couche, il ne servait à rien de tenter de réfléchir dans l'état où il se trouvait.

Chapitre 21

Fatigué, Kylian ne trouvait pas le sommeil. Avant, il lui suffisait d'aller retrouver la couche de Gwéndal. Il ne l'avait plus près de lui, cette absence qui lui était insupportable, qui le meurtrissait, cicatrisait peu à peu. Toutefois, une part de lui-même refusait cette guérison, il en était conscient, tout comme il savait que c'était ce qui l'empêchait d'avoir les idées claires.

Youkè, puis Elpida avaient réveillé quelque chose en lui, quelque chose qu'il pensait impossible. La possibilité d'aimer à nouveau. Ce n'était ni le moment ni le lieu pour de telles divagations. Cependant, savoir et pouvoir était deux choses différentes. Un souvenir lui revint, pas l'un de ceux où Gwéndal se trouvait. Un plus simple, différent, reposant.

Kylian avait senti le regard de Senga sur lui avant de l'entendre. Elle n'avait pas cherché à l'interrompre, juste à comprendre ce qu'il faisait. Il ignorait depuis combien de temps elle se trouvait derrière lui, il avait fini par demander :

— Tu as besoin d'aide ?

— Non. J'essaye de comprendre pourquoi tu fixes ces cartes si intensément. Essayes-tu de découvrir un message caché ?

Il avait ri. Senga ne connaissait rien aux stratégies militaires, et chaque fois qu'il avait dû établir des plans, il l'avait fait dans les laveries du château.

— J'essaye de prévoir toutes les attaques de nos ennemis. Ainsi, nous pourrons les contrer plus facilement.

— Mais nous ne sommes pas en guerre.

— Et ce n'est pas à moi de faire ces plans. Je m'entraîne, un jour je remplacerai mon père, et ce jour-là, il me faudra prendre des décisions difficiles.

Son père était décédé depuis. Des décisions, il avait dû en prendre. Des sacrifices, il en avait fait, des batailles perdues, des batailles gagnées, des amis morts au combat, d'autres revenus estropiés, d'autres restaient sains et saufs, comme si la Grande Créatrice les avait protégés. Ils étaient peu nombreux ceux qui ne comptaient aucune blessure, aucune cicatrice.

Cette fois-ci, il avait expliqué à Senga, la jeune lavandière :

— Vois-tu, ici, si des soldats venaient par la mer. Le château du roi est entièrement protégé, car les montagnes continuent sous l'eau. Seuls les marins de chez nous connaissent suffisamment la mer de Sairen pour gagner le large. Si par le plus grand des hasards un ennemi arrivait à trouver cette route maritime, ils tomberaient immanquablement sur le château. Une simple garnison pourrait maintenir l'ennemi à distance.

— Pourtant la côte est immense !

— Oui, mais les fonds marins sont bien plus dangereux que sur la côte Est. Tu vois, ici c'est Bahari et là Lekker. Ces deux territoires peuvent être facilement attaquables. Toutefois, les Oraps ne sont pas belliqueux. Quant aux Kharmakel, ils naviguent également, mais ils se débrouillent bien mieux sur la terre ferme.

— Ma mère me disait que les Oraps avaient disparu depuis longtemps, qu'il ne reste rien d'eux...

— On en voit rarement, mais si j'ai bien compris ils n'aiment pas les étrangers, ils ont des opinions différentes...

— Comme les Sonois ?

— Non eux, ils ne se sont toujours pas mis d'accord sur qui devait régner depuis la mort de la Reine Octavia.

Senga avait longuement observé la carte et s'était moquée :

— A t'entendre, on dirait que le pays est imprenable, et qu'il n'y aura jamais de guerre ! Dans ce cas, tu ne sers à rien !

Kylian l'avait pourchassée, délaissant sa carte. Ils riaient et s'amusaient comme des enfants. Après quelques minutes, il avait réussi à la coincer entre deux grands bacs de laine de moutons fraîchement tondus.

— Tu vois, tu es piégée ! s'était-il amusé.

— N'avez-vous donc rien de mieux à faire ! avait alors grondé la grosse voix de madame Jo.

— J'explique à Senga comment mener une campagne militaire !

Avec un petit sourire, Senga s'était dégagée du coin et était retournée près des cartes.

— Alors, dis-moi, comment comptes-tu bloquer les envahisseurs qui arrivent par l'océan ?

— C'est simple, on protège l'un des deux domaines, et on renforce l'armée à l'arrière. Une fois l'ennemi sur le territoire, ils avanceront, gagneront une ou deux batailles. Ils se sentiront vainqueurs et seulement là, les soldats de Lekker par exemple, reviendront, ainsi nous les encerclerons. Ils n'auront plus d'autres choix que mourir ou se rendre.

— Pour le moment, jeune homme, il n'y a pas de guerre, mais de la laine de mouton à laver. Et savonnez-la bien, sans quoi ça va empester pendant des jours !

Kylian avait roulé ses cartes et s'était mis à la besogne sans rechigner. Il avait détesté laver la laine de mouton.

Il sourit en y songeant. Cependant, son sourire ne resta pas longtemps. La solution, il la connaissait déjà, il l'avait élaboré de nombreuses années plus tôt ! Pourquoi ce souvenir était revenu, alors qu'il songeait à ses peines de cœur ? Difficilement, il avala sa salive, ça lui était revenu parce que ce jour-là, il savait ce qu'attendait Senga, il l'avait lu dans ses yeux, elle aurait aimé qu'il l'embrasse.

Kylian secoua la tête comme pour chasser les images du passé. L'une des solutions qu'il cherchait était là et depuis longtemps. Sa première pensée fut d'en parler à Kalyani, toutefois, ça lui semblait trop risqué. Ils avaient réfléchi pendant des heures avec lui sur la double invasion maritime, alors que la côte ouest ne craignait presque rien. Il se morigéna d'avoir oublié les montagnes sous-marines.

Il devait faire remonter les troupes, tout en en laissant suffisamment dans le duché d'Aranya. Il lui fallait également revoir les sols, une bataille sur une colline ne donnait pas le même résultat qu'en pleine forêt. Kylian laissa échapper un petit ricanement, il possédait le pouvoir de la terre, pourtant c'est l'élément qu'il prenait le moins en compte.

Etudiez le terrain ! La voix de son père résonnait encore dans ses oreilles.

Combien de fois avait-il entendu cette phrase dans sa jeunesse ? Il ne pouvait les dénombrer et pourtant, il l'avait encore une fois oubliée ! Il n'était pas trop tard pour y remédier.

La lune éclairait parfaitement la cour intérieure, il poussa un profond soupir, le réveil n'en serait que plus difficile. Satisfait de ce que la nuit lui avait apporté, il retourna dans sa chambre espérant gagner quelques heures de repos. Iris l'accueillit, vêtue d'une simple chemise de nuit.

— J'ai pris soin de réchauffer les draps, Sir Kylian. Préférez-vous que je dorme ailleurs que dans votre lit ? Je crois avoir deviné que vous préférez les hommes.

Jamais, il n'avait ressenti de culpabilité d'être attiré par les hommes, jamais, il en avait été honteux, jamais, il en avait été triste. C'était un fait, c'était toléré dans ce royaume, beaucoup voyaient d'un mauvais œil ce genre de pratique, plus par ignorance qu'autre chose. Tout comme on voyait d'un mauvais œil un homme qui se rendait trop souvent dans les maisons closes, pire qui rendait visite à des femmes mariées ! A cet instant, il le regrettait, il aurait aimé pouvoir désirer cette femme, tomber amoureux d'elle. Elle avait tout pour combler un homme de bonheur. Et lui, comme un jouvenceau, il ne pouvait rien lui faire sans se forcer.

Un faible sourire se dessina sur son visage, Iris continua :

— C'est dommage. Le vicomte aurait mieux fait de vous offrir un maître des charmes. Ainsi, il aurait pu plus facilement vous détourner de votre devoir. Pourtant, je suis heureuse d'avoir été choisie.

Kylian se déshabilla, il ne put retenir une grimace de douleur en se débarrassant de ses vêtements. Il s'allongea dans le lit, c'était agréable de le sentir tiède, ni trop chaud ni glacial. Il souleva la couverture pour inviter sa maîtresse à le rejoindre.

— J'aime les hommes en effet. Mais si un jour je devais tomber amoureux d'une femme. Ce serait de vous, maîtresse Iris.

— Merci.

— Iris...

— Oui, sir Kylian ?

— Vous semblez connaître énormément de chose, sur les Elus, l'Ether et sur votre pouvoir pour parler d'esprit à esprit. Vous sauriez m'en dire plus ? Comment savez-vous tout ça ?

Il l'observa longuement, seule la lumière de la lune qui filtrait dans les interstices des volets lui permettait de discerner son visage.

— Comment savez-vous que vous êtes la prochaine Elue du Sud ?

216

— Je le sais. Je l'ai vu en rêve. Tous ceux qui possèdent la voix des songes sont des potentiels, comme pour tout, certaines personnes sont plus ou moins puissantes. La princesse Eleanor est très puissante. C'est même étonnant qu'elle ait pu développer son pouvoir seule sans instruction.

— Vous pouvez voir la puissance des gens ?

Iris ne put s'empêcher de pousser un petit rire :

— Non. Luca et moi avons longuement parlé. C'est elle qui l'a bloqué dans son esprit, sa mère lui a dit de dissimuler son don pour se cacher. La perte de ses parents l'a durement éprouvée, elle a fait un blocage. C'est pour ça que ça a été compliqué pour vous tous de déceler sa magie.

— C'est Eleanor qui bloquait le réveil de Luca... Mais dans ce cas...

— Elle est en mesure de protéger le prince. Cependant, elle ignore comment faire.

— Vous pouvez l'aider ? N'est-ce pas ? Vous avez pu m'inciter à vous faire l'amour, vous avez un pouvoir similaire, mais vous savez vous en servir.

— C'est exact. Je l'aiderai quand nous partirons. Pour le moment, si je passe trop de temps avec la princesse, les domestiques se poseront des questions.

Kylian hocha la tête. Cette femme le surprenait. Elle était logique, pragmatique et d'une rare intelligence. Il se demanda si elle n'avait pas des conseils en stratégies militaires. Il faillit lui poser la question, puis se ravisa. Il devait dormir. Seul le repos pourrait réparer ses meurtrissures. Il déposa un doux baiser sur le front d'Iris. Elle lui sourit et se lova contre lui.

Au réveil, Kylian reprit contact avec le duc de Sedna. Il ne pouvait pas en parler au prince. Quand bien même il n'était plus pour le moment sous l'influence de la reine, il n'était pas certain qu'elle ne puisse pas avoir connaissance des informations dont disposait le jeune homme.

Ainsi, il fut mis en place deux plans d'action, avec des intérêts tout aussi différents. Kylian devait redoubler de prudence, tout en veillant à la sécurité d'Eleanor. Il lui tardait qu'Iris puisse enseigner à la comtesse comment faire pour aider Kalyani. Il s'en voulait d'autant plus pour la mort de Gwéndal. S'ils avaient su plus tôt, s'ils n'avaient pas écarté Eleanor du fait qu'elle soit née femme, si... et si...

Il guettait la venue du messager pour pouvoir quitter les lieux sans faire d'impair. Pour le moment, le vicomte recevait les mêmes informations que Kalyani. Il lui était impossible de savoir si oui ou non il était un traître ou simplement, s'il était manipulé.

Les questions restaient nombreuses, les problèmes insolubles dans l'immédiat. Sa seule option était de feindre l'ignorance. Le soir, quand il retrouvait son lit et par la même occasion Iris, ils discutaient longuement avant de dormir. Elle lui indiquait quels étaient les domestiques qui s'inquiétaient de son bien-être. C'était souvent les mêmes qui revenaient. Cependant, ce n'était en rien une preuve de trahison. Il demanda à Iris de se renseigner sur le fait qu'on la lui ait offerte.

Chapitre 22

Iris, après plusieurs jours, réceptionna le message du duc Sedna leur demandant de se rendre au duché central. Ne souhaitant pas introduire plus de danger dans ses murailles, il n'avait pas invité à célébrer la naissance de l'enfant de Cécilia, mais priait Eleanor de se rendre au plus vite auprès d'elle. La raison invoquée, pour le départ de Kylian, était qu'il devait se rendre au palais royal afin d'y parler stratégie avec le roi.

Les excuses étaient simples, mais des plus naturelles. La préparation des bagages ne prit pas beaucoup de temps. Il était convenu qu'ils repartent sans voiture afin de gagner un maximum de temps. Là encore, un itinéraire fut donné alors qu'un autre serait pris.

Kalyani semblait rester lui-même, mais Kylian demandait régulièrement confirmation à Eleanor. Au moindre doute, elle devait l'aviser. Les adieux se firent rapidement, toujours de façon très protocolaire. Il se vit contraint de remercier une nouvelle fois le vicomte de sa bienveillance à son endroit et de sa générosité pour Iris.

— Jamais, je ne pourrai plus me passer de cette femme, je vous suis infiniment reconnaissant, monseigneur.

Le sourire grivois que lui rendait l'homme lui donnait envie de lui taper dessus. Il s'obligea à sourire davantage. Ils talonnèrent enfin leurs chevaux pour partir. Il se promit de ne jamais remettre les pieds dans ce château aux pratiques douteuses. Pourtant, un jour ou l'autre, il faudrait bien déterminer si oui ou non, il s'agissait d'un traître.

Le temps se réchauffait, mais les nuits restaient fraîches. Tout en avançant, il essayait de repérer le passage éventuel d'Elpida. Aucun des soldats envoyés sur sa piste n'avait relevé d'indice. Là encore, était-ce de la négligence ? De la trahison ? C'était Kalyani qui l'avait fait libérer, mais là encore qu'avait-il ordonné d'autre pendant qu'il était sous le contrôle de la reine ?

Eleanor lui apprit au matin du quatrième jour de voyage vers le duché que Kalyani était de nouveau sous l'influence de la reine. Ça n'augurait rien de bon. Elle cherchait certainement à savoir où ils allaient et par quel chemin. Quand il prit contact avec le duc, celui-ci était déjà au courant. Eleanor l'avait évidemment informé de la situation.

Il jeta un rapide coup d'œil à Luca, lui aussi arborait cet air grave, cependant il semblait en plus de cela mal en point. Les journées de chevauchée l'exténuaient. Il n'avait pas recouvré une forme suffisante pour un tel voyage. A plusieurs reprises, il ralentissait sa monture pour ne pas le distancer. Ce soir-là, le camp fut fini d'être installé avant que Luca ne pose pied à terre.

Eleanor se précipitait déjà sur son frère pour le soutenir. Kalyani s'était absenté, prétextant vouloir chasser. Kylian accepta comme si de rien n'était. Il laissa Iris rejoindre Eleanor, il espérait que la comtesse pourrait rapidement écarter la reine de l'esprit du prince. A cette pensée, il eut un pincement au cœur, si seulement elle avait pu agir pour Gwéndal...

Jamais il n'aurait supporté de continuer de vivre, même s'il se savait protégé de la reine. Tu le sais.

Il prit un morceau de bois et commença à le tailler. Du coin de l'œil, il voyait les deux jeunes femmes s'entretenir, pendant que Luca faisait des étirements, comment ce dernier faisait-il pour toujours connaître ses sombres pensées.

Un bruissement de feuilles lui fit relever les yeux, Kalyani revenait, la mine toujours aussi sombre.

— Je ne suis pas parvenu à attraper de gibier. On devra se contenter de la viande séchée, encore.

— Ce n'est pas grave, sourit Eleanor.

Le regard que le prince rendit à la jeune femme fit froid dans le dos de Kylian. Jamais il ne l'avait vu avec un air si glacial. Eleanor accusa le coup sans broncher.

Le silence retombait, seuls le crépitement du feu et les bruits de la forêt se faisaient entendre. Une chouette poussa un fort hululement qui fit sursauter Iris. Luca la rassura d'un sourire, il avait changé. Ses cicatrices se résumaient à des tâches plus claires sur la peau, son nez gardait un angle étrange, mais lui conférait un nouveau charme. Le plus important était ses cheveux, qui commençaient à repousser, ça lui modifiait totalement le visage.

A la lumière du feu, il ne paraissait plus aussi défiguré qu'il l'était quand il était arrivé. Kylian lui trouvait même un certain charme. Il secoua la tête, ses pensées partaient vraiment dans tous les sens, sauf dans celui qui importait le plus, à savoir, où était Elpida ? Où étaient les soldats débarqués une dizaine de jours plus tôt ? Comment rendre Kalyani normal ?

Il jeta dans le feu la sculpture qu'il était en train de tailler et prit un nouveau bout de bois.

— Pourquoi l'avoir jetée ?

Les yeux d'Iris s'étaient fixés sur le petit loup qui brûlait à présent dans les flammes.

— J'ai raté ses oreilles...

— Je le trouvais parfait, pourtant.

Kylian sourit et débuta sa nouvelle sculpture en sachant ce qu'il allait faire pour une fois.

— Je prends le premier tour de garde, grogna Kalyani.

Le chevalier l'observa, ça ne l'arrangeait pas.

— Demain, on s'arrêtera dans une auberge, continua-t-il. Je ne supporte plus cette bouffe infâme.

— Voulez-vous que je vous prépare une infusion, mon prince ? Peut-être que ça pourrait amoindrir votre inconfort...

— Je suppose que je ne peux obtenir plus. Tu vois Eleanor, tu devrais prendre exemple sur maîtresse Iris... D'ailleurs, elle pourrait peut-être t'apprendre des choses plus intéressantes, que la pratique des herbes.

La comtesse pinça les lèvres et aida Iris à préparer l'infusion, Kylian remarqua le léger tremblement dans sa main, celle qui avait été mordue par l'araignée.

— Votre main Eleanor ?

— Pardon ?

— La morsure de l'araignée, votre main a de légers tremblements...

Iris termina l'infusion et la tendit au prince, puis elle s'approcha de la comtesse.

— Je peux, altesse ?

Eleanor lui tendit la main et se laissa examiner. Ça ne lui était pas coutumier d'être soignée, ça l'était encore moins pour Kylian de la voir ainsi. Eleanor était aussi bonne guérisseuse que Regsin ou la sorcière des marais pour lui.

— Etes-vous certaine que ce soit une araignée des saules qui vous a mordue ?

— Le sol en était recouvert, intervint Kalyani.

— On dirait que votre main est en train de se...

— ... nécroser, termina Eleanor. Je sais. J'ignore comment me soigner. Je comptais voir la sorcière des marais une fois arrivés chez mon oncle.

— Je pense avoir ce qu'il vous faut.

Kylian avait suivi la conversation tout en observant Kalyani, qui se désintéressait totalement de ce que pouvait avoir Eleanor. Cette attitude ne lui ressemblait tellement pas. Luca croisa son regard. Rien ne lui échappait.

— Tu prends le premier tour alors Kalyani ?

— Non, c'est toi.

Kylian l'observa en soupirant. Il était inutile de lui rappeler qu'à peine trois minutes plus tôt, il lui avait dit l'inverse. Le prince partit se coucher sans un regard pour la comtesse.

Sir Kylian, tenez-vous prêt à intervenir, s'il vous plaît.

Bien, princesse.

La jeune femme lui lança un petit sourire triste. Elle remercia Iris pour les soins apportés à sa main, puis elle se dirigea vers Kalyani, comme si elle partait se coucher comme tous les soirs.

Iris et Luca se couchèrent peu de temps après. Kylian continuait inlassablement à tailler son morceau de bois, mais son attention était focalisée sur la couche du couple royal.

Les minutes s'égrenaient, lentement, rien ne semblait se passer. Il hésitait à communiquer avec Eleanor, était-elle déjà en train d'essayer de sortir la reine de l'esprit de Kalyani ?

Il s'apprêtait à demander quand un message de Youké s'imposa :

Nous sommes arrivés. On n'a pas croisé de soldats.

C'est une bonne chose. Ils ne devraient pas tarder. Nous sommes passés par la route sud. Ils devraient arriver par le nord.

Je vous préviens si quelque chose bouge.

Merci, Youkè.

Ses yeux retournèrent sur Eleanor et Kalyani, rien ne bougeait. Sa sculpture prenait forme, quand quelque chose lui tira l'oreille. Il posa la branche et posa sa main sur le sol. Tout était plus net. Jamais il n'avait aussi bien ressenti le monde qui l'entourait.

Luca, tu sens ça ?

Oui, l'élu de l'Ouest doit être très proche de nous.

Je vais essayer de le ramener. Préviens-moi, si quelque chose se passe avec ta sœur.

Sans faire de bruit, il se releva, il était certain qu'Elpida n'était pas loin. Cependant, sa position n'était pas simple, le feu l'éclairait. Il devait trouver une manière de se fondre dans l'ombre. Il s'étira et partit en direction d'un arbre feignant de se soulager. Une fois dans l'ombre il se baissa pour enfouir sa main dans la terre. Il était tout proche.

Il contourna un buisson épineux se concentrant sur ses pas, il regretta un instant de ne pas être pieds nus afin de mieux se concentrer sur le sol.

Un cri l'alerta, Kylian tourna la tête vers le campement, Eleanor faisait face à Kalyani, tous deux avaient leurs épées de dégainées.

Luca ? Que se passe-t-il ?

Je ne suis pas certain...

Il faut les séparer, Eleanor n'aura jamais le dessus sur Kalyani !

Occupe-toi de l'Elu de l'Ouest, c'est le plus important !

Un lapin déboula dans ses jambes, sans réfléchir davantage, il partit dans la direction d'où venait l'animal. Ça bougeait devant lui, c'était forcément Elpida. Il l'entrevit, du moins il entrevit une personne devant lui. Il joua le tout pour le tout et se lança sur l'inconnu.

— Je vous manquais commandant ? ricana le Sonois.

— Sir Kylian !

Le cri était perçant et avait surpris le chevalier. Elpida en profita pour donner un coup de coude à Kylian qui eut le souffle coupé. Il se dégagea de sous l'homme et repartit en courant.

Ce n'est qu'une question de jour pour que je vous remette en cellule, Sofiane.

Kylian finit de se relever et se précipita vers ses compagnons. Il ne s'était pas imaginé voir une scène pareille. Iris avait la main gauche en sang, Luca c'était le bras droit. Eleanor gisait au sol, et Kalyani était agenouillé près de Luca, en train de s'excuser tout en pleurant.

Non...

Il se rapprocha doucement, ne voulant pas croire ce que ses yeux lui montraient. Pourtant, quelque chose clochait, Eleanor ne semblait pas blessée, mais elle ne bougeait pas.

Les soldats sont ...

Pas maintenant !

Il ferma son esprit au duc Sedna. Il continua d'avancer, quand avait-il dégainé son épée ? Il ne s'en souvenait pas. Jamais il ne pourrait lui pardonner d'avoir tué un être aussi pur qu'Eleanor, peu importait qu'il fut sous l'influence de la reine, peu importait qu'il fut son prince, peu importait qu'ils eussent été amis si longtemps, il avait pu le faire avec Gwéndal, il pourrait le faire avec Kalyani.

Ce dernier tourna la tête vers lui, les yeux baignés de larmes, les seuls mots qu'il prononça furent :

— Sir Kylian...

Il abattit son épée devant le regard horrifié d'Iris et de Luca, personne ne souffla un mot. Kalyani ne bougea pas, ne cria pas, il observa cette lame qui filait droit vers lui.

— Comtesse Eleanor...

L'épée tomba sur le sol, Kylian recula d'un pas de crainte de faire quelque chose d'inconsidéré.

— Que se passe-t-il ? Que...

— Mon corps est seulement évanoui, je... par ma faute Luca et Iris ont été blessés.

Kalyani se tourna vers Luca et répéta :

— Je suis vraiment désolée, je ne pouvais pas la laisser le tuer... Je...

Kylian s'assit sur la vieille souche d'arbre et resta sans rien dire à observer la scène qui n'avait aucun sens. Après ce qui lui sembla une éternité, il grommela :

— Où est Kalyani ? Enfin, son esprit ?

C'est une voix chuchotée dans son dos qui lui répondit, Kylian fit un bon qui déclencha l'hilarité du prince. Il se retourna et découvrit Kalyani habillé comme l'était Luca ou Eleanor quand ils étaient en dehors de leur corps.

— Si je comprends bien, toi t'es là et Eleanor est dans ton corps. Qu'en est-il de la reine ?

— Je crois l'avoir expulsée de façon définitive...

Kylian observa le corps du prince habité par la comtesse, il rougissait comme un puceau devant une fille de joie. C'était surréaliste, il sentit la commissure de ses lèvres remonter, tout dans cette scène était cocasse.

— Ma douce Eleanor... pourriez-vous au nom de la Grande Créatrice avoir une attitude, disons plus virile quand vous habitez mon corps ?

Eleanor baissa la tête rougissante de plus belle, cette fois ce fut Kylian qui éclata de rire.

— Pourquoi êtes-vous blessés ? Je ne suis pas parti si longtemps !

— Eleanor, puis-je récupérer mon corps ?

— Oui ! Pardon !

Elle regarda son corps et murmura surprise :

— C'est très étrange d'être dans le corps d'un homme.

Le corps de Kalyani s'assit délicatement près de celui de la comtesse. Il s'affaissa et à peine quelques secondes plus tard, Eleanor rouvrit les yeux. L'esprit de Kalyani disparut et il reprit vie en lui-même. Il regarda la comtesse, franchement amusé et répéta :

— C'est étrange d'être dans le corps d'un homme...

Ils s'échangèrent un long regard, qui n'échappa à personne, tous savaient qu'ils échangeaient quelques mots. Ceux-ci devaient porter sur un sujet plus qu'intime vu l'état de la jeune femme.

— Sir Kylian, je pense pouvoir vous expliquer ce qui s'est passé, intervint Iris afin de laisser au couple royal le temps de terminer leur conversation très privée.

Il se tourna vers Iris et attendit qu'elle poursuive.

— Juste après votre départ, le prince Kalyani et la princesse se sont levés d'un bond en dégainant leurs armes. J'ai mis quelques minutes à comprendre, que la reine, celle que vous appelez Caroline était dans le corps de la princesse et que cette dernière était avec le prince.

— La reine a voulu tuer Kalyani, alors je l'ai poussé hors de son corps afin de la tuer, jamais il n'aurait osé mutiler mon corps pour se protéger, avoua Eleanor.

— J'ai voulu m'interposer, expliqua alors Luca, mais Iris a repoussé la lame de Kalyani, pour me sauver. Je crois que c'est ce soir que je devais mourir.

Kylian comprenait un peu mieux ce qui s'était produit, mais l'ensemble restait cependant étrange à imaginer.

— Où étais-tu ?

— J'essayais de récupérer Elpida, mais il s'est encore échappé. Je pense qu'il n'est pas loin. J'ignore s'il nous suit ou si nous l'avons suivi par inadvertance.

Kylian reprit conscience de la situation telle qu'elle était réellement et comment il avait envoyé promené le duc.

Votre altesse, veuillez me pardonner. Eleanor était occupée à chasser la reine de l'esprit de Kalyani. Il semblerait qu'elle y soit parvenue.

Les Sonois ont encerclé le château. Seule la porte Sud est gardée par les soldats du Val. Pour le moment, ils semblent vouloir monter un siège.

Nous devrions arriver par le Sud d'ici trois à quatre jours, votre altesse.

Bien. Faites attention. Et surtout, prenez soin de ma nièce, Kylian.

Je n'y manquerai pas.

Il observa le petit groupe, que devait-il faire, les laisser dans l'ignorance ? Les laisser en arrière pour arriver plus tôt ? Cependant, Elpida n'était pas loin...

— Que se passe-t-il ?

La question de Kalyani le surpris, de toute évidence il n'était plus occupé avec la comtesse.

— Rien. Est-on certain que tu ne risques plus rien avec la reine ?

— Je ne ressens plus le lien qu'elle avait. Je ne sais pas comment elle se débrouillait...

— Nous en reparlerons plus tard. Il est temps de dormir. Demain, nous devons partir de bonne heure.

Kalyani devint plus grave, sûrement devait-il se douter qu'il ne disait pas tout. Peu importait, il ne pourrait rien faire avant d'être sur place.

Eleanor termina de soigner son frère. Il était visible qu'elle s'en voulait de l'avoir blessé. Kylian la rejoignit pour aider à soigner Iris.

— Heureusement, ce n'est pas très profond.

— J'ai fait attention, j'ai pris la lame près de la garde, là où vous m'avez expliqué que généralement elle était moins aiguisée.

Il lui sourit, cette femme était vraiment exceptionnelle.

— Finalement, je ne serais peut-être jamais l'Elu du Sud.

— Le regrettez-vous ?

— Non.

— Allez vous reposer. Les jours qui viennent vont être fatigants.

Le soleil n'était pas levé quand Kalyani vint réveiller Kylian. Pas de rêves, pas de souvenirs venus le hanter. Pourtant, la nuit ne l'avait pas aussi bien requinqué qu'il l'espérait. Il fit rapidement son paquetage, tout en jetant des coups d'œil régulier autour de lui. L'aube approchait, mais la forêt restait sombre. Il posa sa main sur le sol, sa perception était moins forte que la veille. Elpida avait dû prendre ses distances.

Un bref regard sur la blessure de Luca le découragea, il soupira intérieurement, le jeune homme fatiguait déjà vite sans ça, il ne pouvait pas lui faire le reproche.

Youké, comment ça se passe ?

Personne ne bouge pour l'instant. C'est comme s'ils attendent quelque chose.

Ou quelqu'un, pensa-t-il.

Kylian monta sur son cheval et commença à partir au trot suivi par les autres.

Bien. Je vais essayer d'arriver le plus tôt possible.

Sans vouloir t'offenser, commandant... Mais c'est pas deux épées de plus qui feront la différence.

On n'a pas que deux épées !

M'en veux pas, mais le soleil se lève et le casse-croûte va pas tarder.

Kylian s'apprêtait à répondre quand quelque chose le percuta de plein fouet. Il se retrouva sur le sol alors que son cheval continua d'avancer avec quelqu'un d'autre sur le dos.

Merci pour la monture !

— Rien de cassé, sir Kylian ?

Eleanor s'arrêta près du commandant et descendit de sa jument pour la lui laisser.

— Merci.

Il ne prit pas le temps de s'étendre et grimpa sur la bête et partit au grand galop pour suivre Elpida.

— Kylian !

Le cri rageur de Kalyani se perdit loin derrière lui.

Chapitre 23

*N*on, mais vraiment, je vais l'étriper ce type !

Kylian continuait sa poursuite folle en évitant les branches basses. Il tenta d'user de son pouvoir, il hésita, le risque de blesser les chevaux était trop grand. La jument ne pourrait pas tenir indéfiniment ainsi, elle n'était pas taillée pour ce genre de course.

Sa seule chance de le retrouver était de le pister, même s'il se doutait du lieu où il se rendait. Il savait qu'il serait obligé de faire une pause, mieux valait qu'il économise sa monture, surtout que maintenant, ils étaient cinq pour quatre chevaux. Il laissa la jument reprendre un rythme plus modéré, jusqu'à ce que ses compagnons l'aient rejoint.

— C'était évident que tu ne pourrais pas le rattraper.

Kylian se contenta de foudroyer Kalyani du regard.

— Je suis navrée sir Kylian que ma jument ne soit pas plus rapide.

— Vous n'y êtes pour rien comtesse. J'aurais dû être plus vigilant.

Cet abruti est monté dans un arbre pour que je ne puisse pas le sentir... C'est malin.

Il garda ses pensées pour lui tout en continuant de trotter en tête. Ils sortirent bientôt de la forêt pour arriver sur un chemin bien plus emprunté.

Au prochain village, on laisse Eleanor, Iris et Luca. Les Sonois sont arrivés au château.

Tu le sais depuis quand ?

Hier soir.

Je ne suis pas certain qu'Eleanor accepte d'être ainsi mise à l'écart.

*C'est toi le prince héritier, c'est ta fiancée... A toi de voir...
Moi, il est hors de question qu'Iris mette les pieds sur un champ
de bataille !*

Serais-tu amoureux... d'une femme ?

*Non. Mais je ne sais que trop bien ce que font des soldats
victorieux sur un territoire vaincu.*

Qui te dit qu'on perdra ?

Le vent s'était soudainement levé, il jeta un regard en arrière
pour voir la tête d'Eleanor.

*Si vous croyez que je vais laisser mes soldats se faire mas-
sacrer sans que je sois là pour les soigner, les soutenir et les
aider... C'est que vous me connaissez mal, sir Kylian !*

Il soupira et talonna la jument pour prendre plus de vitesse.

La nuit était tombée depuis plus d'une heure quand ils arrivèrent en vue d'un petit hameau. Les lumières étaient rares, cependant deux grandes torches brûlaient au centre du village.
Les chevaux se mirent au pas.

Kylian descendit et commença à faire quelques étirements
avant de continuer d'avancer. Quand enfin il fut assez proche, il
remarqua les soldats qui faisaient des rondes. Il portait déjà sa
main à son épée quand il reconnut le blason du Val Doré.

— Qui va là ?

— Commandant Kylian Glingal du Duc Sedna et de sa majesté le duc d'Aranya.

Le garde resta en position offensive avant d'être certain de
l'identité de celui qui se disait être son commandant.

— Comment en être certain ? Un autre homme est passé il y
a peu en donnant ce même nom.

— Vraiment ? sourit-il.

Il n'eut pas le temps d'approfondir cette histoire que le reste
de ses compagnons arrivaient. Les soldats commençaient à se
ramasser derrière celui qui posait les questions. La tension dans
l'air était palpable, tous savaient que la guerre était non plus aux
portes du royaume mais bel et bien là.

Eleanor se plaça près de Kylian et d'une voix forte et distincte
elle déclara :

— Je suis la comtesse Eleanor Sedna-Anela. Vous arborez
mon blason. J'exige de m'entretenir avec votre chef.

La jeune femme n'avait pas terminé sa phrase que tous
avaient mis un genou à terre pour la saluer.

Je ne veux pas remuer le couteau dans la plaie, mais elle, ils la reconnaissent, s'amusa Kalyani.

— Votre altesse, je suis ravie de vous voir.

— Commandant Del Oro ! Je suis heureuse de vous retrouver en pleine forme. Dites-moi ce qui se passe ici ?

— Le duc nous a chargés de protéger les villages alentour. Je viens juste d'arriver dans celui-ci. J'espérais que vous y passeriez.

— Comment est la situation du château ? intervint Kalyani.

— Rien n'a bougé, votre majesté. Les Soldats du Val Kanas sont restés au grand-Duché, les troupes du vicomte de Pakati sont arrivées il y a quelques heures. Nous attendons toujours celles de Lekker.

Le commandant Del Oro mena les nouveaux arrivants dans une auberge réquisitionnée le temps de la guerre. Le gérant reconnut de suite Eleanor, Kylian et Kalyani. La comtesse le salua chaleureusement et ne tint pas compte du protocole pour aller lui parler :

— Fabrice ! Je suis si heureuse de vous voir ! Comment allez-vous ? Comment va Jeanne ?

— Nous allons tous très bien, comtesse. Ma femme s'occupe de notre petit dernier.

— Alors Martha est de nouveau grand-mère !

Kylian se réjouit d'entendre le prénom de Martha, il était incapable de savoir d'où il connaissait cet homme. Il ne souhaitait plus qu'une chose, aller se coucher.

Le château était à moins d'une journée de cheval. Seule la bataille à venir lui importait désormais. Il était hors de questions que ces étrangers de Sonois pénètrent dans l'enceinte de la forteresse.

Il abandonna la comtesse pour suivre le commandant. Iris et Luca lui emboîtèrent le pas sans rien dire. L'aubergiste mit rapidement des chambres à leur disposition. Malgré son envie d'aller se reposer, Kylian resta avec Kalyani et le commandant Del Oro pour parler stratégie, alors que les autres allèrent rapidement se coucher.

— Un de vos soldats nous a dit qu'un homme s'est présenté sous mon nom... Vous l'avez arrêté ?

— J'ai eu connaissance de cette affaire. Seulement, ce malotru est parvenu à s'échapper avant qu'on n'ait pu l'identifier.

Le commandant n'attendit pas et fit appeler le soldat qui avait douté de l'inconnu. L'aubergiste servit d'autres bières en attendant. Il n'était pas de retour à son comptoir que le soldat arrivait déjà pour leur décrire l'usurpateur.

La description correspondait bien à Elpida.

— Son accent, pourtant faible, m'a fait douter, messire. Quand j'ai voulu l'emmener pour voir le commandant, il a prétexté s'être blessé à la cheville. Je me suis approché afin de l'aider. J'avais en réalité l'intention de le mettre aux arrêts pour l'interroger, cependant il s'est rebiffé et a filé avec son cheval.

— Au moins, nous savons de qui il s'agit.

— Commandant, qui protège le fief de la comtesse ?

— Aussi surprenant que ce soit, ce sont les Kharmakels.

Kalyani sourit, Kamana avait bien sympathisé avec Eleanor. Ça ne l'étonnait pas qu'elle ait été en mesure de faire venir ses troupes pour défendre un territoire qui n'était pas le sien. Kylian lui lança un coup d'œil lourd de sous-entendus.

Non, je ne dirais rien à Eleanor. Tu sais très bien qu'il n'y a jamais rien eu de sérieux entre Kamana et moi.

Si tu le dis.

— Commandant, je vous remercie de...

Kylian fut coupé par Eleanor qui descendait précipitamment les marches. Elle n'était pas arrivée qu'elle commanda à l'aubergiste :

— Il nous faut des montures, rapides. Les soldats attaquent le château.

Mon seigneur, les soldats sont en train d'attaquer ?

Kylian, je dormais enfin... Personne ne...

Youké ?

Ils attaquent !

Il se tourna vers la comtesse et ordonna :

— Comtesse vous restez là.

— Non, je peux aider.

— Non ! Vous viendrez pour soigner les blessés quand ce sera terminé. Kalyani... tu devrais rester avec elle.

Il ne prit pas le temps de dire au commandant Del Oro comment agir, cet homme connaissait son métier. Du coin de l'œil, il vit Kalyani embrasser Eleanor. Quand ils se furent décollés l'un de l'autre, il vit nettement le regard contrarié de la jeune femme. Il n'en avait que faire. Elle devait rester en sécurité.

Kylian compta les lieux qui le séparaient encore du château, par chance la lune éclairait bien la route, ça restait néanmoins dangereux de faire galoper ainsi les chevaux. Il n'avait pas le choix, s'il y avait des armes de siège, lui seul pourrait agir pour les détruire.

Kalyani à son habitude en avait fait qu'à sa tête et le suivait sans ménager sa propre monture. Les premiers bruits de la bataille se faisaient entendre en écho sur la route. Il retrouvait cette excitation du combat à venir, où la peur se mêlait au courage pour former cette adrénaline qui permettait des miracles.

Un miracle, c'est ce dont il avait besoin. Les Sonois étaient supérieurs en nombre. Cependant, il était ici chez lui, il connaissait chaque parcelle de culture, les forêts avoisinantes, les sentiers, et le terrain !

Ils arrivèrent à l'enceinte sud quand le soleil commençait à poindre dans l'horizon. Par bonheur, il n'avait pas vu de projectiles enflammés. Ainsi, il était possible que les machines de guerre n'aient pas été déployées. Il allait en faire la réflexion à Kalyani quand un bruit l'alerta. Ces grognements suivis d'un cliquetis étrange, au loin il aperçut la boule de feu se diriger vers le château. Une autre suivie bientôt, puis les lances suivirent pour décimer les troupes.

— Non... Je dois tenter quelque chose...

Ils devaient être à une grosse demi-heure du château. Les soldats chargeaient sur l'ennemi. Le nombre était si restreint que ça en était presque risible. Jamais ils ne pourraient tenir, jamais ils ne pourraient s'en sortir. Jamais ils n'avaient eu à affronter ce genre de machine.

Kylian stoppa la course folle de son cheval et mit pied à terre. Aussitôt, il enfonça sa main dans le sol, il devait se concentrer, il devait réussir. Il ferma les yeux, il discernait parfaitement les machines : douze. Trois d'entre elles furent facilement mises hors d'état de marche. Des cavités existaient, en dessous, il n'eut pas à faire un gros séisme pour qu'elles s'effondrent sur elles-mêmes.

La sueur coulait à grosse goutte sur son front. La chute de ces engins de la mort galvanisa leurs soldats qui se précipitaient sur les suivantes. Les épées s'entrechoquaient, les corps tombaient, et les trébuchets restaient debout. Une troupe plus rusée ou ayant bénéficié de plus de chance réussit à mettre le feu à une quatrième.

— Il en reste... huit.

Kalyani l'observa, de toute évidence il aurait aimé pouvoir l'aider. Il se retourna en entendant les sabots d'un cheval.

— C'est pas possible. Qu'est-ce qui ne va pas chez vous, les Sedna ? Que croit-elle pouvoir faire !

Eleanor, suivie de Luca et Iris, filait au grand galop vers le château.

— Ela !

— Je sais ce que je fais !

Elle ne prit pas le temps de s'arrêter et continua droit devant Kylian

Comtesse !

Ce sont mes hommes qui sont en train de mourir !

Et que compter vous faire ? Que croyez-vous qu'il vous arrivera si nous perdons ! Vous tenez tant que ça à vous faire violer de nouveau !

Le cheval d'Eleanor se cabra, elle tint les rênes et lui fit faire demi-tour pour se trouver face à Kylian. Elle ne rebroussa pas chemin.

Luca fait entendre raison à ta sœur !

Sir Kylian, je refuse d'avoir peur, si nous venons à perdre. Je sais très bien comment mettre fin à ma vie sans subir de nouvelles atrocités.

Elle repartit sans rien ajouter d'autre. Son esprit devint inaccessible. Kylian fatigué des efforts fournis pour faire trembler la terre sous les catapultes remonta en selle et leur emboîta le pas.

Quand ils arrivèrent près des grandes portes sud, les soldats étaient parvenus à détruire une cinquième machine. La porte était toujours bien gardée, les soldats les firent entrer discrètement par l'entrée des domestiques.

Votre altesse, nous sommes dans l'enceinte du palais. A la porte Sud.

Kylian redressa la tête, surpris de sentir le vent venir lui fouetter le visage. Eleanor avait disparu de sa vue au milieu des gens qui courrait dans tous les sens.

Senga... pourvu que tu sois en sécurité...

Il jeta un rapide coup d'œil du côté des lavoirs, rien ne semblait avoir été abîmé dans ce coin-là. Il décida de suivre le prince qui courrait à présent du côté du château.

Où sont Eleanor et Luca ?

Partis en direction de la tour nord.

La tour la plus exposée, quoi de plus naturel !

Le vent s'amplifiait, bientôt le tonnerre commençait à se faire entendre.

Youké ?

Rempart Sud-Est, j'ai pas le temps.

Il lui faudrait lui enseigner comment communiquer un jour, du moins, s'il en avait l'occasion. L'orage se rapprochait, il savait que c'était du fait de la comtesse. Cependant, ça ne le rassurait pas pour autant. Etait-elle folle de rage ou bien contrôlait-elle tout ? Il aurait aimé lui poser cette simple question. Toutefois, l'esprit de la jeune femme restait impénétrable, il sentait ses messages comme renvoyés.

Il sursauta en entendant la foudre s'écraser à quelques lieux du château, des cris de soldats s'en suivirent. Un nouveau craquement résonna, il aperçut le projectile passer pardessus les remparts et s'écraser près d'une fontaine. Trois autres suivirent.

— La porte nord a cédé !

Il ignorait d'où venait le cri, peu importait. La porte nord donnait directement sur la tour du même nom. Il chercha Kalyani des yeux, mais il l'avait perdu depuis longtemps.

Un nouvel éclair zébra le ciel pour s'abattre tout près des remparts. Le vent cessa soudainement, Kylian observa les archers qui en profitèrent pour lancer deux salves de flèches sur les Sonnois. Le vent reprit immédiatement, à croire qu'il avait cessé juste pour leur permettre de tirer. Les flèches ennemies ne touchaient aucune cible, balayées par le vent capricieux.

Kylian arriva enfin devant la porte nord. Une vive lumière rougeoyante attira son regard, un trébuchet venait de prendre feu, comme par magie.

Luca...

Il se concentra sur ce qu'il avait devant lui, des soldats ennemis, des soldats amis. Il ferma les yeux un court instant, la présence de Gwéndal lui manquait. Il soupira et s'avança, arme au poing. Le vent cessa.

Eleanor !

Tout va bien. Je dois me reposer.

Il se réjouit de pouvoir communiquer de nouveau avec elle. Il aurait souhaité la savoir loin de ces lieux. Il n'avait plus le choix.

— Ensemble ?

Il se tourna vers Kalyani, surpris.

— Dis, majesté, t'es pas censé te mettre à l'abri ?

— J'y ai songé. Mais je crains qu'on pense ma future reine plus virile que moi...

Kylian éclata de rire. Il se demanda un instant comment il pouvait encore rire dans une telle situation. Rien de plus simple, il savait qu'il se battait pour des personnes en qui il avait une parfaite confiance, des personnes qui ne pouvaient qu'être protégées des dieux et de la Grande Créatrice.

Les coups d'épée pleuvaient de toutes parts, les corps tombaient tout autant. La fatigue se faisait ressentir dans les deux camps. Kalyani et Kylian se battaient dos à dos, tentant vainement de ne pas laisser passer les Sonois. Plus le temps s'écoulait, plus les guerriers adverses parvenaient à se glisser dans l'enceinte du château.

Le soleil commençait doucement à entamer sa descente, la fatigue se faisait de plus en plus sentir. Les armes qui jusqu'à présent étaient fièrement dressées étaient désormais traînées et soulevées avec difficultés. Les combattants étaient tous à bout de force. Tous ne tenaient que par volonté de vaincre.

— Combien de temps penses-tu que nous pourrons tenir ?

— Pas longtemps si tu continues de parler !

Derrière vous !

Kylian se retourna et plongea son épée dans le soldat.

Merci com... Iris !

J'aimerais essayer quelque chose, me le permettez-vous ?

Kylian para une nouvelle attaque, il ne put éviter cependant le coup de garde dans l'estomac. Le souffle coupé il se redressa et vit Kalyani tuer l'homme avant de s'en prendre à un autre.

Iris, je suis... fais ce que tu veux oui.

Merci !

Il chassa la jeune femme de ses pensées, certes elle venait sans doute de lui sauver la vie, mais pourquoi lui demander de faire des expériences alors qu'il était en plein combat ?

Des tirs de catapulte se faisaient toujours entendre, pourtant il ne voyait pas les projectiles arriver. Il esquiva un nouveau coup et posa rapidement la main au sol. Quatre machines de guerre restaient en service. S'il usait encore de son pouvoir, il ne pourrait plus rien faire d'autre. Eleanor avait fait plus que n'importe qui d'autre avec Luca. Il ne pouvait pas lui demander de recommencer.

Youkè, ça va ?

Je suis toujours vivant, si c'est la question. Mais j'ai faim !

Il faut se débarrasser des trébuchets !

Tu crois que je fais quoi en ce moment ?

Un coup de corne résonna trois fois de suite. Ce n'était pas du fait des guerriers de Sedna. Les Sonois semblaient étonnés.

Qui est l'abruti qui sonne la retraite !

Kylian avait perçu la pensée d'Elpida. Il en profita pour passer sa lame au travers des deux soldats qui lui faisaient face. Kalyani ne resta pas les bras ballants et en fit de même.

Reprenez le combat ! Nous y sommes presque !

Ce court intermède avait permis à bon nombre de soldats du Val et du duché de se reprendre et d'éliminer ceux qui étaient près de les occire une minute plus tôt.

Cependant, la fatigue revenait également plus forte, plus frustrante, tous savaient que la bataille était gagnée par leurs ennemis. C'était au Duc d'annoncer la fin des hostilités, en espérant que les survivants ne deviendraient que prisonniers.

Chapitre 24

Rapidement, Kylian fit un pas de côté et attaqua de nouveau son adversaire. Un bruit tira son attention, cette fois-ci en plus de l'entendre, Kylian le vit. Il alla droit s'écraser sur les lavoirs.

— Non !

Son adversaire en profita pour lui donner un coup d'épée, il recula juste à temps, mais n'évita pas le tranchant de la lame sur son bras. Une blessure de plus ou de moins, peu lui importait. Il se recula, hors de portée des armes ennemies, il jeta un coup d'œil circulaire et fut horrifié de voir le nombre de soldats tombés. En y regardant de plus près, il était évident que le château était maintenant aux mains des Sonnois.

— C'est impossible... Nous avons perdu...

— Heureux de vous l'entendre dire !

Il se retourna et tomba nez à nez avec le commandant Elpida.

— Voudrez-vous m'indiquer le chemin pour trouver sa grâce, qu'il ordonne l'arrêt des combats ? Je pense qu'il y a eu suffisamment de morts.

Kylian lâcha son épée, il était inutile de continuer de la soutenir, même à deux mains il n'en avait plus la force. Toutefois, il en avait encore suffisamment pour tenter de frapper cet homme qui l'insupportait au plus haut point.

— Pour quoi faire ? Pas de prisonnier, c'est bien de vous !

Le petit sourire sur le visage de l'homme lui indiqua qu'il ne se trompait pas.

— Votre prince est en mauvaise posture également. Peut-être que lui pourrait ordonner la fin des combats... Et puis, au lieu de faire tuer tous ces pauvres bougres. Je me contenterai de sa tête. Après tout, vous avez pris notre prince, il est normal que je prenne le vôtre !

Kylian ne tint plus et lui lança un coup de poing. Elpida n'eut aucun mal à l'esquiver. Il le nargua en lui lançant un petit sourire moqueur.

Kylian... Pour la sécurité des habitants, je me vois obligé de sonner la défaite.

Votre altesse ! ... Je comprends. Je vous amène le commandant Elpida ?

Faites.

— Suivez-moi.

— Vous capitulez ?

Kylian ne répondit pas, un premier coup de corne vint interrompre une nouvelle fois les combats. Un second arriva plus long, tout comme une longue complainte signifiant la fin de tout espoir.

Les armes tombèrent les unes après les autres, Kylian vit Kalyani saigner abondement, quand s'était-il fait blesser ? Lui-même, il commençait à sentir de nombreuses contusions sur son corps. Il n'avait pas prêté attention aux coups reçus, maintenant que l'adrénaline retombait, elles lui paressaient nombreuses, trop nombreuses. Son corps tremblait, de désespoir, de rage, de frustration.

Son sang tambourinait au niveau de ses tempes, son esprit restait bloqué sur ce qu'il devait faire. Tuer de manière traître Elpida ? D'autres commandants arriveraient. Créer un puissant séisme ? Personne n'en sortirait gagnant, pire, il serait responsable de la mort de ses frères d'armes.

Iris es-tu parvenue à réaliser ce que tu souhaitais ?

Oui.

Si je viens à mourir... pars chez les Kharmakels, tu y seras en sécurité.

Le cœur de Kylian prit un rythme effréné, il avait l'impression qu'il lui jouait une marche funèbre, une marche vers sa fin. Quand il réalisa qu'une solution s'offrait à lui, ce martèlement, cette marche funèbre n'était pas son cœur qui s'emballait, ce n'était pas ses tremblements dus à ses nombreuses douleurs.

Votre altesse. Les troupes de Lekker arrivent !

En es-tu certain ?

Oui, ils sont à moins d'une heure.

Est-ce bien eux ?

Iris... Qu'as-tu fait ? Sais-tu quelque chose sur les troupes qui arrivent ?

Oui, ce sont celles de Lekker. Mais je n'y suis pour rien.

Kylian confirma la venue des soldats au duc. Iris n'avait rien voulu dire de ce qu'elle avait fait, ce qui commençait à l'intriguer de plus en plus.

— Eh bien, sir Kylian. Ne deviez-vous pas m'emmener quelque part ?

Le chevalier fronça les sourcils, il ne releva pas la façon dont l'homme l'avait nommé, sûrement tentait-il de le déstabiliser.

Kalyani ? Comment te sens-tu ?

L'absence de réponse surprit Kylian, il se tourna vers le prince à présent allongé de tout son long. Beaucoup de soldats s'étaient assis et attendaient qu'on les attache. Le spectacle était désolant.

— Il va de soi que vous pourrez faire soigner vos hommes.

— Pour mieux les égorger ensuite ?

Elpida se contenta de hausser les épaules. Il ne semblait pas avoir souffert de la bataille. S'était-il mis à l'abri le temps que les soldats fassent tout le boulot ? Kylian sourit à part lui, c'était ce que devaient faire en théorie les commandants après tout.

Que fait-on, altesse ? Kalyani semble être sévèrement blessé.

C'est extrêmement fâcheux. Il faut le faire soigner le plus vite possible.

Le regard de Kylian passa du corps de Kalyani au lavoir. Il aurait aimé s'y rendre, vérifier que personne n'y était. Senga, Jo, Muguette, Gisèle... Il ne pouvait pas s'en préoccuper pour le moment.

Eleanor, comtesse, vous êtes notre seul espoir, vous seule pouvez redonner espoir aux soldats pour continuer de se battre en attendant les renforts.

J'ignore quoi faire, sir Kylian.

C'est simple, parlez aux hommes, dites-leur que vous êtes là, que vous vous battez avec nous. Promettez-leur de les soigner vous-même. Croyez-moi, ils feront tout pour vous !

— Sir Kylian ? Y allons-nous ?

— Vous avez perdu... Vous auriez dû me tuer quand vous en aviez encore le temps !

— Pardon ?

— Commandant Elpida ! Ils refusent de se soumettre !

Kylian observa son comparse, un petit sourire en coin. Le vent se leva, doux calme, apaisant, réconfortant. L'odeur des fleurs printanières recouvrit celles de sueur et de sang. C'était revigorant et encourageant ! Le chevalier ramassa rapidement son épée et mit en garde Elpida.

— Vous pensiez vraiment que nous nous rendrions aussi facilement ?

— Votre prince est en train de perdre beaucoup de sang, reprendre les armes maintenant, le condamne à mort.

— Je ne dois pas suivre mon cœur, mais mon devoir. Mon devoir consiste à protéger les gens qui vivent ici, je ne dois pas protéger qu'un seul homme. Aussi précieux que puisse m'être le prince, il n'est pas le seul héritier !

— Vous êtes vraiment particulier.

— Battez-vous ! Ou abandonnez !

— Si vous y tenez, grogna Elpida.

La volonté de Kylian n'avait aucune limite, il brandit son arme et attaqua le Sonois. Autour d'eux, les combats reprenaient, la fatigue semblait s'être envolée, comme si la brise l'avait évaporée.

L'après-midi touchait à sa fin, les combats s'éternisaient. Kylian ne se souvenait pas de batailles si longues. Il ignorait comment il parvenait à tenir encore debout. Bien que Elpida semblait en meilleure forme, la fatigue le rendait moins précis dans ses gestes et ses coups rataient souvent leur destination. Il se laissait toucher bien plus souvent que ce que Kylian aurait cru possible.

Un brouhaha commença à se faire entendre. Les cavaliers de Lekker devaient être en vue. Il crocheta les jambes d'Elpida et le tint à sa merci. Totalement essoufflé, il annonça :

— Je vous l'avais dit... vous avez perdu !

— Sincèrement, sir Kylian... j'en suis heureuse !

Le sourire que lui lança Elpida le laissa pantois. Il mit plusieurs minutes avant de réaliser, puis d'accepter ce qui venait de se passer.

— Iris !

Une idée qui n'avait rien à voir avec la bataille en cours traversa son esprit. Ce n'était clairement pas le moment.

— Non !

Le cri d'Elpida le ramena à la réalité, avant qu'il ne comprenne ce qui venait de se passer, il se retrouva face au sol. Il n'avait pas maîtrisé sa chute. Il ne s'en était pas même rendu compte.

Seule la voix du commandant Sonois lui indiquait ce qu'il se passait. Il annonçait que d'autres renforts arrivaient, qu'il était inutile de continuer de se battre. Leur seule chance de salut restait de se rendre. A qui s'adressait-il ? Avait-il rêvé qu'Iris avait pris possession de Sofiane ? L'avait-il imaginé pour remplir quelques desseins non avouables ? Le noir se fit autour de lui, les bruits étaient de plus en plus assourdis. Il se demanda l'espace d'un instant, s'il était mort.

Un souvenir lointain lui revint, un qui n'avait pas une grande importance, mais qui lui avait ouvert les yeux sur ce que supportait les femmes.

Il était occupé à finir de mettre en terre le cadavre de cet être immonde. Ce type avait peut-être été comte, toutefois il n'avait pas valu mieux qu'un soldat de seconde zone. Le plus compliqué n'avait pas été de le faire disparaître, mais de faire en sorte que ses parents ne remuassent pas ciel et terre pour le retrouver, sans oublier qu'il avait été aussi un prince du sang. Il avait soupiré, ça ne l'avait pas concerné, Kalyani s'en était débrouillé.

Il n'était pas retourné au bal, mais au lavoir, si quelque chose s'était ébruité, c'eût été là-bas qu'il l'eût appris.

— Kylian, viendrais-tu inviter l'une d'entre nous à danser ? s'était amusé madame Jo.

Le chevalier avait souri en secouant la tête. Il s'était remonté les manches et avait demandé :

— N'y a-t-il pas de travail ce soir ?

— Non, le duc a pensé que nous avions nous aussi le droit de nous amuser.

— Pourquoi êtes-vous là alors ?

— Si l'un des prestigieux invités de sa grâce désire une douche, il faut bien quelqu'un pour remplir les bacs.

— Si vous n'y voyez pas d'inconvénient, je vais vous tenir compagnie. Je ne suis pas d'humeur à valser.

— Oh ! N'aurais-tu pas trouvé de jolies jeunes filles à ton goût ?

— On peut dire ça. Sans compter cette manie qu'elles ont toutes tendance à se trouver mal pour un rien.

Madame Jo avait éclaté de rire devant l'air contrit de Kylian. Elle avait levé son index faisant trembler son bras bien en chair.

— Ttt, mon cher sir Kylian. Je devrais demander au duc Sedna de vous inculquer quelques cours sur la condition féminine.

Il l'avait observée, incrédule. Où avait-elle voulu en venir ?

— Je pense connaître suffisamment les femmes !

— Alors pourquoi t'étonnes-tu qu'elles viennent à s'évanouir si tu les connais si bien ?

— Certainement sont-elles en période délicate, grogna-t-il.

Le rire de madame Jo s'était diffusé dans la pièce, il s'était répercuté sur les murs désarçonnant encore plus le jeune homme. La lavandière avait mis un temps infini avant de se calmer.

— Au lieu de vous moquer de moi, éclairez ma lanterne !

— As-tu déjà porté une robe ?

Le regard torve, que Kylian lui avait jeté, avait clairement indiqué l'absurdité d'une telle chose. Même s'il avait eu envie de lui rétorquer qu'il n'était pas le prince Kalyani voulant se faire passer pour une fille, qui avait souhaité se faire passer pour un garçon. Il avait gardé ses réflexions pour lui et avait patienté que la lavandière poursuive.

Toujours un sourire aux lèvres, madame Jo s'était esquivée quelques minutes. Elle était revenue avec deux robes usées qui avaient dû servir de modèles pour les débutantes en couture.

— Tu devrais pouvoir les enfiler, s'était-elle esclaffée.

— Pour quoi faire ?

— Pour comprendre. Mais peut-être, crains-tu que ça ne brise ta virilité !

Kylian se souvint qu'il avait été aussi agacé qu'amusé par ce challenge. Il avait daigné accepter et avait pris la première, sans aucune pudeur, s'était déshabillé et l'avait promptement enfilé. Madame Jo l'avait aidé à l'attacher, puis lui avait alors demandé :

— Comment te sens-tu là-dedans ?

— Serré comme dans un bocal, avait-il grogné. Mais je ne vois toujours pas le rapport, jamais Senga ou Gisèle ne se sont trouvées mal, pourtant elles exécutaient des tâches bien difficiles dans ce genre de tenue.

— En effet, mais il s'agit ici d'une robe de servante. Enfile celle-ci, tu verras la différence.

En poussant un profond soupir, il s'était exécuté. L'habillage fut plus long, madame Jo s'était placée derrière lui et avait tiré sur les lacets.

Kylian avait eu l'impression qu'il venait d'expulser tout l'air de ses poumons. Il avait eu beau essayer de prendre une grande inspiration, il en avait été incapable.

— Je crois que vous l'avez trop serrée, madame Jo, c'est à peine si je peux respirer !

— Non, monsieur rabat-joie. Je l'ai moins serrée que sur mademoiselle Cécilia.

— C'est impossible, comment peuvent-elles toutes porter de tels instruments de torture !

— Alors, vous comprenez pourquoi ces nobles dames sont plus sujettes aux malaises ? Et ne vous plaignez pas, vous n'avez pas de poitrine à comprimer en prime !

Cette compression, il s'en souvenait parfaitement, il la revivait en même temps que son souvenir. Cette impression d'écrasement, ce sentiment que jamais l'air ne pourrait encore remplir entièrement ses poumons. C'était comme se faire étouffer de l'intérieur.

Ainsi donc, mon dernier souvenir sera celui-ci...

Un sourire éclaira son visage assombri par la douleur. Avant que madame Jo ne lui ait permis de retirer la robe, elle lui avait demandé de remplir un baquet d'eau chaude. Ce n'était rien de compliqué, il l'avait fait de nombreuses fois, pourtant ce soir-là, il avait trouvé la tâche bien plus pénible et difficile que d'ordinaire.

Il était en train de récupérer son souffle quand Senga et Amélie, la fille de Martha, étaient arrivées. Les deux femmes étaient restées un bon moment à observer Kylian dans son étrange accoutrement.

— Kylian, comment doit-on s'adresser à toi désormais ? Mademoiselle ? Gente Dame ? Souhaitez-vous que nous allions chercher votre chevalier servant ?

La jeune femme et son amie s'étaient esclaffées, pendant que Kylian avait grogné quelques mots inintelligibles.

— Cette robe n'est pas ajustée, sir Kylian... avait murmuré Amélie. Elle se porte plus cintrée...

— De toute évidence, ça ne me va pas, retirez-moi cette horreur !

Les lacets furent desserrés et il avait pu reprendre une respiration normale.

Une quinte de toux tira Kylian de son souvenir, un goût métallique emplit sa bouche. Sa respiration était douloureuse et difficile. Il sombra dans un endroit où nulle image ne vint le tourmenter, où le silence était le maître.

Chapitre 25

E lle était étrange cette tendre chaleur qui enveloppait Kylian. Une tendresse qu'il n'avait plus ressentie depuis des années. Depuis que sa mère avait disparu. Etait-ce encore un souvenir ? Non, quelque chose différait, la voix qui lui parlait n'était pas celle de sa mère. Cette dernière était plus suave, plus chaude, plus sensuelle.

Kylian ne comprenait pas ce qui se passait autour de lui, une multitude de voix se faisaient entendre. Il ne parvenait pas à en discerner une plus que les autres, rien n'avait de sens. La seule chose qu'il arrivait à deviner était qu'il n'était pas mort, ce qui en soi ne lui servait pour le moment à rien. Son esprit partait dans tous les sens sans pour autant parvenir à analyser ce qui lui arrivait.

Il tenta de prendre une plus grande respiration comme pour remettre ses idées en place, c'était peine perdue. Une quinte de toux menaça de l'étouffer pour de bon. L'agitation autour de lui se fit plus dense, on le déplaçait, non... On lui soulevait la tête. Un liquide chaud coula dans sa gorge. Il ne reconnut pas ce que c'était. La toux se calma, il replongea dans l'inconscience. Néanmoins, cette fois ce n'était pas une nuit sans étoile où le silence régnait, mais un matin de printemps où la brise venait raviver tous les sens de Kylian. Une douce odeur de fleurs venait l'enivrer doucement.

Il sentit quelqu'un déplacer les mèches de son front, son torse était compressé, un poids restait l'empêchant de respirer correctement.

Etait-ce le jour ou la nuit, lentement Kylian ouvrit les yeux. Il mit un temps infini avant de comprendre où il était. Ce n'était ni l'infirmerie, ni les dortoirs, ni même le réfectoire où les blessés étaient généralement mis. Il tenta de se redresser pour comprendre quel était ce lieu.

— Vous devez impérativement rester coucher, sir Kylian.

Il tourna la tête vers cette voix doucereuse.

— Maîtresse Iris.

Jamais il ne l'avait vue avec des yeux si brillants, des larmes pointaient au coin de ses yeux. Instinctivement, il leva la main pour lui en essuyer une qui s'était échappée et roulait lentement sur la joue de la jeune femme. Il remarqua alors que son bras était bandé jusqu'à la main.

— Je suis si heureuse de vous voir enfin réveillé ! Eleanor n'en doutait pas... mais...

— Doucement... Où suis-je ?

Iris jeta un regard autour d'elle comme pour vérifier que ce qu'elle s'apprêtait à dire était exact. Elle revint sur le visage tendu de Kylian.

— Il y a eu de nombreux blessés, sir Kylian, vous êtes dans le grand salon du duc.

— Quoi !

— Doucement, les autres dorment encore. Le soleil n'est pas encore levé.

— Combien de temps suis-je resté ainsi ? Qu'en est-il de la bataille ? Kalyani ! Comment va le prince ? Et Eleanor ? Combien de soldats avons-n...

— Stop ! Pour commencer, je vais vous donner un bouillon et vous allez retourner au pays des songes. Pour le moment, il vous faut du repos.

— Dites-moi au moins si...

— Tout va bien, vous n'avez rien besoin de savoir d'autre. Maintenant, vous allez sagement attendre que je revienne avec du bouillon.

Il ne se souvint pas du retour d'Iris ni même d'avoir bu le bouillon. Quand il rouvrit les yeux, Eleanor était près de lui, occupée à changer son bandage.

Elle ne remarqua pas le réveil du chevalier, il en profita pour la détailler. De profonds cernes la marquaient, ses cheveux n'étaient pas parfaitement peignés, quant à sa tenue, elle était loin des splendeurs qu'elle portait au palais royal. Un sourire triste flottait sur ses lèvres.

— Bonjour comtesse.

La jeune femme fut saisie, elle ne put empêcher sa lèvre de trembler légèrement ce qui n'échappa pas à Kylian. Elle se reprit rapidement et lança un vrai sourire au chevalier. Avant de déclarer :

— Je suis heureuse de vous voir revenir parmi nous, sir Kylian. Comment vous sentez-vous ?

— Je crois que c'est à moi de vous le demander, comtesse. Vous me semblez dans un grand état de fatigue.

— C'est entièrement de votre faute, à vouloir tous vous battre jusqu'aux portes de la mort ! Quelle idée, vraiment !

Il voulut rire, mais une toux l'interrompit.

— Doucement, vous n'êtes pas encore entièrement remis.

— Comtesse, je dois savoir, Iris n'a rien voulu me dire, cette nuit.

— Ce n'était pas cette nuit, c'était il y a trois jours. J'avoue que c'est de ma faute. Dès que vous vous réveilliez, nous vous redonnions des potions pour vous faire dormir.

— Pourquoi ?

— Pour que vous bougiez le moins possible. Ainsi, vous pouviez guérir plus vite.

— Comtesse, qu'en est-il de Kalyani ?

Eleanor ferma les yeux un instant, il crut que jamais elle n'arriverait à lui répondre, mais elle les rouvrit et soupira :

— Il s'est enfin réveillé, il y a quelques heures. Je lui ai donné du bouillon, afin de le faire dormir de nouveau. Vous, comme lui, m'avez réellement fait douter. J'ai cru plus d'une fois vous perdre. Je ne vous l'aurais pas pardonné, à aucun de vous.

— Comtesse, vous êtes terrifiante, sourit-il.

— Ne l'oubliez pas, la prochaine fois que vous mènerez un combat. Je vais chercher maîtresse Iris, elle sera certainement heureuse de vous revoir en meilleure forme.

Eleanor ne lui laissa pas le temps de dire quoi que ce soit d'autre, elle le quittait déjà.

Comtesse, vous avez habilement évincé mes questions !

J'ai fait ça moi ? J'en suis sincèrement désolée ! Reposez-vous chevalier. Iris vous racontera ce que vous voulez savoir, j'ai d'autres patients qui ont besoin de moi.

Je vous remercie, princesse, pour tout ce que vous avez fait. Nous étions perdus sans votre intervention.

Kylian ne vit pas le sourire satisfait de la jeune femme, mais il le sentit à travers sa réponse :

Je n'étais pas seule. Les meilleurs m'ont protégée et soutenue.

Kylian poussa un petit ricanement, il observa ce qui l'entourait, une dizaine de lits. Visiblement, tous dormaient, ou bien, étaient inconscients. Il n'avait jamais vraiment fait la différence entre les deux. Une sœur de la foi faisait le tour des blessés, vérifiant les bandages, les respirations, et l'état général de chaque soldat.

Il était curieux de savoir qui d'autre se trouvait là, il voulut se redresser, aussitôt une sœur de la foi plongea sur lui comme un faucon :

— N'avez-vous donc pas écouté la princesse ? Vous devez bouger le moins possible, sauf si vous tenez à ce qu'on vous fasse dormir de force !

Elle est terrifiante ! Elle ferait un bon commandant ! Peut-être devrais-je lui demander !

Sa réflexion le fit sourire ce qui n'échappa pas à la religieuse qui fronça d'autant plus les sourcils.

— Ça vous amuse ! Vous rirez moins, si votre blessure se rouvre ! Juste là ...

Elle appuya juste sous l'une de ses côtes flottantes, la douleur fut telle qu'il crut qu'il allait se trouver mal. Le visage satisfait de la sœur eut raison sur son envie de jouer au plus fort.

— Ne soyez pas trop dure avec lui... Sir Kylian nous a permis de gagner cette bataille !

La sœur de la foi retourna vers les autres blessés sans rien ajouter, la réprobation transpirait dans son attitude. Ce qui finit de rendre le sourire à Kylian.

— Bien le bonjour, sir Kylian. Il est très agréable de vous voir ainsi, vous semblez aller bien mieux !

— Bonjour maîtresse Iris. J'ignore si je vais bien mieux, je n'ai ni le droit de bouger ni celui de poser des questions !

— Vous exagérez ! J'ai croisé la princesse Eleanor. Elle semble très optimiste pour votre rétablissement. Elle m'a dit également qu'elle m'autorisait à vous noyer d'informations si vous le souhaitiez.

— Me noyer d'informations ?

Le rire d'Iris était aussi léger qu'un battement d'ailes de papillon, elle cacha sa bouche de la main, comme si elle s'inquiétait d'avoir le droit de se moquer de Kylian. Elle se reprit rapidement et expliqua :

— Elle pense que vous tomberez de fatigue avant que je ne termine.

Il se contenta de hausser un sourcil, peu convaincu de s'endormir comme un enfant devant une histoire.

— Eh bien, voyons voir si vous arrivez à m'endormir, maîtresse Iris.

La jeune femme sourit et proposa :

— Avant de commencer, voulez-vous vous redresser et essayer de manger ?

— Ne risque-t-on pas de se mettre à dos le chien de garde ?

Iris se contenta de sourire, elle se plaça sur le côté de Kylian, elle lui prit le bras par-dessous l'aisselle et le prévint :

— Vous me laissez vous redresser, n'utilisez pas vos muscles, si vous le faites, je le saurai...

Il se laissa faire, il fut étonné de percevoir la force de la jeune femme tout autant que sa douceur. Il la remercia d'un sourire, il put enfin apercevoir ceux qui l'entouraient. Kalyani était dans un lit voisin, aussi pâle qu'un mort, seul le drap qui suivait le mouvement de sa respiration indiquait qu'il était bel et bien vivant. Il ignorait comment et où il avait été blessé si gravement, ce fut la première chose qu'il demanda à Iris.

— Le prince a reçu une dague dans le flanc gauche, il a perdu énormément de sang. Fort heureusement, la dague était toujours présente quand on l'a découvert, c'est sans doute ce qui lui a sauvé la vie.

— Il va donc s'en sortir ?

— La princesse n'a pas cessé de veiller sur lui, mais également sur vous. C'est pour ça que sa grâce a accepté de vous faire installer ici. Au début, elle avait exigé que vous soyez placé dans sa chambre, afin de pouvoir mieux vous surveiller.

Kylian hocha la tête, il était inutile d'ajouter quoi que ce soit. Il connaissait très bien la détermination d'Eleanor, c'était exactement le même entêtement que Kalyani, un trait commun chez les Sedna.

Iris s'installa près du chevalier et l'aida à manger tout en continuant de répondre à ses très nombreuses questions. Elle continua en lui indiquant le cas de Youké, également blessé. Kylian eut des difficultés à terminer le bol de soupe. Il sentit la fatigue le rattraper, il ne souhaitait pas se laisser vaincre aussi facilement. Il demanda :

— Si j'ai bien compris, nous avons gagné cette bataille que nous avions pourtant perdue. Comment ?

— Etes-vous certain de vouloir le savoir ? Ça risque d'être un peu long... Et je vois que vous êtes fatigué. Vous devriez vous reposer.

— J'accepte de m'allonger, mais je continue de vous écouter.

— Bien.

Une fois encore elle l'aida à se rallonger, il prit garde à ne pas utiliser ses muscles et se laissa totalement faire. Elle lui expliqua alors tout ce qu'elle savait.

— Les soldats du Val et du duc ont tous entendu le message de la princesse. C'était magnifique, elle a su redonner courage à tous. Même ceux qui étaient gravement blessés ont réussi à reprendre les armes. Ils ont réussi à tenir jusqu'à l'arrivée des soldats de Lekker. Une fois qu'ils sont arrivés...

Iris s'arrêta, Kylian s'était endormi. Elle sourit, attendrie, d'un mouvement hésitant, elle l'embrassa sur le front. Elle s'éloigna quand elle l'entendit :

— Je dors pas...

— Je n'en doute pas une seconde, sir Kylian.

Le temps qu'elle revienne, il s'était rendormi, ça ne l'étonnait pas. Ça prendrait du temps avant qu'il ne soit parfaitement remis sur pied.

Quelques heures plus tard, Kylian rouvrit les yeux, Iris n'était plus là. Il tenta de ne se servir que de ses bras pour se redresser, le résultat ne fut pas des meilleurs. Il parvint tout de même à se redresser suffisamment pour observer ses compagnons. Tous étaient bien amochés, le pire étant que tous n'étaient pas présents ici. Il se doutait que dehors des tentes de fortune devaient abriter la plupart de leurs hommes, ainsi que des prisonniers.

Sofiane Elpida. Et lui, que lui était-il arrivé au final ? Un bref regard en direction des fenêtres lui apprit que la nuit était tombée, ou bien, que le jour ne s'était pas encore levé... Il soupira, il espérait pouvoir rapidement regagner son autonomie.

Un bruit lui fit tourner la tête, une porte venait de s'ouvrir. Une sœur de la foi qu'il n'avait pas remarquée se précipita dessus et rouspéta :

— Comtesse, vous devriez aller vous coucher !

Kylian se recoucha précipitamment pour ne pas se faire houspiller par la jeune femme. Du coin de l'œil, il suivait ses mouvements fluides dans la pièce. Il la devina passer de lit en lit. Elle s'arrêta quelques minutes plus tard près de lui. Avec des gestes précautionneux, elle souleva le drap qui le couvrait et palpa son bandage au niveau des côtes. Kylian ne put réprimer un petit grognement de douleur, elle cessa immédiatement.

— Dormez-vous, sir Kylian ?

— Non.

— Je ne voulais pas vous réveiller, je suis désolée.

— Je vous ai entendu arriver. Alors, dites-moi, qu'ai-je ?

— Vous avez reçu une flèche dans la poitrine, elle s'est fichée dans l'une de vos côtes. Vous avez eu énormément de chance !

— De la chance ?

— Oui, il ne s'en est pas fallu de beaucoup pour vous perforer le poumon. Si tel avait été le cas, nous serions en train de prier pour vous au sanctuaire.

— Quand pourrai-je me lever ?

Eleanor soupira, l'empressement de Kylian ne la surprenait pas, elle regarda l'ensemble des soldats blessés dans la pièce, ses yeux s'arrêtèrent sur Kalyani. Elle finit par répondre :

— D'ici un jour ou deux. Mais, interdiction de faire des efforts pour le moment. Afin de vous soigner, nous avons dû vous sectionner une côte. Il était impossible de retirer la flèche sans ça. Vous devriez dormir. Le repos est le meilleur des soins.

— Vous aussi comtesse, vous devriez dormir.

Elle laissa flotter un fin sourire et hocha la tête.

— Je termine de vérifier que tout le monde va bien et j'irai me coucher, promit-elle.

Il l'observa continuer sa ronde, puis s'arrêter auprès de Kalyani. Elle ne disait rien, elle examina ses blessures et finit par s'allonger aux côtés du prince. Il entendit un soupir d'exaspération poussé par la sœur de la foi. Que craignait-elle ? Ce n'était pas comme si la comtesse risquait de perdre sa vertu au milieu de la salle.

Kylian ne s'aperçut pas qu'il s'était rendormi. Il se réveilla au moment où les sœurs de la foi ouvraient les fenêtres. L'air printanier s'était réchauffé. Les beaux jours arrivaient, et avec eux, de nouvelles questions auxquelles il n'avait pas de réponses. Combien de jours s'étaient passés depuis son premier réveil ? Depuis la bataille ? Il l'ignorait, il n'avait pas arrêté de se réveiller et de se rendormir. Entre deux périodes de sommeil, Iris lui avait raconté la fin de la bataille.

Les soldats de Lekker étaient arrivés et avaient encerclé les autres. Ceux du Val et du duché avaient déjà bien réduit le nombre de combattants. Ils n'avaient plus qu'à cueillir leurs ennemis déjà fatigués. Beaucoup n'ont pas voulu se laisser faire, bon nombre ont préféré la mort à être prisonnier. Kylian n'en avait pas été surpris. En ce qui concernait leur chef, trois sur cinq étaient morts les armes à la main.

Le commandant Elpida avait contribué à l'arrêt des combats. C'est Eleanor qui lui apprit qu'Iris avait pris possession de l'esprit de Sofiane. Ce dernier ne s'était aperçu de rien, une ébauche de plan s'était faite dans son esprit en apprenant ça.

Il mangeait enfin quelque chose de consistant quand une voix, qu'il espérait entendre depuis qu'il avait repris entièrement ses esprits, gronda :

— Mais qui croyais-tu impressionner, hein ?

— C'est un bonheur de t'entendre, Senga !

La femme qui se dressait devant lui pleurait, elle ne s'en cachait pas. Elle avait autant l'air furieuse que soulagée, cette attitude émue Kylian.

Senga...

— Tu vas devoir te faire pardonner ! A cause de toi et de tes camarades, madame Jo n'a jamais eu autant de linge à laver ! C'est à peine si on a le temps de dormir ou de prendre une pause !

— J'en suis navré, sincèrement !

— Avoue, tu as fait exprès de recevoir cette flèche ! Juste pour ne pas venir nous aider !

— Tu sais bien que je ne m'abaisse pas à faire du travail de femme, plaisanta-t-il.

Les larmes de Senga venaient de plus en plus nombreuses, elle n'attendit pas plus longtemps pour se jeter dans les bras de Kylian. A moitié assise sur le lit de fortune, elle se pressa contre le torse du chevalier.

— Tu nous as fait peur, depuis des jours je viens pour savoir comment tu vas. Je n'avais pas le droit d'entrer. C'est maîtresse Iris qui est parvenue à me faire passer les sœurs de la foi.

— Tu as fait la connaissance de maîtresse Iris ?

Il se sentait gêné, il n'avait pas honte d'Iris, mais plus de sa « fonction ». Les sanglots de son amie se calmèrent enfin, quand elle se redressa, elle s'essuya le visage du dos de la main. Kylian remarqua alors ses mains abîmées, des ongles arrachés. Il lui attrapa et questionna :

— Que t'est-il arrivé ?

— Oh, rien de grave. L'entrée de la laverie s'est éboulée. J'ai aidé madame Jo à déblayer les gravats.

— Personne n'a été blessé, alors ?

— Non. Seulement nos mains sur les pierres...

— Demande à la comtesse de te soigner, elle possède des baumes miraculeux. Ça t'évitera d'avoir mal quand tu t'occupes du linge. Dès que je le pourrai, je viendrai vous aider.

— Je n'en doute pas ! Je vais devoir y aller, la sœur de la foi, là-bas... me regarde de façon bizarre.

— Et au sujet de maîtresse Iris...

Senga afficha un petit sourire amusé et répondit avant qu'il n'eut terminé :

— Je sais. Maîtresse Iris m'a expliqué comment vous avez fait connaissance. Elle est gentille, elle te ferait une femme parfaite. Mais ton cœur ne lui appartiendra jamais, je le sais. J'espère que tu trouveras quelqu'un que tu pourras aimer autant que... autant que j'aime Jared.

Kylian la laissa partir sans rien ajouter. Il préféra ne pas se demander si elle en savait plus sur ses amours qu'elle n'en disait. Les lavandières se portaient bien, même si elles avaient dû avoir peur, elles étaient vivantes, c'était tout ce qui importait. Sa pensée fut interrompue par quelqu'un d'autre qui s'amusa de cette conversation.

— Heureux de voir que tu es toujours vivant.

Il se retourna vers le lit voisin et répondit :

— Tout comme toi. Que veux-tu ? On est de la mauvaise herbe ! On ne peut pas nous tuer si facilement.

— T'as une sale tête, reprit Kalyani.

— Tu t'es pas vu ! Tu ressembles à un cadavre !

Le prince haussa un sourcil, amusé. Il se redressa et fit une grimace de douleur. Une fois assis, il observa Kylian et demanda :

— J'ai entendu dire que tu t'étais pris une flèche.

— Et toi, une dague. Vas-y, montre.

Kalyani ne se fit pas prier et commença à retirer son bandage. Kylian l'imita aussitôt. Ils finirent par se mettre difficilement debout côte à côte et comparèrent leur cicatrice.

— Je peux savoir ce que vous faites tous les deux !

La voix autoritaire d'Eleanor les surprit. Ils se tournèrent dans un même mouvement pour découvrir la comtesse, les joues roses, les sourcils froncés et des yeux moqueurs.

— Vous voilà comme deux jouvenceaux en train de comparer qui a la plus grande ! Vraiment ! A votre âge ! Il n'y en a pas un pour rattraper l'autre ! Savez-vous ce que vous risquez à toucher vos blessures comme ça ? Vous pensez peut-être que je n'ai que ça à faire de vous sauver la vie !

Au fur et mesure de ses remontrances, Eleanor s'était approchée et les regardait d'un air réprobateur. Les deux jeunes hommes se donnèrent des coups d'œil avec une envie de rirc manifeste.

— Ma douce Eleanor... Vous me gourmandez alors que j'ai manqué de mourir... Ne devriez-vous pas être à mes petits soins ? J'ai entendu dire qu'un baiser pouvait tout guérir !

— Vu votre comportement, vous ne le méritez pas !

Kylian éclata de rire devant l'air ébahi de Kalyani. Ce dernier n'avait pas imaginé une seconde que la comtesse puisse réagir de la sorte.

— Et vous, sir Kylian !

Elle appuya sa parole en le poussant légèrement. Aussitôt, le chevalier grimaça.

— Vous voyez, vous êtes en ce moment aussi fragile que des enfants !

Elle se tourna pour reprendre des linges propres et pansa de nouveau les deux hommes. Elle exigea qu'ils se rallongent, elle leur lança enfin :

— Demain, vous pourrez peut-être aller vous dégourdir les jambes... Si et seulement si, vous ne bougez pas trop aujourd'hui !

Elle s'éloigna pour voir un autre soldat, avant de le rejoindre elle se tourna vers Kylian et lui annonça :

— J'ai croisé votre amie, Senga. J'ai pu lui soigner les mains. Elle m'a demandé de vous transmettre un message.

Kylian attendit surpris, il l'avait vue à peine une heure plus tôt. Eleanor sourit et répéta les mots de Senga :

— N'ayez pas peur de ce que l'avenir vous réserve.

— Pourquoi ?

— Je n'en sais pas plus que vous sir Kylian.

Elle le laissa et poursuivit avec les autres blessés. Les yeux de Kylian se posèrent sur Youké. Il n'avait toujours pas repris connaissance. Il n'arrivait pas à communiquer avec lui par la voix de la pensée.

Cinq jours que la bataille avait eu lieu, il avait énormément de mal à se situer dans le temps. Il était urgent qu'il reprenne son rôle de commandant. Il acceptait de rester cette dernière journée à ne rien faire, mais le lendemain, il devrait se remettre à réfléchir, à parler stratégie, à faire ce pour quoi il avait travaillé toute sa vie.

Il ferma les yeux en écoutant les élucubrations de Kalyani. Finalement, il n'avait pas tellement changé de quand il était adolescent dans le déguisement d'une fille.

Il était réellement différent quand il était au duché de quand il était dans son palais.

Je me demande bien comment Eleanor fait pour le supporter parfois...

Chapitre 26

Une nouvelle journée débutait, et avec elle, la convalescence des hommes. Lentement, Kylian se mit debout devant le regard scrutateur d'Eleanor et d'Iris. Toutes deux surveillaient scrupuleusement la cicatrice, au moindre signe qu'elle se rouvrait elles l'obligeraient à rester alité jusqu'à la fin de ses jours.

Elles sont pires que les sœurs de la foi sous leur air aimable !

Sois attentif, sinon elles vont te le faire payer, je les soupçonne d'être assez sadiques pour se venger sur moi ensuite !

Contre toute attente, Kylian se plia aux exigences des deux femmes. Une fois prêt, il patienta qu'elles fassent de même avec le prince. Iris prit enfin le bras de Kylian, Eleanor en fit tout autant avec Kalyani.

Ensemble, ils sortirent du palais et commencèrent à déambuler dans les jardins. Parler demandait un effort auquel Kylian ne s'était pas attendu, il se contenta tout comme son camarade d'observer les dégâts qu'avait subi le domaine. Des traces de sang jonchaient encore certaines allées, des fontaines avaient été détruites, les parterres de fleurs étaient piétinés.

— Par chance, ma serre est restée intacte.

Au loin, ils aperçurent les tentes où logeaient d'autres soldats blessés. En dehors de l'enceinte du palais, d'autres tentes étaient dressées pour les troupes de Lekker et ceux qui restaient du Val Doré. Kylian n'osait pas imaginer comment les abords du château étaient. Des corps devaient certainement s'entasser en attendant d'être brûlés, établir les identités de chacun avait dû être un véritable calvaire.

Au détour d'une allée, ils croisèrent Cécilia qui semblait avoir des difficultés à marcher de façon naturelle.

— Votre grâce, vous voilà...

Enorme !

— ... resplendissante, termina Kalyani.

La jeune femme le remercia, d'un petit sourire contrit.

— Ne faites pas de trop grandes promenades, Cécilia... Vous devez vous reposer...

— Regsin, m'avait conseillé de marcher un peu tous les jours en attendant que cet enfant daigne sortir.

L'ombre qui passa sur les traits d'Eleanor n'échappa pas à Kylian.

— En effet, il est important que vous continuiez. Cependant, votre enfant ne devrait plus tarder. Vous devez garder vos forces, surtout que la sorcière des marais reste introuvable.

— Regsin saura très bien faire son travail, réagit Kylian.

Il ne souhaitait qu'une chose rentrer à présent. Il ne se sentait pas la force de rester debout à échanger des mondanités, sans compter que ces dernières ne l'intéressaient absolument pas.

Le visage des trois jeunes femmes se métamorphosa soudainement. Qu'avait-il dit pour leur donner un air si triste ?

— Le guérisseur Regsin n'est plus des nôtres. Il était occupé à s'occuper d'un soldat quand un tir de flèche l'a surpris... Il n'a pas survécu. Quand nous l'avons trouvé, il était déjà mort, expliqua Iris.

Eleanor faisait de toute évidence des efforts pour ne pas laisser ses larmes couler. La mâchoire crispée, elle finit par articuler difficilement :

— Heureusement que maîtresse Iris était là, elle a pu sauver beaucoup de soldats. Nous avons fait mander d'autres guérisseurs, mais personne ne peut rivaliser avec Regsin. Il était le meilleur du royaume.

Kalyani prit Eleanor contre lui pour lui murmurer des mots doux que n'entendit pas le chevalier. Kalyani releva la tête, et proposa :

— Duchesse, voulez-vous que l'on vous accompagne pour retourner au palais ?

— C'est une excellente idée ! intervint Iris.

Kylian était certain qu'elle avait deviné leur envie de se reposer à présent. Le chemin de retour se fit encore plus doucement. Ce n'était pas tant Cécilia qui traînait des pieds, mais bel et bien les deux jeunes hommes, qui souffraient plus qu'ils n'acceptaient de l'admettre.

Tous les jours, les promenades se faisaient le matin, l'après-midi était consacré au repos, puis rapidement à des discussions avec le duc. La guerre n'attendait pas que les soldats aient été remis sur pieds pour se poursuivre. Cela faisait déjà treize jours que la bataille avait eu lieu.

Kylian apprit que d'autres troupes avaient tenté d'attaquer le grand-duché. Les troupes du Val Kalnas et du roi les avaient repoussés sans aucun problème. C'est à peine si les Sonnois avaient pu poser un pied sur les rivages. Rien ne bougeait dans le Sud. Le baron de Lington ne faisait plus parler de lui. Pourtant, Kylian craignait qu'il ne prépare un mauvais coup. Les troupes du fief de Medhya étaient dispersées sur toute la frontière du duché d'Aranya.

Avez-vous reçu des nouvelles de la reine ?

Rien. Une rumeur court sur elle... cependant, personne n'a pu me la confirmer. Le fait que la guerre perdure me laisse penser qu'il ne s'agit que de rumeurs... Je ne tiens pas à les divulguer tant que je n'aurais pas de confirmation.

Et en ce qui concerne le vicomte de Bahari ?

Il obéit aux ordres sans rechigner. Là encore, on ignore s'il s'agit d'un imbécile qui voulait se faire mousser, ou bien, s'il s'agit bel et bien d'un traître...

Comment cette guerre peut continuer ? Ils ont perdu tellement d'hommes.

Peu importe le nombre d'hommes. Ils peuvent toujours en recruter chez les paysans.

On doit se rassembler et rejoindre l'Ether, intervint Luca.

Luca a raison, Kylian. De toute façon, vous ne pouvez rien faire de plus ici, pour l'instant. Eleanor a été claire, vos blessures vous empêchent de combattre pour un bon bout de temps.

Majesté, je peux toujours...

Non. Les stratégies, on peut les élaborer à distance. Il est inutile de rester ici pour le moment. Je sais que si quelque chose arrivait vous feriez votre maximum pour nous rejoindre. Vous nous l'avez prouvé.

J'obéirais à vos désirs, altesse.

Dès que vous serez en état de voyager... et dès que ma fille aura mis au monde son enfant, vous partirez pour le Val doré, puis pour Kharmakel. Il est temps d'en terminer avec cette légende.

Nous devrons alors emmener le commandant Sofiane Elpida. Il s'agit du nouvel Elu de l'Ouest.

Bien. Nous aviserons quand vous partirez.

Le nombre de tentes pour les blessés diminuait, le grand salon du duc fut enfin débarrassé des invalides, au grand soulagement de certains domestiques qui désapprouvaient que de simples soldats puissent demeurer ainsi chez le duc !

Kylian fut heureux de pouvoir retrouver sa chambre. Cependant, une fois allongé sur son lit, les images d'un passé plus heureux vinrent le hanter. Gwéndal avait si souvent été avec lui dans ce même lit, la pièce lui rappelait son amour disparu, tué de sa main. Il n'était pas obligé d'y rester, il avait hérité de la maison de ses parents, rare privilège de feu le capitaine de la garde du duc Sedna.

Il rangea ses affaires, il ne pouvait pas rester une minute de plus dans cet endroit. Il sursauta en percevant la voix d'Iris lui affirmer :

— Cette chambre vous rappelle trop sir Gwéndal, n'est-ce pas ?

— Maîtresse Iris, vous êtes plus silencieuse qu'une araignée qui tisse sa toile.

— L'image est peu flatteuse... reprocha gentiment la jeune femme.

Kylian sourit, amusé, il répondit :

— Pourtant, c'était un compliment.

— Si vous le dites.

L'air pincé de la jeune femme le distrayait de sa mélancolie, il lui expliqua alors :

— Les araignées travaillent sans relâche pour s'abriter, manger, se défendre. Pourtant, c'est à peine si on les aperçoit ou les voit. Dans un sens, on peut dire qu'elles sont admirables.

— Ça n'en reste pas moins d'horribles créatures qui feraient mieux de rester loin de ma vue !

Le chevalier éclata de rire, la douleur était bien moins présente, toutefois, elle restait perceptible comme une épingle prise dans un tissu qui vient piquer au mauvais moment.

— Je vais vous aider, si vous le voulez bien, sir Kylian. Avez-vous déjà une idée d'où vous allez vivre ? Ou bien profiterez-vous d'une tente en attendant de trouver une autre chambre ?

— Je vais retourner dans la maison de mes parents. Je n'y ai plus remis les pieds depuis... J'ignore depuis quand ! Elle doit être dans un bien triste état.

Un long silence s'installa, pendant qu'ils rangeaient ses affaires. Quand Iris ouvrit le dernier bahut, elle s'écria ravie :

— Elles sont magnifiques ! Est-ce vous qui les avez toutes sculptées ?

Kylian se retourna et observa les petits bouts de bois qu'il avait taillé tout au long des années, chaque sculpture avait son histoire. Il se souvenait de chacune d'entre elles, quand et comment il les avait fait ressortir du bois d'origine. Devait-il les prendre ? Il hésita, elles aussi renfermaient des souvenirs cachés avec Gwéndal, des combats menés, des moments d'intimités... Cependant, certaines concernaient d'autres périodes, de longues soirées à écouter madame Jo discourir sur les habitants du village et du château, des heures d'attentes à veiller sur la sécurité de ses camarades pendant que ceux-ci prenaient du repos... la naissance d'un enfant qui ne connaîtrait jamais le père... Il ne pouvait pas les laisser.

— Un jour peut-être, je vous raconterai l'histoire de chacune d'entre-elles.

— J'en serai ravie !

— D'ailleurs...

Il chercha dans sa besace de voyage pendant quelques minutes avant d'en sortir une nouvelle. Iris observa attentivement la petite sculpture de bois qui devait à peine faire la moitié de sa main, les détails étaient d'une telle finesse qu'elle aurait cru la fleur fossilisée.

— Mais, c'est un iris !

— Je l'ai faite pour vous, maîtresse Iris.

Le regard d'admiration qu'elle portait à son œuvre valait tous les remerciements qu'il pouvait espérer. C'était ce regard qu'il avait eu quand il était enfant devant l'oiseau qui prenait son envol. C'était ce même regard qu'il espérait un jour donner aux gens en devenant sculpteur. Il ne pouvait pas dire qu'il regrettait de ne pas avoir réalisé son rêve, car en cet instant, ce n'était plus un rêve. Une personne avait été émerveillée de ce travail qu'il faisait juste pour le plaisir.

Kylian eut une étrange impression en arrivant devant la petite dépendance. Elle n'avait pas changé, pourtant elle lui sembla plus petite. Elle était attenante à l'enceinte nord et fort heureusement, n'avait pas subi beaucoup de dégât à première vue.

— Tout va bien, sir Kylian ?

— Oui, c'est juste que c'est étrange de me retrouver ici, ça fait tellement longtemps...

— Elle ne semble pas avoir souffert de votre absence.

— Nous verrons bien combien d'habitants nous y trouverons !

En ouvrant la porte, il fut surpris de sentir une bonne odeur de jacinthe, il s'arrêta sur le palier afin d'être certain que ce n'était pas une illusion. Dans la grande pièce assombrie par les volets clos, un magnifique bouquet de fleurs fraîches trônait fièrement au centre de la grande table en bois.

— Kylian !

Le chevalier se retourna vers l'entrée en entendant Senga arriver en courant.

Encore une catastrophe ?

— Je voulais être là pour ton retour !

— J'ai décidé, il y a moins d'une demi-journée, de revenir vivre ici et tout le château est déjà au courant ?

Iris souriait à Senga d'un air entendu, cette dernière, les poings sur les hanches leva les yeux au ciel avant de répondre :

— C'était évident que tu reviendrais ici. Du coup, j'ai fait un brin de ménage, afin de chasser tes locataires. Il doit certainement en rester !

— Tu n'étais pas obligée, Senga... J'aurais pu...

— Tttt, pour que la princesse ait de nouveau à te soigner ? Hors de question, et puis, ne t'inquiètes pas, tu as encore suffisamment à faire à l'étage. L'un des murs a un trou d'au moins quatre coudées ! Je crois que c'est à cause d'un des projectiles.

Devant cette avalanche d'informations, Kylian se voyait simplement hocher la tête au fur et à mesure qu'elle lui expliquait comment elle avait tout astiqué, fait fuir les araignées, et découvert le trou béant. Au moment où elle commença à détailler quelles herbes elle avait fait brûler pour assainir l'air, il la coupa :

— Merci, Senga. Je t'en suis très reconnaissant.

Iris avait gardé le silence, comme il seyait à une personne telle qu'elle. Senga se tourna vers elle et l'interrogea :

— Maîtresse Iris, vivrez-vous avec Kylian ?

Kylian n'y avait pas songé, il ignorait même où elle avait dormi ces derniers jours. Il s'en voulut, il n'avait pas assez fait attention à la jeune femme, alors qu'elle avait tout fait pour l'aider. Il n'eut pas le temps de répondre qu'Iris déclara :

— Je ne crois pas que sir Kylian désire me voir vivre dans la maison de son enfance. Je demanderai à la comtesse où je peux loger en attendant qu'il sache quoi faire de moi.

— Kylian ! Tu ne vas tout de même pas...

— Iris, tu es la bienvenue dans cette maison si tu le désires.

— Mais...

— J'en serai honoré, insista Kylian.

— Eh bien, c'est d'accord !

— C'est une excellente chose, s'enthousiasma Senga.

Kylian ne comprenait pas ce nouvel objectif que s'était mis Senga en tête. Pourquoi voulait-elle si ardemment le voir avec Iris ? Il chassa ses interrogations pour se focaliser sur sa nouvelle demeure.

En avançant dans la pièce principale, il ne la trouva pas changée de quand il était petit, jusqu'au petit vase posé sur un guéridon près de la fenêtre. Sa mère y mettait les fleurs qu'il lui cueillait étant enfant. La cheminée était propre, quelques brassées de bois étaient rangées, prêtes pour réchauffer les lieux.

Il gravit l'escalier, fraîchement ciré, sans s'occuper des deux femmes qui discutaient ménage. La première chambre, la sienne était restée intacte, il lui faudrait changer la literie. Quand il passa dans la seconde chambre, il fut désolé de trouver des gravats et une assez large ouverture. La charpente n'avait pas souffert, c'était surtout le mur qui avait absorbé l'ensemble des dégâts. Il devrait parvenir à réparer sans difficulté, peut-être même se ferait-il le plaisir d'y placer une fenêtre. Il se souvenait que sa mère rêvait d'en avoir une qui donnait sur la forêt.

Ce serait une folie financière que de faire une fenêtre, mais après tout, il ne dépensait que peu d'argent. Il décida d'attribuer sa chambre à Iris en attendant d'effectuer les travaux, puis ils échangeraient quand la maison serait remise à neuf.

Une soudaine fatigue l'envahit, il soupira et redescendit et trouva Iris occupée à préparer le feu.

— Il faudra économiser le bois... Je ne suis pas en état d'en couper pour le moment et...

— Les nuits sont encore fraîches, Senga m'a dit où et comment m'en procurer. Je vais l'accompagner pour acheter de quoi manger.

— Iris...

— Oui, sir Kylian ?

— Je vous suis sincèrement reconnaissant de ce que vous faites pour moi, soyez-en assurée. Ne doutez pas que je suis ravi de vous avoir dans cette maison...

— Mais ? devina la jeune femme.

— Mais vous êtes libre d'aimer qui vous le souhaitez, vous n'êtes pas ma domestique, ma maîtresse...

— Je le sais. Je l'ai bien compris. Si ça peut vous soulager, je vivrai avec vous en tant qu'amie. Je pense avoir compris ce qu'était l'amour. Sachez que je vous apprécie énormément, mais je ne crois pas être amoureuse de vous.

Ce nouveau discours était si différent des précédents qu'il se demanda un instant si Iris était toujours la même. Elle devina son trouble et s'empressa d'expliquer que lors de sa convalescence, elle avait eu souvent l'occasion de discuter avec la comtesse Eleanor. Elle avait ainsi compris les nuances de l'amour, avec un être cher, un de sa famille, des amis et son âme sœur. Kylian hocha la tête, il n'avait jamais autant réfléchi à savoir comment il aimait telle ou telle autre personne. En réalité, ça lui était instinctif en y prêtant attention.

Il aimait Eleanor d'un amour fraternel, tout comme Senga. Il voyait cette dernière comme un savant mélange entre la grande sœur et la mère qu'il n'avait plus. Kalyani, bien qu'il soit beau, ne l'avait jamais attiré, il l'avait toujours considéré comme un frère d'armes, une fine lame, et malgré leurs chamailleries, il était le prince héritier. Il aurait donné son âme à Gwéndal, et pourtant, il avait fait passer son devoir avant. Son amour était sincère, profond. Il devait cesser de penser à lui, c'était toujours douloureux. Iris... il l'aimait, comment l'aimait-il ? Il l'ignorait. Ce n'était pas un amour charnel, il ne la considérait pas comme une sœur ni comme un frère d'armes... Une amie, comme Gisèle ou Muguette ? Non. C'était encore différent.

— Tout va bien, sir Kylian ?

— Oui. Je me demandais, ce que vous représentiez réellement pour moi. Je suis incapable de le définir, à vrai dire.

— Est-ce une bonne ou une mauvaise chose ?

— Ce n'est ni l'une ni l'autre. J'essaye juste de comprendre ce que je ressens pour vous.

— Voulez-vous qu'on fasse l'amour ?

— Non. Iris, on fait l'amour avec quelqu'un qu'on aime, avec qui on veut avoir des enfants, avec qui on veut tout partager, avec qui on veut vieillir, sans qui la vie serait terne.

— Oui, c'est ce qu'a dit la comtesse. Pourtant, il existe bon nombre de filles de joie et...

— On ne fait pas l'amour avec ces filles... C'est plus un plaisir charnel qu'on monnaye. Un court instant de plaisir... C'est étrange, vous êtes une femme éduquée pour toutes les formes de l'amour et c'est ce que vous connaissez le moins.

— Je suis d'accord avec vous. Je ressens quelque chose de différent pour Luca... Je pense que je pourrais être amoureuse de lui.

Kylian l'observa, ne suivant pas très bien. Elle se pensait peut-être amoureuse de Luca, mais elle lui proposait de faire l'amour. Il voulait comprendre. Il l'aida à finir de préparer le feu et l'alluma puis l'interrogea :

— Pourquoi me proposer de faire l'amour, alors ?

— J'en avais envie. J'ignore si je plais à Luca, il serait malvenu d'aller lui proposer ainsi.

Kylian éclata de rire, elle l'amusait. Elle était certainement la plus experte de tous sur un bon nombre de sujets, elle savait comment agir dans la haute société, mais avec lui c'était tout autre chose. Jamais elle n'avait appris à vivre pour elle, sans avoir à dépendre d'un propriétaire.

— Iris, je vous l'ai dit. Vous êtes libre d'utiliser votre corps avec qui vous le souhaitez. Considérez que je vous offre à vous-même.

La jeune femme resta à le fixer un long moment, si long que Kylian se demanda un instant s'il n'avait pas offensé la maîtresse des charmes. Un fin sourire apparut sur les lèvres d'Iris, elle ferma les yeux en poussant un petit soupir.

— Sir Kylian, vous êtes particulier. Il est dommage que vous ne laissiez personne briser votre carapace. Sauf peut-être Senga... Oh ! Je dois me préparer, elle ne va pas tarder à revenir.

Kylian fut surpris de ces dernières paroles, il se contenta de hocher la tête. Ce n'était pas plus mal qu'elle sorte quelques heures, il pourrait ainsi renouer avec ce lieu. Avant de sortir, Iris s'approcha et l'embrassa sur la joue, elle ajouta :

— Vous savez sir Kylian... vous aussi, êtes libre d'aimer qui vous souhaitez.

Elle sortit au moment où Senga arrivait. Il les entendit éclater de rire. Il secoua la tête, dépité, et referma la porte. La cheminée avait un bon tirant et réchauffait rapidement la pièce. Il ouvrit les volets et examina plus attentivement la grande salle. Le mobilier était sommaire, une table quatre chaises, deux bahuts en bois brut refermant vaisselles et linges de maison, un guéridon étrangement ouvragé en comparaison avec le reste. Les murs étaient nus, le sol en terre battue semblait attendre d'avoir un revêtement plus chaud.

Malgré la chaleur naissante, la maison restait froide, elle n'avait jamais été richement décorée. Cependant, il semblait qu'elle l'était davantage quand il était petit. N'y avait-il pas de grandes tentures qui recouvraient les murs de pierre ? Et sous la table, n'existait-il pas un tapis chaud et moelleux ?

D'anciennes paroles de son père lui revinrent en mémoire, c'était il y a si longtemps maintenant...

— *Nous vivrons dans les quartiers des soldats maintenant. J'ai vidé la maison, afin que tu puisses en avoir l'usage quand tu seras marié. Tout est rangé dans des coffres, le duc a accepté de les mettre à l'abri dans ses combles. Demande-les-lui si je ne suis plus là quand tu prendras possession de la maison.*

Kylian poussa un profond soupir d'ennui, il lui faudrait sûrement demander de l'aide pour rapporter toutes les affaires. Sa côte lui faisait déjà mal alors qu'il n'avait presque rien fait. Il verrait tout ça le lendemain. Pour le moment, il devait se reposer. Il retourna à l'étage, là aussi, les chambres s'étaient réchauffées malgré la trouée dans le mur.

Il s'allongea sur la vieille paillasse, il fut heureux que la vermine ne s'y soit pas installée, à moins que Senga ne les ait délogés. Peu importait, il s'endormit plus vite qu'il ne l'avait espéré.

Chapitre 27

Nataniel salua Kylian de loin, ce dernier se demanda un instant quelles étaient les dernières nouvelles du front. Il le rejoignit en quelques enjambées et l'interrogea :

— Alors bonnes ou mauvaises ?

— Honnêtement ? Il n'y a rien de particulier depuis que tu es parti. Au fait, ton nouveau messager s'est pris un sacré coup ! Je viens de le voir et si j'ai bien compris, il a eu du mal à s'en remettre.

— Qui ? Youké ? Il s'est réveillé ?

— C'est à se demander où tu vis. En réalité, je n'apporte pas de nouvelles, on m'a fait mander pour ramener Elpida.

— Ah... Pourquoi ?

— Qu'est-ce que j'en sais, j'obéis, c'est tout.

La désinvolture de son camarade amusa le chevalier. Ensemble, ils se dirigèrent vers le palais. Ils discutèrent un bon moment sans prêter attention à ce qui les entourait. Quand ils parvinrent au palais, ils remarquèrent une étrange agitation. Ils continuèrent d'avancer avant de se faire bousculer par une domestique qui se confondit en excuse.

— Une fête se prépare ?

La domestique observa Kylian, ahurie.

— Voyons, c'est d'une telle évidence ! Vous êtes dans le passage, je dois faire vite !

Elle repartit sans même leur donner une explication. Les deux hommes se regardèrent et haussèrent les épaules en même temps. Ils continuèrent de cheminer vers le bureau du duc, esquivant les domestiques et prêtant l'oreille aux commérages. Cependant, les serviteurs étaient tellement occupés qu'ils ne disaient pas un mot.

Ils pénétrèrent dans la pièce où ils espéraient être à l'abri de la tornade qui se produisait dans le palais. Ce fut peine perdue, le duc tournait comme un lion en cage.

— Majesté...

Ils s'inclinèrent, Philippe fit un geste d'impatience pour leur permettre de se redresser.

— Bien le bonjour, messieurs. Dites-moi, que souhaitez-vous ?

— Veuillez m'excusez, votre grâce, mais, que se passe-t-il ?

— Cécilia est en plein travail ! Je vais devenir grand-père !

Les yeux de l'homme pétillèrent de joie avec toutefois une faible lueur d'inquiétude. Les deux chevaliers se jetèrent un coup d'œil en souriant, tout s'expliquait. Une duchesse qui donnait naissance à un héritier était toujours quelque chose d'exceptionnel.

— Dites-moi sir Kylian, que faites-vous ici ? Je me souviens d'avoir mandé sir Nataniel... mais...

— Je suis sincèrement désolé, de vous importuner dans un tel moment de joie. Je crois me souvenir que mon père vous a confié des malles...

— Oui, oui... Vous pouvez en disposer, elles sont dans les combles de l'aile sud. Nataniel... Revenez quand Cécilia aura terminé. Je ne suis pas apte à prendre de bonnes décisions pour le moment.

— Comme il vous plaira, votre grâce.

Nataniel et Kylian s'inclinèrent et ressortirent aussi rapidement qu'ils étaient entrés. Ils s'éloignèrent rapidement des couloirs qui menaient aux appartements de Cécilia en prenant garde de ne pas heurter les domestiques affairés.

Ils passèrent près du grand salon, là où Kylian et ses camarades avaient été soignés. Plus personne n'y était. Le chevalier soupira, Nataniel lui avait bien dit que Youké avait repris conscience. Il aurait aimé lui parler. Il devait également parler avec Sofiane Elpida, il n'avait pas encore pris le temps de recouvrer réellement son commandement.

— Tu sembles parti loin dans tes pensées, commandant.

Kylian ricana et répondit :

— Tu parles d'un commandant, je manque à tous mes devoirs.

— Tu as été gravement blessé, ce n'est pas étonnant. D'ailleurs, tu penses t'en sortir avec tes malles ?

— Honnêtement ? Je ne suis même pas certain de parvenir à en descendre n'en serait-ce qu'une !

— Indique-moi lesquelles je dois prendre, je demanderai à quelques gars de venir donner un coup de main.

— C'est sympa, merci.

Nataniel s'absenta quelques minutes pour revenir avec trois autres soldats. Ils rejoignirent Kylian alors qu'il s'apprêtait à gravir les marches. Ils ne firent aucun commentaire désobligeant sur le fait que leur chef se trouvait dans l'incapacité de se débrouiller seul. Ils connaissaient tous sa valeur au combat et la blessure qu'il avait reçue.

Les post-batailles étaient peut-être les meilleurs moments pour Kylian, tout le monde s'entraidait, les griefs que les gens se portaient disparaissaient pour remettre les lieux en état. La solidarité comptait plus que tout. Cette période de félicité ne durerait pas, il en était conscient.

Il faisait sombre dans les combles, les chatières offraient peu de lumière. Les combles étaient remplis de vieux meubles, de vieilles tentures, d'objets cassés et des malles de toutes époques.

— Eh bien ! Quel foutoir ! s'exclama Nataniel.

— Je te le fais pas dire ! Un cochon n'y retrouverait pas ses petits ! appuya un autre.

— Alors chef, quelles sont tes malles ?

— Eh bien, pour être franc, j'en ai pas la moindre idée !

Les soldats éclatèrent de rire. Chacun partit de son côté visualiser de plus près celles qui étaient présentes. Il devait bien y avoir des armoiries, des initiales ou ne serait-ce qu'un signe distinctif.

Après plusieurs minutes de recherches poussées, ou plus exactement, de fouille de curiosité, Nataniel s'écria :

— Hey, Kylian ! Je crois les avoir trouvées ! Regarde.

Le chevalier s'avança jusqu'à son ami et observa les trois malles qu'il lui désignait. Sur chacune d'elles, il y avait « Glingal » gravé dans le cuir des boucles.

— A ton avis ? Ce sont les tiennes, il n'y a pas d'autres Glingal dans le coin.

— Il y en a d'autres ici ! annonça l'un des autres.

— Là aussi, il y en a deux.

Kylian se recula précipitamment, une chauve-souris venait d'être dérangée dans son sommeil, chose qu'elle n'appréciait visiblement pas.

— Sale bestiole !

— On a de la chance qu'il n'y en ait pas d'autres !

Chose qu'il ne fallait surtout pas dire. La première avait sonné l'alarme, des dizaines d'autres vinrent exécuter des vols d'agacement autour des hommes. L'une d'entre elles trouva enfin une ouverture, elles se ruèrent toutes au-dehors les laissant tranquilles.

— Bon, on fait quoi ? Elles étaient toutes à ton paternel, chef ?

— Je ne sais pas...

— Ça en fait une bonne quinzaine !

Même dans la pénombre, Kylian remarqua le regard de ses hommes changer sur lui. Ce nombre impressionnant de malles ne pouvait dire qu'une chose : il était bien plus aisé que la normale.

— Je ne crois pas que toutes aient appartenu à mon père... J'ai entendu dire qu'un autre Glingal vivait au château, il y a quelques années.

— On ouvre alors ?

— Je n'apprécierais pas qu'on fouille dans mes affaires pour retrouver son héritage, le mieux serait de retourner voir le duc... Mais avec sa fille qui donne naissance à l'héritier d'Aranya...

— On ne fait qu'ouvrir, ce n'est pas méchant, j'ai pas dit on embarque ce qui nous intéresse ! s'amusa l'homme.

Kylian soupira et prit sur lui pour contacter le duc :

Votre grâce, je suis navré de vous importuner en ce moment si particulier...

Viens-en au fait, s'amusa le duc.

Eh bien, je suis actuellement dans les combles sud... et il y a énormément de malles portant le nom de Glingal... Je suppose que la plupart appartenaient au vieux mage...

Elles sont toutes à toi. Vingt-sept au total. C'est ton héritage. Ton père m'a fait promettre d'attendre que tu viennes me voir ou bien que tu te mettes en ménage pour te les remettre.

Merci majesté.

Kylian regarda autour de lui, abasourdi par le nombre vertigineux de malles. Comment allait-il faire ? Toutes ne logeraient pas dans sa modeste maison.

— On les embarque toutes, soupira Kylian.

— T'es sérieux ? Tu as bien choisi ton moment pour ne rien avoir à porter commandant !

— C'est ça la différence entre un commandant et un capitaine ! Le commandant sait toujours quand et comment se faire blesser ! ricana Nataniel.

— Je vous paierai votre prochaine visite à la brasserie !

— Oh, oh ! Tu ne sais pas à quoi tu t'engages ! Thomas boit plus qu'un chameau !

— J'en doute pas une seconde !

Dans la bonne humeur, tous se mirent à chercher et débarrasser les malles pour les descendre jusqu'au logis de Kylian. A chaque passage, ils demandèrent de l'aide à tous les soldats en repos qu'ils croisaient.

Un nouveau ballet se déroulait dans le palais, entre les servantes qui couraient avec des linges propres et maintenant des soldats qui faisaient des aller-retour avec des malles, puis les mains vides. Bon nombre de spectateurs s'arrêtaient pour regarder cet étrange manège.

Les dernières malles arrivèrent en début de soirée, sitôt déposées, Kylian se tourna vers ses hommes et leur lança une bourse pleine en leur disant de boire à sa santé ! Il les observa partir, certains en chambrant d'autres, tous riant comme si la guerre n'était qu'un lointain souvenir.

Kylian soupira, oui ces moments étaient fort agréables, bien qu'éphémères. Il lorgna un long moment l'ensemble des malles, elles avaient toutes plus ou moins la même taille, large, profonde, pleines de souvenirs d'un autre temps. Il ignorait par où commencer et comment procéder.

— Par la grande créatrice ! Que s'est-il passé ici ?

Il se retourna vers Iris qui ouvrait des yeux affolés par la pièce si réduite avec l'occupation des nouvelles affaires de Kylian. Un peu gêné, surtout du fait qu'il ne s'était pas aperçu de son absence durant la journée, il lui expliqua :

— Visiblement, c'est mon héritage...

— J'ignore quoi dire...

— Il n'y a rien à dire... Je ne sais pas ce qu'elles contiennent, si ça se trouve les affaires qu'elles renferment sont déjà dévorées par des rongeurs...

— Vu le nombre de chats au palais, j'en doute sérieusement !

Kylian hocha la tête tout en continuant d'observer ces malles monstrueuses. Lui qui espérait trouver une ou deux tentures, avec un peu de chance, un ou deux tapis, il se demandait à présent ce qu'elles pouvaient contenir. Une certaine fébrilité s'empara de lui, il n'avait plus qu'une hâte : toutes les ouvrir et découvrir ce qu'elles recelaient.

— Sir Kylian, dînons, et puis si vous le désirez je vous aiderai.

— Très bien, merci.

Kylian finit par ouvrir la première malle à laquelle il avait accès, mieux valait ne pas chercher à trouver un ordre et les prendre comme elles venaient. Il caressa du bout des doigts les fermoirs, il était fébrile, impatient et légèrement nerveux. Des milliers de questions venaient s'entrechoquer dans son esprit, pourtant il ne parvenait pas à s'arrêter sur une seule. Il se décida enfin et souleva le couvercle, le bois grinça et une douce odeur de cèdre s'échappa. Iris approcha la torche pour mieux percevoir ce que le coffre révélait.

— Des draps ?

— On dirait bien.

— Retirez-les, qu'on voit s'ils sont en bons états.

Kylian s'exécuta, il les posait au fur et à mesure sur la table, ils étaient de bonnes factures, c'était indéniable. Tous étaient brodés d'un « G » dans l'un des angles. Ça pouvait autant être à son père qu'à l'ancien mage. Une fois vide, il remit tous les draps et referma le couvercle.

— Il faut trouver un système, sans quoi, dans cinq ou six malles vous ne saurez plus lesquelles vous aurez ouvertes ou non.

— Nous pourrions laisser un drap dessus, ainsi ...

— Et si vous tombez sur de la vaisselle ? Ça ne sera pas faisable.

Après quelques secondes de réflexion, Kylian prit son couteau et grava faiblement « draps ». Il n'avait pas appuyé fortement, de façon à pouvoir poncer rapidement le mot. Iris l'aida à pousser la malle près de l'escalier, après tout ce sera toujours ça de moins à acheter.

Il poursuivit avec la malle suivante. Les sangles furent plus difficiles à se défaire, le couvercle fut encore plus difficile à soulever. Le bois avait visiblement travaillé, sûrement avait-il pris l'humidité et ainsi de suite pendant des années.

Il y trouva des livres, des plumes, des encres sèches, des parchemins vierges, mais piqués et toute une correspondance. En lisant la première lettre, il comprit qu'il s'agissait d'une malle de l'ancien mage. Un jour peut-être prendrait-il le temps de voir de quoi il parlait dans les missives.

— Sir Kylian, la torche va bientôt s'éteindre... Il serait peut-être plus pratique de continuer demain à la lueur du jour.

— Vous avez raison, maîtresse Iris. Demain, je vous ferai préparer un vrai lit !

Ils se quittèrent aux pieds des marches, Kylian hésita à en ouvrir une troisième, puis finit par se dire qu'il serait plus commode d'attendre le lever du soleil en effet.

Dès les premiers rayons filtrants à travers les volets, Kylian se mit debout. Il prit le temps de raviver le feu et mit de l'eau à bouillir. Il était toujours aussi impatient de découvrir ce que recelaient les autres coffres. Cependant, il prépara de quoi rapidement déjeuner, il ne voulait pas être dérangé pendant ses fouilles. Il terminait de manger et n'avait plus qu'une hâte, finir de tout ouvrir et de découvrir les secrets de l'ancien mage et de son père.

Il avait la tête plongée dans la troisième malle quand Iris descendit. Il la salua rapidement et se remit à fouiner. La jeune femme but juste un thé avant de venir aider le chevalier.

Ils passèrent de malle en malle, les triant, les déplaçant selon ce qu'elles contenaient. Ils découvrirent, de la vaisselle, des tissus, du linge de maison, des vases, des tapis, des tentures. Kylian en trouva une qui lui plaisait beaucoup et n'attendit pas pour l'accrocher directement, elle couvrait tout un pan de mur, ses réactions amusaient la maîtresse des charmes, elle le découvrait sous un autre aspect, loin du commandant froid qui devait prendre des décisions.

Il continua de fouiller, et trouva des habits, clairement démodés, mais qui pourraient être repris, eux aussi, la qualité était excellente. Ils poursuivirent allant de surprise en surprise.

— Eh bien... avec tout ce que vous avez, vous pourriez presque acheter une maison. Ou bien cesser de travailler.

— J'ai du mal à chiffrer... Je n'y connais pas grand-chose en tissus et...

— Même sans s'y connaître. Vous avez là de la soie de haute qualité ! De la vaisselle en argent, un coffret de bijoux ! Il faudra d'ailleurs vous trouver un endroit où les cacher !

Les cacher ? ...

Jamais il n'avait eu d'objets de grande valeur, jamais il n'avait eu à cacher ses possessions. Ça lui était tout sauf familier. Il y penserait plus tard, pour le moment il voulait voir tout ce qu'il y avait.

Sir Kylian, Maîtresse Iris !

Ils se regardèrent, intrigués.

Oui, comtesse ?

Ma cousine la duchesse d'Aranya, vient de mettre au monde un petit Philippe Louis Sedna Aranya.

Vous féliciterez votre cousine. J'attendrai que le duc, votre oncle, me l'annonce de façon plus officielle.

Je suis réellement heureuse que tout se soit bien déroulé, comtesse. Voulez-vous que je vienne ?

Tout va bien, Iris. Je vous ferai mander si besoin est.

Iris sourit à Kylian heureuse de cette grande nouvelle. Il haussa un sourcil amusé et se remit au déballage de ses nouvelles affaires.

Il ouvrit une énième malle, loin d'être pour autant la dernière. Sur le dessus, était posé un parchemin soigneusement roulé, son prénom y était inscrit.

Kylian prit le rouleau encore plus intrigué, il commença à le dérouler et le lut :

> *Mon fils, si tu lis cette lettre c'est que je suis mort.*
>
> *Je n'ai jamais été comme ta mère, mes sentiments, je ne savais pas les partager. Sache que j'ai toujours été fier de toi.*
>
> *Mon plus grand regret est de ne pas t'avoir permis de réaliser ton rêve. Je ne t'ai pas obligé à devenir chevalier de gaieté de cœur. Tu étais un potentiel, je devais te donner toutes les armes possibles pour le cas où tu deviendrais un Elu, peut-être aujourd'hui en es-tu un...*
>
> *J'espère sincèrement que tu ne me détestes pas trop de t'avoir infligé une carrière que tu ne désirais pas. J'aurais aimé te connaître adulte pour en parler avec toi.*
>
> *Je n'ai pas de grands conseils à te donner, de secret à te révéler, de vérité cachées ou que sais-je.*

Je tenais juste à m'excuser de ne plus être près de toi.

Capitaine Glingal
de la garde du Duc Sedna

Kylian ne s'était pas rendu compte qu'il pleurait, la lettre n'était pas longue, elle n'était ni mièvre ni complaisante, elle énonçait simplement ce que son père avait sur le cœur, mais il la relisait encore et encore. Son père regrettait, son père aurait aimé le laisser vivre son rêve, son père lui avait ordonné de devenir chevalier pour le protéger, son père... Il respira profondément pour se reprendre. Il finit par délaisser la lettre et regarder ce que ce coffre contenait.

Il souleva une pile de mouchoirs brodés aux initiales de sa mère et de son père, en dessous, il y avait la sculpture qui l'avait tant fait rêver, celle d'un magnifique oiseau prenant son envol.

— Qu'est-ce que c'est ? demanda timidement Iris, qui n'avait pas osé intervenir avant.

— La sculpture qui m'a donné envie de travailler le bois... Je ne savais pas qu'il l'avait acheté... Mon père ne m'en a jamais parlé...

Il déposa avec délicatesse l'oiseau sur la table en se promettant de la placer quelque part dans la maison de façon à la mettre un maximum en valeur.

Il continua son exploration, et vit des feuilles de fougères savamment tressées pour en faire un paquet, quand il le prit, certaines feuilles s'émiettèrent sous ses doigts, pourtant l'ensemble tenait toujours. Doucement, il ouvrit ce paquet typiquement fait à la façon des soldats, il découvrit des dizaines de petits bouts de bois taillés, et, pour la plupart, un peu brûlés.

— Ce sont toutes celles que j'ai ratées quand j'étais petit, j'ignorais qu'il les récupérait dans le feu.

Les larmes venaient encore assaillir ses yeux, il ne chercha pas à les retenir. Ce père si dur, si ferme quand il était petit, gardait en secret le rêve de son fils. Cette révélation lui faisait autant de bien que ça le faisait souffrir.

Lentement, la rancœur qu'il gardait de ne pas avoir pu réaliser sa passion s'évanouit. Son père ne l'avait pas fait pour le faire souffrir, il ne l'avait pas fait pour qu'il marche sur ses traces, il ne l'avait fait que pour lui sauver la vie.

D'autres objets personnels étaient présents dans la malle, les bijoux de sa mère, une rose séchée dont il ne connaissait pas l'histoire, mais qui devait être importante pour ses parents, un voile de dentelle, des petits chaussons de laines... autant de souvenirs ! Il pouvait deviner ce qu'ils étaient, et pourtant, il en ignorait l'histoire.

Chapitre 28

Iris termina d'aider Kylian à tout ranger, elle se chargea de faire le tri du linge de maison. Sur les vingt-sept malles héritées, douze furent entièrement vidées, le contenu de trois fut mis au rebut, grâce à l'action de rongeurs intrépides, cinq furent offertes à diverses connaissances du chevalier telles que Senga, madame Jo ou encore Muguette et Gisèle. Le contenu des sept dernières restait incertain, Kylian voulait étudier de façon plus approfondie les documents s'y trouvant, et hésitait à vendre ce qu'il restait. Il lui était inutile de garder plusieurs services de vaisselles, des ménagères en argent et plus de décorations que ne pouvait en supporter sa modeste maison.

Les bijoux et l'argent découverts dans certaines malles furent soigneusement dissimulés dans plusieurs cachettes. Iris en connaissait certaines, elle n'avait rien demandé, mais le chevalier trouvait ça normal, puisqu'après tout, elle vivait avec lui pour le moment. Les tentures et tapis furent vite mis en place et la pièce principale devint rapidement plus chaleureuse, bien que toujours encombrée par tous les coffres présents.

Il était occupé à savoir si oui ou non il devait les faire remettre dans les combles du duc Sedna quand on vint frapper à la porte. Surpris, il ouvrit et tomba nez à nez avec Youké.

— Sir Kylian, je viens vous saluer avant de reprendre la route.

— Pourquoi ?

Kylian avait hésité, Youké était très formaliste soudainement. Comme si un froid s'était installé entre eux. Il ne se souvenait pas que le jeune homme l'ait déjà vouvoyé. Il se recomposa un visage neutre et attendit qu'il donne des explications.

— Eh bien, du fait que c'est vous qui m'avez mis au service du duc, je trouvais que...

— Non. Je veux dire pourquoi partez-vous ? Entrez, votre départ peu bien attendre quelques minutes supplémentaires.

— Je ne voudrais pas déranger votre compagne.

— Ma compagne ?

Du coin de l'œil, il vit Iris continuer de ranger des nappes dans un des bahuts. Se sentant subitement observée, la jeune femme releva la tête et sourit aux deux hommes.

— Bien le bonjour, chevalier.

— Je ne suis pas chevalier, madame.

Il se demanda un instant si c'était la présence d'Iris qui mettait mal à l'aise Youké, pouvait-il en être jaloux. Kylian se doutait bien que des rumeurs, sur son envie d'emménager dans sa maison et accompagné d'une femme, devaient certainement circuler.

— Youké, je te présente dame Iris. Elle m'est d'une aide précieuse dans l'aménagement de ma maison, et de bons conseils dans les rapports diplomatiques. Iris, Youké est un ami, un très proche ami. C'est grâce à lui que les soldats ont pu bifurquer si rapidement pour venir protéger le duché. Sans lui, nous aurions tout perdu.

— Vous êtes le prochain Elus de l'Ouest !

L'enthousiasme qui transperçait dans son affirmation était étonnant. Kylian eut l'impression d'avoir affaire à une enfant à qui on promettait une sucrerie. Youké, lui, essayait seulement de comprendre ce qui liait les deux personnes qui se tenaient dans la pièce : amour, amitié, travail ?

Iris à son habitude comprit très bien la tension naissante entre les deux hommes, elle prétexta le besoin de rejoindre la comtesse pour s'assurer de la bonne santé de la duchesse et de l'héritier.

Kylian attendit que la porte se soit refermée pour se retourner vers Youké qui n'avait pas bougé de l'entrée. Il se demanda un instant si l'homme ne souhaitait pas subitement ressortir et s'enfuir, il chassa ses idées et finit par demander :

— J'ai essayé de te contacter via la voix de l'esprit, mais je n'ai jamais eu de réponse... J'ai craint que tu ne te réveilles jamais.

— Oui, les sœurs de la foi et la comtesse m'ont expliqué mon état. Visiblement, je suis resté longtemps inconscient.

— Veux-tu du thé ?

— Je préfèrerais quelque chose d'un peu plus corsé.

280

Kylian hocha la tête, il servit deux verres de sa meilleure liqueur, à vrai dire, de la seule bouteille qu'il avait.

— Je vois que vous êtes en plein réaménagement de votre demeure.

— Oui, je viens de recevoir mon héritage, si je puis dire.

Le silence s'installa, lourd, pesant, gênant. Youké joua quelques instants avec son verre avant de le boire d'un trait. Le bruit qu'il fit en reposant son verre émit un cliquetis des plus bruyants.

— Sir Kylian... je n'aurais pas dû venir, je me rends seulement compte de l'incongruité de cette situation.

— Des jours que je n'ai pas de nouvelles et tu trouves ça incongru de venir ? Pourquoi mettre cette distance entre nous ?

Youké éclata de rire avant de répondre le plus sincèrement :

— Pourquoi ? Pour ça ! Votre maison est certes modeste, mais n'en reste pas moins richement agrémentée. Vous êtes le commandant des armées de ses grâces, les ducs d'Aranya et de Sedna. Votre attachement au prince héritier fera certainement de vous, un jour prochain, le grand commandant de sa majesté le roi. Vous vous êtes installé avec une belle jeune femme, qui certes n'est pas encore votre épouse, mais à en croire les on-dit ne tarderait sans doute pas de l'être.

— Oh vraiment ? Pourtant je n'éprouve aucun sentiment romantique à l'encontre de cette jeune femme.

— Mais !

— Mais rien du tout. Je pensais que tu avais compris de quel côté vont mes inclinations. Iris est et restera une très bonne amie, et jamais je ne l'épouserai. Elle le sait.

— Dans ce cas, quels sont vos projets ?

— Je l'ignore, je ne suis pas seul à décider. Il va sans dire que vivre dans une si petite maison n'est pas très pratique pour le genre de vie que j'aimerais mener... Mais je suis certain qu'il serait plus aisé de faire agrandir cette modeste demeure afin d'y faire vivre un bon ami.

Le regard de Youké s'était vivement éclairé d'une étincelle de convoitise.

— Je pense qu'il est un peu tôt pour partir dans de tels engagements.

— En effet. Le tout est de trouver un ami avec qui partager ce futur. Comme il serait tout aussi bien qu'on fasse plus ample connaissance. Il serait dans ce cas fort regrettable que cet ami s'en aille avant de pouvoir concrétiser ce projet.

— Devrons-nous toujours parler ainsi ? A demi-mot ? s'amusa Youké.

— Non ! rit Kylian. Mais tu semblais si sérieux, que je me suis prêté au jeu.

— La question est donc réglée, je ne dois pas partir.

Kylian s'arma d'un petit sourire moqueur et répondit :

— En réalité si. Mais pas seul. Je vais devoir me rendre dans le pays des Kharmakels, avec la comtesse et le prince. J'ignore si Iris nous accompagnera, quelque chose me dit que oui. Je pense que tu ne seras pas de trop dans ce voyage. Surtout s'il s'avère exact que tu sois le prochain Elu de l'Ouest.

— Eh bien, voilà un voyage auquel je ne pensais pas participer. Mais là-bas ou ailleurs, pourquoi pas ! Ainsi des amitiés sincères pourront peut-être se créer. C'est entendu dans ce cas, je vous suis ! Quand partons-nous ?

— Dès que la comtesse et le prince l'auront décidé. Maintenant que le petit duc est né, je pense que ce n'est plus qu'une histoire de semaines. D'ici là, je dois me décider de ce que je vais faire de tout ça !

Kylian se rendit subitement compte qu'il tenait la main du soldat. Quand l'avait-il prise, il l'ignorait, mais son contact chaud lui était agréable. Une autre tension naquit bien plus plaisante. Cependant, Kylian se fit une raison, ce n'était pas le moment.

Kylian avait laissé avec regret Youké vaquer à ses occupations, lui-même avait beaucoup de choses à régler avant de partir. Il devait parler au duc du commandant Elpida. Toutefois avant d'y aller, il se devait d'aller voir madame Jo, il l'avait à peine vu pour lui remettre une malle de linge. Il savait que la femme allait lui passer un savon s'il ne faisait pas plus qu'une apparition.

Le chevalier n'avait pas franchi les gravats qui encombraient l'entrée du lavoir qu'il entendit Senga s'écrier :

— Mais qui voilà ? Ne serait-ce pas Sir chevalier en personne ?

Kylian sourit, il repoussa quelques pierres qui encombraient encore le passage et finit d'entrer.

— Mesdames, bien le bonjour !

— Bon après-midi serait plus exact, messire « je me fais attendre » !

— Ne sois pas méchante, Senga. Kylian a été gravement blessé, gourmanda madame Jo.

Cette dernière lança un sourire compatissant au chevalier qui retroussait ses manches pour aider Gisèle. Senga ne comptait visiblement pas en rester là et poursuivit :

— Je ne suis pas convaincu, combien de fois Kylian nous a expliqué en long, en large et en travers qu'il était le meilleur des meilleurs et qu'il était humainement impossible de le blesser.

Les femmes éclatèrent de rire devant la mine dépitée du pauvre Kylian qui faisait de son mieux pour suivre le mouvement du drap que tordait Gisèle.

Kylian, ne voulant pas s'étendre sur sa blessure, demanda :

— Amélie ne travaille pas aujourd'hui ?

— Amélie ? Non ! s'exclama madame Jo.

— Voyons Kylian ! Que fais-tu de tes journées pour ignorer que Amélie est devenue la gouvernante officielle du petit duc, s'amusa Gisèle.

Kylian observa les femmes présentes tour à tour. Ça semblait si normal et d'une telle évidence qu'il préféra ne rien dire. Senga devina l'ignorance du jeune homme. Elle se planta devant lui les poings sur les hanches :

— Amélie a eu son enfant il y a quelques mois. Elle va pouvoir seconder la duchesse si le petit duc la fatigue trop.

— Pardon ?

— Vraiment... Les hommes n'entendent vraiment rien à la maternité !

— Encore heureux que ce ne sont pas eux qui doivent s'occuper des enfants ! s'amusa Gisèle.

— Non, ce que je ne comprends pas, c'est pourquoi la duchesse aurait besoin d'aide. Vous, personne ne vous aide ! Toi Senga, je t'ai vu ici même, avec ton fils, l'allaiter juste après avoir lavé des couvertures.

Les femmes se turent un instant, c'est madame Jo qui reprit la parole pour expliquer :

— Tu sais, ces nobles dames doivent toujours se montrer sous leur meilleur jour. La pauvre duchesse d'Aranya avait à peine accouché, qu'on lui changeait toute sa literie, on l'a pomponnée pour qu'elle puisse dignement présenter son fils à sa famille.

Kylian ne trouva rien à répondre. C'était radicalement deux univers distincts, jamais il n'arriverait à comprendre cette différence.

— Et toi, Kylian ? Pourquoi es-tu chevalier ? Aujourd'hui, ton père n'est plus là pour t'y contraindre. Tu es parfaitement libre depuis des années de faire autre chose.

Il observa madame Jo, jamais il ne s'était posé cette question. Pourquoi ? Aimait-il être chevalier ? Depuis toujours, il ne faisait que regretter de ne pas être devenu sculpteur. Jamais il ne lui était venu à l'esprit de changer de voie, personne ne l'y contraignait plus. Personne ne pouvait le juger de réaliser ce qu'il rêvait de faire. Alors, pourquoi ?

Gisèle donna un petit coup sec pour finir de tendre le drap, surpris, Kylian le lâcha. La femme éclata de rire devant la surprise du chevalier.

— Alors ? Nous sommes suspendues à tes lèvres, messire chevalier ? insista Senga.

— Je l'ignore. Je n'ai jamais réfléchi au fait de pouvoir devenir autre chose sans doute.

— Et tu aimes être chevalier ?

Kylian commença par hausser les épaules, puis déclara finalement :

— Ça ne me déplaît pas. Ça a certains avantages. Et puis, la cause est noble.

— Oui, enfin tout dépend de quel côté tu te places, selon si tu es l'attaquant ou l'attaqué.

— Il est évident qu'en ce moment, il est plus noble de se trouver du côté Sedna que Sonois, pourtant c'est le même travail. Seul le chef est différent, continua madame Jo.

Elle n'avait pas tort, lors d'une bataille ce n'était pas le mérite des chevaliers qui étaient à remettre en cause, mais souvent les décisions de leur chef, de celui qui déclarait ou pas la guerre. Il songea qu'il avait délaissé son rôle de commandant depuis bien trop longtemps maintenant, presque quinze jours que la bataille avait été gagnée, il n'avait pas été voir les prisonniers ni Elpida, il n'avait presque pas parlé au duc, il n'avait pas parlé à ses hommes.

— Je vais devoir vous laisser mesdames, le duc doit être impatient de parler de la poursuite de cette guerre, justement.

Senga l'observa, amusée. Elle finit par répliquer :

— Je suis certaine que le duc n'attend que toi en effet ! La guerre est un sujet si passionnant, qu'importe qu'il soit nouvellement grand-père !

Le sourire que lui dédia Kylian valait toutes les réponses possibles, madame Jo éclata de rire et poursuivit :

— Vous êtes pires que deux coqs dans un même poulailler ! Senga, cesse donc d'asticoter ce pauvre Kylian !

— Bien sûr que non, sans quoi il deviendrait encore plus arrogant, c'est grâce à moi et mon asticotage permanent, qu'il est devenu ce chevalier des plus servant, aimable et courtois !

— Que de compliments, Senga, je devrais me méfier !

— Vous voyez madame Jo ! On ne peut rien lui dire !

Kylian s'échappa avant que la discussion ne tourne de nouveau autour de lui. Il entendit le rire des femmes en échos à ses pas. Elles l'amusaient, aussi piquante que pouvait être Senga, il savait qu'elle avait raison, c'était grâce à elle et à ses collègues qu'il avait compris beaucoup de choses sur les femmes. Des choses bien plus importantes que la plupart des hommes de son âge ignoraient.

En rejoignant le palais, il observa les domestiques, hommes comme femmes travaillaient de conserve pour tout remettre en état. Personne ne manquait de travail, personne ne bayait aux corneilles. La solidarité était partout et pour tous.

Le château avait retrouvé un peu de calme depuis la dernière fois où il était venu voir le duc. Les domestiques ne semblaient plus aussi paniqués. Il entendit les pleurs du bébé, le regard du duc se posa sur lui. Il lui sourit sans cacher sa fierté :

— Il a du coffre ! C'est un solide petit gaillard !

— J'en conviens, votre grâce. Je peux poser une question d'ordre privé ?

— Je ne vous l'ai jamais refusé, que je sache.

— Comment va se faire la succession ? Deviendra-t-il duc des deux duchés ?

— Non. Cécilia étant fille unique héritera de mon domaine. Cependant, il est déjà convenu que son second enfant héritera de mon domaine à ma mort. Tous les papiers sont déjà faits en ce sens.

— Eh bien, souhaitons que la duchesse ait d'autres enfants alors.

— Je n'en doute pas une minute ! Bien, sir Kylian, je suppose que votre visite ne consiste pas seulement à parler nursery et succession.

— En effet votre grâce. Nataniel m'a fait part de son devoir de ramener le commandant Elpida au duché d'Aranya.

— Oui, c'est ce qui a été suggéré. Avez-vous une objection à ceci ?

— Oui. Il s'avère que c'est le quatrième Elu, celui de l'Ouest. J'en profite donc pour demander l'autorisation de l'emmener avec nous dans le royaume Kharmakel. Nous devrions d'ailleurs nous mettre en chemin, je pense.

— Je suis surpris Kylian, c'est la première fois que je vous entends vouloir mener à bien cette quête de l'Ether. Pourquoi un tel empressement soudainement ?

— Eh bien, je ne peux plus combattre pour l'instant, mener mes hommes en dehors des batailles n'est pas à mon goût. Ne pouvant donc servir à rien pour le moment pour cette guerre absurde, autant en profiter pour mener à bien cette quête. Qui sait, peut-être la guerre prendra alors fin.

Le duc fit quelques pas autour de son bureau, son regard se perdit un instant vers la fenêtre. La nuit tombait et la luminosité semblait décroître à chaque seconde qui passait. Il finit par se tourner vers le chevalier et répondit :

— En effet, il est temps d'en terminer avec ces histoires d'Elus et d'Ether. Le plus tôt sera le mieux.

Kalyani arriva, le sourire qui éclairait son visage s'évanouit en voyant Kylian et son air lugubre.

— Que se passe-t-il, encore ?

— Rien, votre majesté, nous parlions de votre futur départ, apaisa le duc.

— Je vois que cette perspective t'emballe, nous en avons également parlé avec Eleanor.

Kylian attendit la suite, craignant que la jeune femme préfèrât rester ici, ou bien, que le prince ne craignît encore pour sa sécurité. Cependant, il se trompait.

— Nous pensons qu'il serait préférable que nous partions avec un ou deux jours d'écart. Afin que les quatre Elus ne soient pas tout de suite réellement rassemblés. Je sais que Luca n'attend que ça. Mais Elpida est malin, si ses pouvoirs grandissent tout comme ceux des autres. Il sera plus difficile de le tenir à l'œil.

Le duc se tourna vers Kylian voir ce qu'il en pensait. Le chevalier réfléchissait rapidement à ce que venait de dire son ami. Ce n'était pas faux. La fois où ils étaient presque réunis dans la forêt, il avait senti ses pouvoirs croître rapidement. Que pourrait faire le Sonois dans un cas pareil ? Mieux valait mettre de la distance avec ses hommes pour réaliser une telle expérience.

— Le prince à raison. Ce serait plus prudent en effet. Le mieux est d'atteindre le Val Doré et d'aviser une fois là-bas.

Kalyani hocha la tête, le duc en fit autant. Ils se mirent d'accord sur les dates de départ, du nombre de soldats les accompagnant et surtout de la conduite à tenir en cas d'évasion du Sonois.

Les jours qui suivirent furent essentiellement consacrés à la préparation du voyage. Kylian prit tout de même un instant pour visiter ses hommes, tous savaient qu'il avait été blessé, certains se demandaient même si sa blessure ne l'avait pas handicapé au point qu'il ne puisse plus tenir une épée. Le chevalier ne confirma ni ne réfuta. Il se laissait ainsi une porte de sortie, une fois la quête de l'Ether terminée, il reprendrait les armes ou pas.

Il consacrait ses matinées à ses soldats et ses après-midi à aider les femmes au lavoir, ses muscles, pas totalement remis de l'ablation de la côte, le contraignaient à ne pas faire trop d'efforts. Senga s'en amusait, Kylian savait que ce n'était qu'un leurre, qu'elle s'inquiétait peut-être bien plus que les autres. A défaut de les aider, il apprit tous les derniers potins du château, dont ceux qui le concernaient directement. Ainsi, certains affirmaient que dame Iris, comme elle se faisait appeler, porterait son enfant, qu'ils se seraient secrètement mariés, et, que la dame serait en réalité de noble naissance venant du duché d'Aranya.

Kylian s'amusait de voir comment des commérages pouvaient prendre autant d'ampleur. Cependant, il ne pouvait pas laisser dire de pareilles choses, la réputation d'Iris restait en jeu. Il laissa entendre sans réellement le dire qu'elle et lui étaient des cousins, et qu'à ce titre, aucune idylle ne naîtrait entre eux !

— Le prince et la comtesse sont également cousins !

— Oui, enfin ça remonte à plus de quatre générations ! Par le grand roi Maximilien !

Le dernier jour avant son départ, Kylian prit enfin le temps d'aller voir Sofiane Elpida, il avait retardé cette rencontre. L'attirance qu'éveillait cet homme le désarçonnait, c'est dans la correspondance de l'ancien mage Wela, qu'il découvrit pourquoi.

Les Elus éveillés s'attiraient mutuellement, quoi qu'ils fissent, c'était un fait indéniable. L'attirance pouvait être d'ordre intime, fraternel, amical... elles étaient plus fortes entre eux. Gwéndal le lui avait déjà dit, mais il avait toujours cru que c'était juste pour justifier son attachement à la comtesse.

Conscient de ça, il entra moins tendu dans la cellule de l'homme. Trois semaines qu'il était prisonnier, sa carrure en avait pris un sacré coup. Il n'avait pas perdu sa musculature. Toutefois, ses épaules avachies, les traits tirés, les yeux noircis par le manque de sommeil, montraient clairement que les geôliers ne lui portaient pas une grande estime. Pourtant le duc avait spécifié d'en prendre soin, Kylian n'osait imaginer dans quel état il aurait été si ce détail n'avait pas été réclamé ! Peut-être aurait-il dû venir plus tôt ?

— Quelle charmante visite, commandant Glingal. Vous m'excuserez, mais je suis trop las pour me lever et vous saluer dignement.

— Je vois ça. Croyez-moi, j'en suis sincèrement navré.

— Je suis heureux de voir que vous avez survécu. Vos gardes me l'ont assuré, mais ne vous voyant pas venir, je refusais de les croire.

— Vous auriez pu me contacter autrement.

— Etrangement, non. Depuis ce jour, il m'est impossible de m'adresser à quiconque. J'avoue avoir songé que c'était la comtesse qui m'avait fait un mauvais tour. Cependant, j'en doute aujourd'hui. Vous ne sembliez pas le savoir.

— En effet, j'en ignore la cause. Nous pourrons en parler plus librement dans les jours à venir. Nous partons demain. Pourrez-vous monter à cheval ? Ou bien vaut-il mieux vous faire atteler une voiture ?

Le regard que lui lança Sofiane Elpida lui glaça les sangs, non pas de peur, mais de peine. Il n'avait pas imaginé pouvoir blesser l'homme devant lui davantage. Cette demande venait de toute évidence le casser dans sa virilité. Kylian soupira et reprit avant même que Sofiane ne réponde :

— Je vous avoue que je ne suis pas totalement remis de ma propre blessure, je pense donc faire le début de notre voyage en voiture. Aussi pénible que ce soit !

Il venait de lui rendre un peu de fierté, c'est tout ce qu'il lui restait et Kylian le comprenait parfaitement bien. Ainsi, il fut décidé qu'une voiture serait le meilleur moyen de voyager dans un premier temps.

Kylian ne resta pas longtemps, il enjoignit les gardes de permettre au prisonnier de passer une bonne nuit, car il lui faudrait prendre la route dès le lendemain. Pour des raisons évidentes, le commandant ne souhaitait pas voir son prisonnier s'écrouler de fatigue, attraper une maladie ou bien mourir dans des circonstances étranges.

Chapitre 29

Silencieusement, Kylian referma la porte de sa maison. Il ignorait dans combien de temps il pourrait revenir vivre réellement ici, le désirait-il ? Il préféra ne pas se poser la question, elle en entraînait trop d'autres auxquelles il n'était pas prêt à répondre. Il prit le chemin du lavoir, un dernier au revoir, quelques recommandations et de nouveaux souvenirs avant de s'engager dans une nouvelle aventure.

Les yeux brillants de larmes de Senga indiquaient clairement à Kylian qu'il n'avait pas le droit de ne pas revenir de cette escapade. Elle le serra longuement dans les bras, puis finit par lui dire plus sèchement :

— Ta voiture est avancée, tu dois partir, pour revenir au plus vite !

— Je pars de suite. Madame Jo, je compte sur vous pour veiller sur tout ce petit monde !

— Oui, Sir Glingal. Revenez-nous vite !

La vieille lavandière avait aussi les yeux humides ce qui toucha d'autant plus le jeune homme. Il laissa les femmes travailler et rejoignit ses camarades dans la cour arrière.

Kylian n'attendit pas plus longtemps et aussi difficile que ça lui était, il grimpa dans le carrosse. Youké et Iris étaient déjà là, tout comme Sofiane Elpida, les mains solidement attachées.

Le cocher poussa un cri et la voiture se mit en branle. Le bruit des sabots retentissait, les cailloux crissaient sous leurs pas, le tout faisant une étrange mélodie pour le chevalier. Personne ne prit la parole, comme pour ne pas interrompre ce curieux concert. Kylian se demanda un instant si le voyage serait aussi paisible pendant les trois semaines.

Un bref regard à Elpida lui indiqua que sa nuit n'avait pas été suffisante. Ses traits étaient toujours tirés, ses cernes toujours aussi foncés, les épaules voûtées, il sembla même l'entendre légèrement siffler quand il respirait.

Kylian se cala plus profondément dans l'angle, quitte à ne rien avoir à faire autant somnoler et se reposer le plus possible. Il était peu probable que le Sonois sautât de la voiture, ligoté comme il l'était. Il laissa son esprit vagabonder, les yeux rivés sur le paysage qui défilait. La nature se réveillait, les arbres bourgeonnaient, les pâturages foisonnaient de jeunes herbes bien tendres, l'air devenait plus doux.

La question des lavandières revint le hanter, aimait-il être chevalier ? Aspirait-il réellement à une autre vie ? Il ferma les yeux, se laissant bercer par le martèlement des sabots. Une image lui vint, une qu'il n'avait jamais envisagée, celle d'un enfant courant vers lui et l'appelant papa.

Il se redressa surpris, jamais il n'avait songé à devenir père, jamais il ne l'avait souhaité. Pourtant, cette image, aussi fugace fut-elle le tourmenta. Un coup d'œil par la fenêtre lui apprit que le soir tombait. Certainement s'arrêteraient-ils à la prochaine auberge. Il s'étira et chassa ses idées, les autres dormaient profondément, du moins, lui semblait-il.

Les jours se suivirent et se ressemblèrent. Les conversations tournaient en rond, le silence régnant en maître dans la voiture. Elpida reprenait peu à peu des couleurs plus saines, le râle qu'il avait depuis sa sortie des cachots disparaissait.

Youké se montra être le plus bavard, questionnant à tout va sur tel ou tel village traversé, sur les habitudes des pays voisins. C'était Iris qui lui répondait la plupart du temps, heureuse de se montrer utile.

Un soir Iris lui avait demandé expressément de parler avec Kylian. Ce dernier avait fini par accepter que Youké soit seul à garder Elpida.

Il quitta la chambre de l'auberge et rejoignit Iris dans la sienne. Elle n'alla pas par quatre chemins et lui annonça dans un murmure :

— C'est de ma faute si le commandant ne peut plus parler par la voix de l'esprit.

Kylian s'en doutait, il resta néanmoins à la regarder, attendant qu'elle poursuive.

— Je souhaitais que la bataille cesse, j'ai vu dans sa tête l'image de la reine Caroline agrippée à son esprit comme une tique sur le dos d'un chien. Elle pouvait tout observer, tout contrôler. Le commandant n'en était même pas conscient !

L'image que lui donnait Iris révulsait le chevalier. Cette reine était démente, rien ni personne ne pourrait jamais la satisfaire. Il savait que rien ne serait fini tant qu'elle ne serait pas morte.

Il s'obligea à ne pas y penser pour l'instant, ce n'était ni le lieu et encore moins le moment. Il ne pouvait rien faire dans l'état actuel des choses. Seule leur réunification importait. Il serait toujours temps par la suite de s'occuper de cette reine envieuse et rongée par la jalousie.

Iris poursuivit son explication sur le comment elle s'y était prise. Dans un sens, ça terrifiait un peu Kylian. Cette femme qu'on lui avait offerte avait un potentiel très fort, supérieur au sien. Il n'en était pas jaloux, il regrettait seulement que ses amis et lui n'aient pas été formés à la magie de l'esprit comme elle l'avait été. Ça aurait simplifié tellement de choses, ça lui aurait permis de sauver celui qu'il aimait, ça aurait permis de ...

Il s'arrêta d'y songer, comme le disait souvent le duc, avec des « et si » on peut refaire le monde, mais rien ne bouge si personne n'agit et reste à palabrer. Il remercia Iris de ce qu'elle avait fait et la raccompagna à sa chambre avant d'aller se coucher.

Le temps restait clément, leur trajet en fut plus agréable et plus rapide. En à peine moins de trois semaines, ils virent les premières collines du Val Doré, puis très vite le château. Ce dernier, bien que plus modeste que celui du duc Sedna, n'en demeurait, pas moins magnifique. Comme la toute première fois où il l'avait vu, il était baigné par la lumière du soleil lui donnant un aspect doré.

Des soldats vinrent à la rencontre du carrosse, Kylian regretta de ne pas être à cheval, comme tous s'attendaient sûrement à le voir. Sa blessure, bien que cicatrisée, le gênait encore, il savait qu'il devrait retravailler ses muscles, réapprendre certains mouvements, pourtant il n'était pas pressé de s'y remettre.

La voiture s'arrêta, laissant les soldats arriver plus doucement. Kylian reconnut immédiatement Niels, l'un des premiers à s'être mis au service d'Eleanor. C'était également lui qui était de garde cette fameuse nuit, nuit où le cours de sa vie avait totalement changé. Cette même nuit où une tempête avait ravagé le Val Doré.

Il sortit de la voiture pour saluer son ami de longue date, il en profita pour observer les alentours, on devinait encore par endroit les dégâts occasionnés lors de cette nuit de malheur. Cependant les réparations avaient été nombreuses, seul quelqu'un ayant eu connaissance de ce désastre pouvait reconnaître les stigmates laissés.

— Heureux de te voir !

— Heureux d'être enfin arrivé ! Je crois bien que c'est la première et la dernière fois que je voyage dans une voiture !

Niels sourit à pleines dents, il avait changé, il se tenait plus droit, le torse plus bombé. Kylian devina rapidement ce qui avait réellement changé chez lui et il affirma plus qu'il ne demanda :

— Toi, tu t'es fait passer la corde au cou ! Alors comment se porte la jeune protégée de la comtesse ? Noémie, c'est bien ça ?

Niels se tourna vers les autres soldats et déclara :

— Escortez cette voiture jusqu'au château. Nous vous suivons. Steph, laisse ton cheval pour Sir Glingal et monte donc garder notre sinistre prisonnier de haut rang.

Kylian indiqua rapidement au soldat de qui il s'agissait, puis avec une hésitation qu'il ne masqua pas observa la monture. Il ferma un instant les yeux et monta, une petite pointe se fit ressentir, toutefois, la sensation n'était pas douloureuse, juste gênante. Niels ne tarda pas à revenir à sa hauteur.

Ils laissèrent le carrosse prendre de l'avance avant de se mettre au petit trot. Le jeune soldat répondit enfin :

— Oui, Noémie et moi sommes mariés depuis quelques mois et elle porte mon enfant !

— Toutes mes félicitations ! Tu feras sans doute un excellent père !

— Tu le penses ?

— Tu t'es mariée avec la femme de chambre de la comtesse, tu n'as pas le choix !

Les deux hommes éclatèrent de rire. Ils profitèrent de ce petit laps de temps pour se raconter leurs derniers exploits. Quand ils arrivèrent, la voiture était déjà en train d'être vidée de ses occupants, les affaires étaient déjà à terre et les domestiques couraient dans tous les sens pour tout remettre en ordre le plus vite possible.

Sur le parvis, Kamana se tenait droite avec à sa droite la jeune princesse Nevina. La ressemblance de cette dernière avec Gwéndal lui serra le cœur.

La descente de cheval fut plus douloureuse, il cacha son malaise et s'approcha des deux princesses. Kylian s'obligea à s'incliner face à elles, cependant il n'arrivait pas à croiser le regard de la plus jeune.

Kamana n'avait pas changée, naturelle, souriante, elle s'avança vers lui et lui saisit les deux mains en s'exclamant :

— Je suis si contente de vous voir enfin !

Kylian répondit à son sourire, il vit ses compagnons de voyage restés près de la voiture. Il les présenta rapidement avant de donner ses ordres en ce qui concernait Sofiane Elpida. Il était hors de question de le remettre dans une geôle, toutefois il ne pouvait pas le laisser gambader librement.

— Cet homme est un prisonnier, cependant j'exige qu'il soit installé correctement, dans une vraie chambre avec une surveillance permanente de quatre gardes. Dame Iris est une de mes cousines, ainsi qu'une très bonne amie de la comtesse. Quant à Youké...

L'intéressé s'était rapproché et leva un sourcil, attendant impatiemment ce qu'allait dire Kylian pour le présenter.

— ... Youké, est mon écuyer.

Je ne suis pas un peu vieux pour être écuyer ?

Peu importe, ça fera l'affaire pour le moment.

— Où souhaitez-vous être logé, sir Kylian ?

— Le plus près possible du commandant Elpida. Il faudra également une chambre attenante à la mienne pour mon... écuyer.

Le regard moqueur qu'affichait Youké n'échappa pas à Kylian ni à Kamana qui arborait un sourire réjoui. La petite Nevina n'avait pas dit un mot, observant tour à tour tous les nouveaux arrivants. Elle s'était longuement attardée sur chacun d'eux. Kylian sentant son regard scrutateur finit par poser les yeux sur elle. La petite créature bleue, qu'il avait fait offrir à Eleanor, bien des années plus tôt, était juchée sur son épaule. Yuki la viscache sacrée observait le chevalier depuis un long moment également.

— Princesse Nevina, vous êtes encore plus jolie que dans mes souvenirs ! Votre santé semble s'améliorer.

Le sourire de la jeune demoiselle n'était pas feint, elle courut dans les bras de Kylian, comme elle le faisait quelques mois plus tôt. C'était comme si rien n'avait changé...

— Vous n'êtes pas responsable de la mort de mon père. Vous avez sauvé son âme, je vous en serai éternellement reconnaissante.

Kylian avala difficilement sa salive. Nevina égale à elle-même parlait toujours avec franchise. Le chevalier se contenta de hocher gravement la tête. Il fit taire les émotions contradictoires qui venaient se bousculer dans sa tête. Et emboîta le pas aux princesses, la demeure était toujours aussi belle. La galerie des portraits plongeait les visiteurs dans le passé. Le chevalier s'arrêta un long moment devant le portrait de Thierry et Anna, les parents de la comtesse.

Il n'avait pas réellement connu le père d'Eleanor, en revanche sa mère lui avait appris à se servir de la magie de l'esprit. Il se souvenait de la douceur de la comtesse, de sa sagesse et de sa gentillesse. Eleanor lui ressemblait beaucoup, il espérait qu'un jour elle retrouve cette petite étincelle de bonheur qui s'était éteinte.

Kylian quitta avec regret le regard bienveillant du couple pour suivre Kamana. Il observait tout dans l'espoir de se souvenir parfaitement de cet endroit si calme, si chaleureux. Il savait qu'ils ne resteraient pas longtemps au Val, dès que la comtesse, son frère et Kalyani seraient là, ils reprendraient la route du royaume Kharmakel. Ce n'était plus qu'une question de jours avant que tout ne s'achève.

Kalyani prévint Kylian de leur prochaine arrivée. Kamana monta et trotta aux côtés du chevalier pour accueillir la comtesse et le prince. Une certaine fébrilité s'était emparée du chevalier, les Elus seraient bientôt réunis.

Les yeux de la comtesse ne mentaient pas sur son état d'esprit, jamais il ne l'avait vue si radieuse. C'était la première fois qu'elle remettait les pieds dans son domaine. La joie qu'elle ressentait n'était pas feinte. Il les salua, mais la comtesse n'avait qu'une envie, retrouver ses premiers appartements, retrouver ses gens, retrouver ses souvenirs d'enfance. Il la comprenait parfaitement.

— Le voyage n'a pas été trop éprouvant comtesse ? Voyager ainsi juste à cheval ?

— Merci pour votre sollicitude sir Kylian. C'était très bien.

Elle poussa sa jument au galop, Kylian sourit, amusé par son empressement. Luca était bien moins enjoué que sa sœur, le chevalier intrigué ralentit sa monture pour se mettre à son niveau.

— Tout va bien, Luca ?

— C'est étrange de me retrouver ici.

— C'est ton domaine, monsieur le comte.

Luca sourit, oui dans l'ordre de succession le domaine devait lui revenir. Jamais il ne l'avait envisagé. Il était passé pour mort depuis tellement d'années, lui-même pensait encore disparaître, jusqu'à ce qu'Iris entre dans sa vie.

Kamana raconta la tempête qui avait eu lieu quelques mois auparavant, les travaux qu'elle avait engagés, les gens secourus, l'entraide qui s'était automatiquement créée. Kalyani plus pragmatique, demanda où était le commandant Elpida. Kylian le sentait tout aussi curieux que lui en ce qui concernait la réunification.

Nevina accourut les rejoindre dans le petit salon en apprenant leur arrivée. Elle se jeta sur son frère, Yuki toujours perché sur son épaule sauta pour rejoindre Eleanor. La comtesse embrassa la boule de poil bleu qui glapissait comme pour la semoncer de l'avoir laissée loin d'elle.

— Nevina, vous semblez aller mieux, je me réjouis de vous voir en meilleure santé ! sourit Eleanor.

— La princesse a commencé à aller mieux il y a un mois. Je n'ai pas compris comment ni pourquoi, expliqua Kamana.

— C'est parce que les Elus sont ensemble, même s'ils ne sont pas encore réunis, le fait d'avoir tous été plus ou moins proches m'a permis de guérir. Une fois réellement réunis, je n'aurais plus de problème.

Tous se tournèrent vers l'enfant qui disait les choses d'une façon si naturelle que ça semblait toujours irréel.

— Comment sais-tu autant de choses ?

— Parce que je suis l'Ether. C'est pas compliqué, je n'ai qu'à écouter ce que mon instinct me dicte. Les Elus ont ce même potentiel.

Le regard qu'elle promenait sur chaque adulte présent était empli d'innocence, ses paroles semblaient si logiques dites ainsi que tous se trouvaient plus ou moins stupides d'avoir osé poser la question. Kamana se tourna alors vers elle et demanda :

— Tu sais ce qu'il faut faire pour sauver la forêt de mon pays ?

— Nous devons rejoindre la source de la rivière sacrée.

— Oui, mais après ?

— Je ne sais pas, je verrais bien quand nous y serons. Tous les Ether doivent s'y rendre une fois dans leur vie. Ça permet de relancer le cycle de la création. Chaque chose meurt puis renaît. La mort fait partie de la vie, sans elle rien ne pourrait survivre. Sans ombre, on ignore la beauté de la lumière.

—Oui, mais sans lumière, pas d'ombre et sans vie, pas de mort. C'est ce que nous enseignent les sœurs de la foi, reprit Kylian ne comprenant pas très bien où la fillette voulait en venir.

— Exactement, c'est un cercle infini, sans début et sans fin. Une continuité de l'existence telle que nous la connaissons. Si ce cercle venait à se rompre d'une quelconque manière, notre monde changerait, un nouveau cercle se mettrait en place et nous perdrions quelque chose.

Kylian l'observait, comment un être si jeune comprenait des préceptes que lui-même avait du mal à intégrer.

— Mais si nous y allons, ne serait-ce pas le début d'un nouveau cycle ?

— Oui. D'un nouveau cycle, pas d'un nouveau cercle, ces deux choses sont fort différentes. Quand un nouveau cercle se forme on perd forcément quelque chose, la magie par exemple, ou bien la clémence des dieux, ou encore, ce qui fait que deux êtres s'aiment. C'est pour ça qu'il est important de réenclencher un nouveau cycle.

Le silence retomba sur les paroles de la fillette. Kalyani fut le premier à le rompre en déclarant vouloir voir ce qui se passerait quand Sofiane serait dans la pièce avec eux. Il n'attendit pas que quiconque dise quelque chose, il se leva et partit le chercher.

— J'aurais aimé pouvoir me délasser un peu avant que tout ne s'enchaîne. Je n'ai pas même eu le temps de revoir mes appartements.

— Vous pourrez vous reposer après, promit Kamana. Nous ne partirons pas dans la journée.

Les deux femmes se sourirent mutuellement, leurs traits se figèrent un instant quand Kalyani revint avec le prisonnier. Les trois jours de repos lui avaient fait du bien. Nevina semblait comme en transe, elle se balançait d'avant en arrière, un sourire béat sur les lèvres.

Luca se leva, immédiatement suivi d'Eleanor. Kylian se rendit seulement compte que lui-même était déjà levé. Tous trois s'étaient rapprochés, sans rien se dire, comme le disait la jeune princesse, ça leur semblait instinctif, ils se devaient de le faire. Sofiane Elpida qui venait seulement d'entrer dans la pièce se défit du prince qui le maintenait. Il rejoignit les trois autres, sans savoir pourquoi, tous quatre se prirent la main.

Nevina cessa aussi soudainement qu'elle avait commencé à se balancer. Kylian sentit une grande chaleur monter en lui, puis tout s'arrêta, ils se lâchèrent les mains, s'observant un peu honteusement. Kylian se demanda un instant si tous avaient ressenti la même chose que lui. Cependant, il ne posa pas la question, les joues rougissantes d'Eleanor, le regard fuyant vers les fenêtres de Luca et celui de Sofiane fixant ses pieds répondaient à son interrogation.

Les questions se bousculaient dans l'esprit de Kylian, pourtant il avait une certitude, il devait aller dans le royaume de Kharmakel. Il croisa brièvement le regard de Youké, là où il irait, il le suivrait. Cette pensée le réconforta et lui donna le courage de continuer cette quête étrange.

— C'est une toute nouvelle aventure qui nous attend désormais.

Tous se retournèrent sur la jeune princesse. Cette dernière sourit et déclara :

— L'Ether et les Elus sont enfin réunis.

Leseditionskark.com
13 rue pierreuse
72170 Ségrie
0642402160

Dépôt Légal mai 2019
© Florence Brichau mai 2019
ISBN : 9782492248108
Illustration : Florence Brichau-Prado
Images : Pixabay / Istock